KB163112

메리다 엔젤의 고통에 종지부를 찍어주는 것이

우리의 책무라고 생각하지 않아?

세르주 쉬크잘

약관 20세에 3대 기사공작 가문의
일각인 〈드라군〉 쉬크잘 가문의
가독을 이은 젊은 공작.

어새신즈 프라이드
ASSASSINSPRIDE
암살교사 와 운명선정 **3**

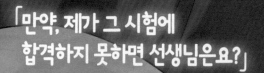

「만약, 제가 그 시험에
합격하지 못하면 선생님은요?」

각오는 오래전에 굳혔을 텐데.
나는 임무를 등지고, 목숨을 걸고 이 소녀를 키우고 있다.
하지만 소녀가 그에 걸맞은 성장을 이루지 못한 경우는 ────…….
"만약 불합격했을 때는, 그러네요…….."
쿠퍼는 열세 살의 부드러운 뺨에 손가락을 미끄러뜨렸다.

마법의 주문은
원스 어폰 어 타임
《옛날 옛적, 어떤 곳에》

뮬 라 모르

《디아볼로스》라 모르 공작 가문의 영애.
성 도트리슈 여학원 1학년으로,
살라샤와 친하다.

「반 애들보다 조금 더 큰 거 가지고.」

살라샤 쉬크잘

세르주의 동생. 얌전한 소녀지만 성 도트리슈
학원 1학년 중에서도 최고의 실력을 자랑한다.

「마법서가 재미있는 거였구나!」

「냠냠…… . 리타, 마이쩌.」

엘리제 엔젤
메리다의 사촌 자매로 〈팔라딘〉.
성 프리데스위데 여학원 1학년 수석.
메리다를 리타라고 부른다.

메리다 엔젤
〈팔라딘〉 엔젤 공작 가문에서 태어났지만
마나를 지니지 않은 소녀. 그 출생과 마나의
각성을 둘러싼 음모 한가운데에 있다.

「당신들 따위한테

방청석의 마네킹들은 압도된 것처럼 물러났다.
파란 치마를 펄럭이며 메리다는 결연하게 한 발자국 내디뎠다.
"내가 증명할게! 더욱더 강해져서 전국의 사람들이 인정할 만한
《엔젤 가문의 아이》가 되어 보이겠어!
비록 내가 무능영애일지라도, 절대 포기하지 않을 거야……!"

「아가씨 여러분,
뒤는 제게 맡기십시오.」

쿠퍼 방피르
메리다의 가정교사. 그녀의 육성에
실패했을 때는 암살하라는 임무를
수행 중이지만…….

"메리다 엔젤의 가정교사.
이번에야말로 그때의 빚을 돌려받고야 말겠다."
"관심 없다. 냉큼 꺼져라."
그리고 펼쳐진 광경은, 세 명의 공작 가문
아가씨들의 동체 시력으로도
완전히는 파악할 수 없었다.

어새신즈 프라이드

ASSASSINSPRIDE

❖ 암살교사와 운명법정 ❖

3

아마기 케이

NOVEL ENGINE

ASSASSINSPRIDE
CONTENTS

HOMEROOM EARLIER

"이건 대형 스캔들이 확실해요!"

누군가가 도화선에 불을 댕기자 원탁을 둘러싼 다른 자들이 "맞아, 맞아!" 하고 연달아 몸을 내밀었다. 몸짓을 섞고, 목소리에 열을 담아 앞다투어 자신의 의견을 떠들어댄다.

"저는 오래전부터 수상하다고 생각했었어요! 암요, 정말로 《그 별명》이 나돌기 시작하기 훨씬 전부터 말이에요!"

"아무리 프란돌에서 제일가는 무구 상공회라지만, 역시 평민 계급을 아내로 맞이한 게 가장 큰 실수입니다! 우리의 정점에 서야 할 기사 공작 가문이 그 모양이어서야, 귀족의 위신이 감퇴 일로를 걸을 뿐이에요!"

"설마 그 《무능영애》가…… 엔젤 공작 가문의 피를 계승하지 않았을 줄이야!!"

그때, 원탁에 앉아 있던 한 사람이 손을 들어 손바닥을 보였다. 그러자 용의 수급을 취하기라도 한 것처럼, 떠들고 있었던 참석자들이 일제히 입을 다물었다.

일동의 시선을 모은 것은 봄바람 같은 산뜻한 분위기를 걸친 미청년이었다.

"여러분, 정숙해 주십시오. 지금은 아직 극히 신빙성이 높은 사실이 드러나게 된 정도입니다. 우선 이 천혜를 가져와 준 여신을 칭송하지 않겠습니까."

청년은 팔을 들고 자신의 좌측 후방에 대기 중인 한 소녀를 가리켰다.

"여기 있는 뮬 라 모르 양의 총명한 두뇌와 용기 있는 행동을 말입니다."

참석자들의 시선이 자연스레 후방에 집중된다. 주목을 받은 소녀는, 어두컴컴한 실내에 있어서 오히려 신비하게 빛나는 흑수정 같은 머리카락을 휘날리면서 한 발자국 앞으로 내디뎠다.

열세 살답지 않은 야릇한 색기를 자아내면서 요염한 입술을 연다.

"저는 전 학기에 개최된 성 프리데스위데와 성 도트리슈 교류행사, 루나 뤼미에르 선발전 때, 그 양성학교에 다니는 학생들의 마나를 조사했습니다. 그리고 그 두 사람——《성기사(팔라딘)》엘리제 엔젤과 《무능영애》메리다 엔젤이 너무나도 성질이 다른 마나를 지니고 있음을 알아냈습니다."

참석자들이 "오오……." 하고 입을 모아 감탄하고, 서로 시선을 주고받았다. 뮬의 미모에 압도된 양 누군가가 목소리를 떨면서 몸을 내밀었다.

"뭐, 뭔가 우리도 이해할 수 있을 만한 증거는 가지고 돌아오지 못한 겁니까?!"

"공교롭게도 메리다 양에겐 매우 만만치 않은 호위가 붙어 있었습니다. 제 머릿속에 엔젤 자매의 마나 해석도를 딱 한 장 기록해오는 것만으로도 벅차서······."

뮬은 마치 연극을 하듯이 눈살을 찌푸리고는 괴롭다는 듯이 자신의 몸을 끌어안았다.

"저 자신이 하마터면 그의 색으로 물들어 버릴 뻔했었어요. 그 시간을 떠올릴 때마다 지금도 영혼이 떨려 잠들지를 못합니다. 아아······ 몹시 자극적인 임무였습니다."

원탁의 참석자들이 침을 꿀꺽 삼켰다. 그런 가운데 온화한 분위기의 미청년이 한 번 더 손바닥을 들어 일동의 주목을 모았다.

"자, 이는 중대한 사태입니다. 메리다 엔젤 양은 기사 공작 가문 본가의 혈통임에도 팔라딘 클래스와는 다른 마나를 지니고 있어요. 그것이 무엇을 의미하는지는———."

"모친의 불륜이 진실이었다!!"

참석자 한 명이 격렬하게 지껄이고, 의자가 쓰러질 정도로 자리에서 벌떡 일어났다. 그것을 시작으로 원탁은 무엇인가를 떠올린 것처럼 떠들썩한 소리에 휩싸였다.

"소문은 진짜였어! 메리다 엔젤은 엔젤 가문의 아이가 아니야!"

"그 메리노아라는 무기 상인의 딸······ 기사 공작 가문의 총애를 받으면서 그걸 짓밟을 줄이야! 숭고한 우리 귀족계급을 대체 뭘로 보고!"

"페르구스 공도 너무하세요! 왜 오늘에 이르기까지 소문을 방치하시는 거죠?! 이건 우리, 귀족 전체의 위신에 관련된 문제이기도 한데!"

"옳소! 이쪽까지 행실이 나쁜 동류로 여겨지는 건 참을 수 없다고!!"

아무리 그래도 계급구조(히에라르키) 정점에 군림하는 기사 공작 가문인데, 그들을 가리켜 '행실이 나쁘다', '동류'라는 말이 나왔다.

하지만 그 발언을 비난하는 자는 이 회의실에 한 명도 없었다. 그러기는커녕 그것이 촉매가 된 것처럼 더욱 과격하고, 직설적이고, 나쁘게 말하면 품위 없는 말들을 차례대로 주고받았다. 신분의 차이 따위는 이 맹견들의 머리로부터 날아가 있었다.

만용의 근원은 그들이 눈가에 붙이고 있는 기발한 디자인의 가면이리라.

감추는 것보다도 화려하게 치장하는 데에 중점을 둔, 카니발 퍼레이드를 연상케 하는 마스크. 원탁에 앉은 자도, 그 뒤에 대기하는 종자도, 급사 일을 보고 있는 검은 옷의 메이드에 이르기까지 거의 전원이 그 마스크로 신분을 숨기고 있다.

예외는 단 세 명뿐.

이들을 소집한 회의의 중심인물——3대 기사 공작 가문의 일각을 이루는 《용기사(드라군)》, 온화한 봄바람을 닮은 분위기를 걸친 미청년, 세르주 쉬크잘 기사 공작. 그 측근으로서 좌측 후방에 대기하며 고혹적인 미소로 원탁을 지켜보는 《마기사(디아볼로스)》 뮬 라 모르.

그리고 마지막 한 명이 뮬과 같은 입장으로 우측 후방에 대기 중인 그녀의 친구.

세르주의 동생임을 다소곳이 주장하는 핑크색 머리칼을 가진 미소녀——.

살라샤 쉬크잘이었다.

"…………."

살라샤는 회의에 의견을 내지 않는다. 이미 결론이 명백한 논의를 끝없이 반복하는 원탁을 어딘가 먼 시선으로 쳐다보고 있다. 그러나 마스크를 한 어른들이 이따금 말하는 《그 이름》이 그녀의 마음을 간신히 이 회의실에 매어 두고 있었다.

살라샤의 뇌리에는 3개월 전 루나 뤼미에르 선발전에서 본, 그 고상한 금발이 나부끼는 광경이 선명하게 떠올라 있었다.

† † †

이곳은 쉬크잘 기사 공작 가문이 소유한 별장의 하나로, 현재 논의가 이루어지는 곳은 수집용으로 쓰는 방의 깊숙한 곳에 숨겨진 비밀 응접실이다. 공표될 일 없는 회합이며, 참석자들 또한 원래대로라면 이곳에 없어야 하는 인물들이다.

원탁에 모인 그들은 작위도, 출신지도, 소속된 기병단의 부대까지 다 다르다. 귀족이 아닌 평민 자산가와 유력자도 적지 않다. 단 자신의 신분을 과시하려고 하는 자는 없고, 상대의 집안을 알아도 모르는 척하는 것이 암묵적인 룰이다.

입장이 다른 그들을 같은 원탁에 매어 두는 것은, 한 《사상》이었다.

혁신파——.

그 단어는 몇 년 전부터 프란돌 유력자들 사이에서 돌기 시작했었다. 교훈이라고 부르기엔 득이 될 것이 없고, 신념이라고 부르기엔 확고한 조리도 없다. 있는 것은 그저 어렴풋한 방향성뿐——. 그 본질을 한마디로 표현한다면 '현재에 불만을 품고 있진 않은가?' 라는 물음이다.

이 나라의 현실은 잘못됐다. 자신을 둘러싼 환경은 무언가 이상하다. 그렇다면 그 '무언가'를, '잘못된' 것을 바로잡기 위해서 행동을 일으키지 않겠는가——.

한 발짝만 잘못 나가도 테러리즘으로 받아들여질지 모른다. 하지만 그것은 조직같이 뭉쳐 있지도 않고, 범죄 길드처럼 잠복해 있는 것도 아니다. 정신이 들면 자신의 바로 옆에도 침투해 있을지도 모르는—— 바이러스 같은 것이었다.

그 균에 감염된 자들은 자신의 마음속에 있는, 쏟을 곳이 없는 안타까움에 방향성을 부여받아 거대한 흐름 속의 한 개체가 되어 돌진하려고 한다. 어디로 향하는지, 어디로 통하는지도 모르는 채 사바나의 짐승인 양 우렁차게 외치는 것이다.

우리는 혁신주의자, 오페라시옹이다——라고.

† † †

"여러분을 믿어서 다행입니다……. 이와 같은 중대사를, 내

가슴속에만 남겨둘 순 없지요."

오빠인 미청년이 이성을 사로잡는 근심에 찬 얼굴을 보여주자, 다시금 떠들썩한 소리가 딱 그쳤다. 십수 개의 가면이 그리로 향하고, 청년의 아랫입술이 빙그레 미소를 만든다.

"이거 섭섭합니다, 쉬크잘 공! 우리는 동지가 아닙니까!"

"거기에 부정이 있다면 설령 신의 정원일지언정 파헤쳐야 합니다! 우리 오페라시옹은 권력에 굴종하지도, 불편한 진실로부터 시선을 돌리지도 않습니다!"

"당신도 같은 마음이기에 엔젤 가문의 어둠에 맞설 각오를 다질 수 있었을 터. 그 의협심, 과연 프란돌이 자랑하는 《영웅》 세르주 쉬크잘 공작이오!"

혁신파의 교의가 병원균이라고 한다면 세르주 쉬크잘은 그 발생원이다.

스무 살이라는 젊은 나이에 가독을 이은, 이 재기 넘치는 미청년의 카리스마는 장식이 아니다. 오페라시옹이 오늘날 각계의 유력자에게까지 뿌리를 뻗칠 수 있었던 것도, 그것을 이끄는 것이 다름 아닌 프란돌 최고 권력자의 일각이라는 배경의 영향이 클 것이다.

"아아, 여러분……! 제 얼마 안 되는 용기는 동지들이 서로를 지탱하는 데서 비롯되는 것입니다. 제게 이토록 든든한 동료가 있는데, 무엇을 겁내겠습니까!"

세르주 쉬크잘이 몹시 감동한 목소리를 내자, 원탁의 참석자들은 기대를 품은 눈길을 보냈다. 의견은 전원이 충분히 공유했고, 지금부터는 본론을 말할 차례다.

　무대의 주인공을 방불케 하는 젊은 공작은 양팔을 펼치고 단언했다.

　"지금 막 결정했습니다! 저는 이 《무능영애》의 비밀을 프란돌 전 국민에게 공표하고자 합니다!! 커다란 혼란이 일 것입니다. 기사 공작 가문을 정점으로 한 이 나라의 시스템이 와해할지도 모릅니다. 하나, 재목을 쌓아서 만든 성 위에서 계속 살아가는 것만큼 무서운 일은 없습니다. 그렇지 않습니까?!"

　"쉬크잘 공작의 영단에 박수를!!"

　누군가가 엄청나게 큰 소리를 지르고, 원탁에 앉아 있었던 사람 모두 손바닥이 새빨개질 만큼 손뼉을 쳤다. 천장에서 덜컹거리는 소리가 난 것은 저택의 하인이 무슨 일인가 하고 놀랐기 때문일까.

　1분을 꽉 채우는 긴 박수가 겨우 가라앉았을 때, 쉬크잘 공이 말했다.

　"그러나 증거가 없습니다."

　참석자들은 뜻밖의 말에 무척 놀란 표정을 하고 서로 얼굴을 마주 보았다.

　"우리는 메리다 엔젤의 클래스가 팔라딘이 아니다, 고로 그녀의 핏줄이 기사 공작 가문의 그것이 아니라는 확신이 있습니다. 하지만 그것을 민중에게 납득시킬 증거가 없어요. 마나 능력자가 아닌 대다수 분에게는 마나의 성질이 이러쿵저러쿵, 클래스의 우성 유전이 이렇다느니 저렇다느니 하는 이야기는 통하지 않습니다. 많은 숫자의 찬동을 얻을 수 없다면 우리의 행동은 단순히 재미를 위한 범죄나 다름없게 될 겁니다."

"그건, 으음, 난처하군요……."

십수 개의 가면이 테이블에 시선을 떨어뜨리고 못마땅한 목소리로 신음하기 시작한다.

그러자 대본에 적혀 있었던 것처럼 《디아볼로스》 소녀가 원탁 쪽으로 발을 내디뎠다.

"좋은 방법이 있어요. 누구라도 한눈에 알아볼 수 있도록, 평민들이 아주 좋아하는 《쇼》를 연출하면 그만입니다."

"쇼, 쇼라고요? 구체적으로 무엇을 말씀하시는지? 라 모르양."

"이쪽을 봐 주십시오."

그렇게 말하며 그녀가 테이블에 놓은 것은 두꺼운 책 한 권이었다.

상당히 오래됐지만 책의 장정은 아직 튼튼하고 표지에서는 관록이 느껴진다. 소녀의 가냘픈 손가락 끝이 가운데쯤의 페이지를 펼친 순간, 그것을 들여다보고 있었던 가면 쓴 참석자들로부터 "오오옷……?!" 하고 감탄의 한숨이 새어 나왔다.

"비블리아 고트 유산의 하나—— 마법서 《안데르스의 사본》이에요."

알기 쉽게 말하면, 매우 정교한 장치가 들어간 그림책이다. 페이지를 넘길 때마다 종이 세공물이 알아서 일어나 등장인물이나 무대배경을 재현하는 것이다.

묠이 펴고 있는 책에는 커다란 종이 원탁이 세워져 있었다. 그리고 그것을 둘러싸는 십수 명의 캐릭터들. 가장 눈에 띄는 위치에는 유달리 용모가 아름다운 미청년 종이 인형이 앉아 있고, 그 뒤로는 예쁘게 조형된 두 미소녀가 대기하고 있다.

더더욱 놀랍게도 이 특수한 그림책은 움직이기 시작했다. 원탁에 한 명, 또 한 명, 참가자가 모여 소란스럽게 의논을 개시한다. 머리칼의 흑수정 색까지 꼼꼼히 재현된 미소녀 인형이 앞으로 걸어가 몸짓 손짓을 섞으면서 무언가를 보고한다…….

바로 이 회의실에서 불과 십수 분 전에 오간 대화였다. 책을 들여다보던 참석자 한 명이 눈을 크게 뜬 채 어린 소녀의 얼굴을 쳐다봤다.

"이건 혹시, 우리……? 이 책에 쓰여 있는 이야기는……."

"맞습니다. 이것이 《안데르스의 사본》의 효과입니다. 이것을 실감하실 수 있도록 무례임을 알면서 조금 전부터 회의의 모습을 기록하고 있었습니다."

집어삼킬 듯이 쳐다보는 어른들의 눈앞에서 묠은 책을 덮었다. 테이블 위로 몸을 쑥 내밀고 있었던 그들은 그 순간 퍼뜩 정신을 차린 모습이었다.

쑥스러운 듯이 헛기침을 하는 참석자들에게 묠은 빙그레 미소를 보낸다.

"《공백 페이지 분량만큼 주위에서 일어나는 사건을 상세히 기록한다》──이 안데르스의 사본의 마법으로 메리다 엔젤의 실태를 세상에 알리는 겁니다."

"과연, 일리 있군요…… 하지만."

안경을 쓴 신경질적으로 보이는 참석자 한 명이 말했다.

"그, 그러려면 갖춰야 할 조건이 많지 않습니까? 우, 우선 메리다 엔젤을 몰아넣을 요소를 준비하고, 효과적인 무대를 세팅할 필요도 있죠. 무, 무엇보다 그 아가씨에게는 귀신처럼 무서운 교육 담당자가 붙어 있다고 들었습니다만……."

"단 하나도 빠뜨린 건 없습니다. 만전이에요."

자신에 찬 공작 가문 영애의 말에, 그녀보다 훨씬 연상인 참석자들은 입을 다물 수밖에 없다.

"곧 저희 견습생이 다니는 모든 양성학교에서 《비블리아 고트 사서관 인정시험》이 시행됩니다. 거기에 메리다 엔젤도 반드시 이름을 내걸 터."

"그, 그 근거는?"

"그녀가 금년도 루나 뤼미에르 선발전의 후보생이었기 때문입니다."

뮬은 힐끔 살라샤에게 시선을 보낸 다음 말을 계속했다.

"아시는지는 모르겠으나, 저희 성 도트리슈 여학원과 성 프리데스위데 여학원의 학생을 대표하는 루나는 50년의 역사를 지니는 무척이나 명예로운 자리입니다. 그 칭호를 다툰 후보생이 최저등급의 미궁 사서관 자격조차 얻지 않는 것은 대외적으로 바람직한 본보기가 되지 못하겠지요. 프리데스위데 강사진은 아마 그녀에게 올해 인정시험의 접수를 추천할 겁니다……. 그리고 저는 메리다 엔젤이라면 반드시 그 제안을 받아들이리라

확신합니다."

신뢰마저 느끼게 하는 강인한 어조에 참석자들은 결국 말을 잃었다.

그런 가운데 앙칼진 목소리로 다른 주장을 외치는 자가 딱 한 명 있었으니.

"기, 기다려 주십시오! 루나 뤼미에르의 후보생이 시험에 응하게 되면, 저희 엘리제 아가씨도──아, 아니, 무능영애 주위의 관계없는 학생도, 그, 우리 계획에 휘말릴 위험성이 있는 거 아닙니까……?!"

상복 같은 드레스를 입은 나이 든 여자는 몹시 당황하며 그렇게 물었다. 여느 때와 같이 화려한 마스크로 본얼굴을 감추고 있지만 뮬이 아니라도 그녀의 정체는 이 자리의 전원이 알고 있다. 엘리제 엔젤의 저택에서 메이드장으로 일하고 있는 미세스 오셀로다.

뮬은 아무것도 모르는 척을 하고서 더할 나위 없을 만큼 완벽한 미소로 화답해주었다.

"안심하십시오, 당일엔 제가 직접 엘리제 님을 호위하겠습니다. 무능영애를 몰아붙이는 한편, 엘리제 님에게 위험이 미치는 일은 결코 없도록 힘쓰겠습니다."

"라, 라 모르 가문의 분이 그렇게 말해주시니 다소 안심이 되는군요. 예에, 저도 그 무능영애를 몰아내는 데에는 매우 찬성이고…………."

중얼중얼 말을 늘어놓다 최종적으로 나이 든 여자는 입을 다물었다.

기회를 엿보고 있었던 것처럼 쉬크잘 공이 쾌활하게 손뼉을 쳤다.

"결정됐소! 결행은 비블리아 고트 사서관 인정시험일. 거기서 우리는 엔젤 가문에 만연하는 기만의 모든 것을 폭로하겠습니다! 죄인은 스스로 목을 내밀고, 무대는 우리를 위해서 길을 열지니—— 프란돌에 혁명을 일으킬 천재일우의 찬스가 찾아온 겁니다!!"

미청년은 천천히 자리에서 일어나 원탁의 참석자들을 둘러보았다. 배우 같은 몸짓과 억양을 띤 미성이 가면 안쪽에 숨겨진 그들의 충동을 북돋웠다.

"개혁에는 언제나 용기와 각오가 필요한 법. 하지만 이것은 우리밖에 할 수 없는 일입니다! 프란돌의 미래를 위해서, 누군가가 해야 하는 일이란 말입니다. 그리고 행동을 일으킬 시기는 지금밖에 없습니다!! 여러분, 저는 부족합니다. 하나, 여러분과 함께라면 어떤 기적이라도 일으킬 수 있을 것 같은 용기가 샘솟습니다. 저는 프란돌에 사는 모든 백성을 위해서, 혁명을 일으키는 검이 되겠습니다. ——모든 것은 이 프란돌이 마땅히 지녀야 할 모습을 되찾기 위하여! 그것을 해낼 수 있는 것은 다름 아닌 우리!"

"""오페라시옹!!"""

원탁을 둘러싼 일동이 자리에서 일어나 주먹을 드높이 든다.

어둑어둑한 회의실을 꿰뚫은 고함에 살라샤의 기다란 속눈썹이 찌르르 떨렸다.

† † †

"멋진 연설이었어요, 오라버니. 채찍질이 정말 능숙하던데요."

회합이 폐막한 뒤, 마스크를 쓴 혁신주의자의 면면과 헤어지자마자 뮬이 요염하게 빈정거렸다. 사저로 돌아가는 마차 안에서 쉬크잘 공은 매력적인 쓴웃음을 흘린다.

"그럼 못써, 뮬. 그러면 마치 그 사람들이 이 마차를 끄는 말 같잖아. 오페라시옹은 우리에게 든든한 동지……. 결코 그들에 대한 신뢰와 존경을 잊어서는 안 돼."

"후훗, 이거 엄청난 실언이었네요. 용서하세요."

"…………."

마차 안에는 혁신파의 중핵 멤버 세 명뿐이었다. 그중 한 명에게, 아까부터 내내 침울한 정숙을 지키는 살라샤에게 오빠는 다정한 얼굴로 물었다.

"왜 그러니, 살라샤? 생각하는 게 있으면 말해 보렴."

"…………."

그래도 살라샤가 잠자코 있는 것을 보고 뮬은 살며시 자리에서 일어났다. "바깥 경치가 보고 싶어."라며 마부석 쪽으로 나간다. 안면을 튼 여성 기수와 수다 떨기 시작한 것을 힐끔 확인하고서 쉬크잘 공은 다시 한번 물었다.

"말해보렴?"

"……오빠."

단둘이 되자 살라샤는 겨우 그 가련한 입술을 열었다.

"이게 정말로 메리다 씨에게 도움이 되는 것일까요?"

"…………."

"저는 3개월 전 루나 뤼미에르 선발전에서 그녀의 전투를 직접 봤어요. 그렇게 고상한 전사의 모습을 전 본 적이 없어요. 지금까지 《무능영애》라고 불리고, 아무런 성과도 남기지 못했다는 게 믿을 수 없을 만큼……. 그녀는 분명히 보다 높이 오르고 싶을 거예요. 자신의 핏줄이 어떻든 간에, 아무리 많은 모멸과 조소를 당하더라도, 그 모든 것을 뒤엎을 수 있을 만큼 큰 가능성이 그녀에게 있지 않나 싶어요……."

쉬크잘 공은 천천히, 몇 번이고 고개를 끄덕인 다음 나이 차가나는 여동생의 어깨에 손바닥을 올렸다.

"다정하구나, 살라샤는. 가능한 한 그녀에게 상처를 입히고 싶지 않은 거지?"

"…………."

"나도 마찬가지야, 솔직히 힘들어. 하지만 이건 누군가가 해야 하는 일이야. 지금 프란돌에서는 메리다 엔젤을 둘러싸고 갖은 책모가 소용돌이치고 있어. 이런 가혹한 환경에서 계속 싸우게 하는 건 그녀를 위한 일이 아니야. 그렇다면 그 고통에 종지부를 찍어 주는 것이, 그녀의 신변을 걱정하는 우리의 책무라고 생각하지 않니?"

"······그럴지도 모르지요."

소심한 살라샤에게 오빠 세르주는 자애로운 미소를 지어 주었다.

그리고 천천히 목소리 톤을 바꾼 다음, 휘황찬란한 상의에 손바닥을 넣었다.

"맞다! 너한테 부적을 줄게. 이거 가지고 가."

그렇게 말하고 그가 건넨 것은 오래된 만년필이었다. 손바닥 위의 그것을 보고 살라샤의 커다란 눈동자가 어리둥절해 하며 휘둥그레진다.

"이건······?"

"일찍이 비블리아 고트에서 대사서관을 역임했다고 전해지는 어떤 인물의 유산──《얼터네이트 만년필》이야. 이건 틀림없이 네게 용기를 줄 거야. 만일을 위해서, 가지고 있으렴?"

세르주가 머리를 쓰다듬어 주자, 살라샤는 느릿느릿 그 만년필을 받아들었다. 필시 어마어마한 귀중품일 텐데 그것을 여동생의 부적 대용품으로 줘 버리는, 그러한 가치에 개의치 않는 오빠의 성격은 옛날부터 조금도 변하지 않았다.

포근한 손바닥의 감촉을 느끼면서 살라샤는 입으로 할 수 없는 말을 마음속으로 중얼거렸다.

무슨 일이 있어도 내가 갖고 싶은 용기는 단 하나──.

당신을 붙잡아 두는 거예요, 오빠.

마차가 우당탕하고 크게 흔들려서, 따뜻한 손바닥의 감촉은 살며시 멀어져 갔다.

LESSON: Ⅰ ～판도라의 나날～

"서, 선생니임…… 저, 저는 이제, 하, 한계예요…… 하아, 하아……!"

"크윽…… 차, 참으세요, 아가씨! 조금 더, 조금만 더 깊숙하게……!"

"싫어요! 아, 아파. 아파요오오……!"

주종의 뜨겁고 거친 숨결이 격렬하게 뒤얽혔다.

확 꺾일 것만 같은 소녀의 가느다란 등에 손바닥을 대고 쿠퍼는 체중을 쭉 싣는다. 천사의 하프 같은 곡선미를 그리면서 메리다는 "아앗?!" 하고 교성을 질렀다.

"그렇게 난폭하게 하시면, 저…… 부서질 거예요오오~~~!"

"이제 다 됐습니다! 자, 몸의 힘을 빼고. 갑니다……. ─── 하나, 둘!!"

"아야───아야야야야야?!"

색기고 나발이고 없는 절규가 메아리쳤고, 쿠퍼는 에휴, 하고 메리다의 트레이닝복에서 손을 뗐다. 등을 짜부라뜨리는 압력에서 해방되자마자 메리다는 잔디에 흐물흐물 쓰러졌다.

저택 뒤뜰에서 유연체조가 한창 행해지는 중이다. 평소 입는

트레이닝복을 입고 헉헉거리며 헐떡이는 학생을, 시원한 와이셔츠 모습의 교사가 한심한 듯이 내려다보았다.

"아가씨는 은근히 몸이 딱딱하군요."

"그, 그렇지…… 않아요……! 선생님이 요구하는 게 너무 어려운 거죠……."

"무슨 말씀이세요. 적어도 발바닥으로 자기 머리를 쓰다듬을 수 있을 정도로는 유연해지셨으면 합니다."

"무슨 서커스단도 아니고……!!"

늘 있는 일이지만 쿠퍼는 레슨 중에 메리다가 쓰러졌다고 해도 도와주지 않는다. 열세 살 소녀가 전신의 근육을 채찍질하면서 어떻게든 기어오르려 하지만, 수려한 용모의 교사는 변함없이 단정한 동작으로 집게손가락을 척 세우며 말했다.

"알겠습니까, 아가씨? 몸의 유연성은 천부적인 부분도 있습니다만, 그 이상으로 매일매일의 노력! 그것이 축적되어야 합니다. 목욕 후의 스트레칭 등을 끈기 있게 계속해 나감으로써 조금씩 관절의 가동영역을 넓혀 가는 것이죠. 전신이 온갖 자세에 버틸 수 있게끔 된다면 더욱 다채로운 베리에이션의 공방을 벌이는 게——."

거침없이 강의를 계속하는 연상의 청년을 향해, 메리다는 볼에 바람을 가득 넣어 빵빵하게 부풀리며 물었다.

"……그, 그러면 선생님이, 앞으로 매일 밤, 목욕하고 나온 제게 마사지를 해 주시는 건가요?"

약간 긴장한 듯한 음성. 그러면서 트레이닝복 가슴팍을 꾹 잡아당긴다. 살짝 부푼 열세 살의 흉부가 은근히 시선을 유혹하자 쿠퍼는 목이 콱 메었다.

메리다는 가정교사에게 가끔 이런 도발적인 말을 한다. 쿠퍼는 마음속의 동요를 제자가 최대한 눈치채지 못하도록 가급적 낮은 톤으로 "크, 크흠." 하고 헛기침을 했다.

그리고 손바닥을 들고 여봐란듯이 손뼉을 친다.

"좋은 배짱입니다. 바라신다면 인페르노급 마사지를 보여 드리겠습니다."

"아, 역시 사양할까……."

메리다가 샤샥 하고 두세 발자국 뒷걸음질 쳤을 때, 다른 방향에서 소녀의 목소리가 들려왔다.

"쿠퍼 선생님, 이번엔 내 등 좀 눌러줘."

"알겠습니다, 엘리제 님."

쿠퍼를 부른 것은, 메리다와 마찬가지로 트레이닝복을 입고 잔디에 털썩 앉아 있던 엘리제 엔젤이었다. 다리를 벌리고 있는 그녀의 등 뒤에 서서 가냘픈 등에 손바닥을 대고 힘을 주어 꾹 누른다.

엘리제의 상체가 내려가고, 일정한 각도를 이룬 상태에서 척 멈췄다.

"……더는 무리야. 아파. 부러지겠어. 한계야."

"조금 더 노력해 볼 수 없겠습니까? 후우~ 하고 숨을 뱉고, 몸의 힘을 빼는 느낌으로……."

"뺐어. 아파, 아파, 아프다구. 이제 손 좀 치워줘."

"……아가씨들은 몸의 유연성까지 쏙 **빼닮았군요**."

등을 누르는 힘을 풀면서 별생각 없이 그렇게 감상을 말했다.

하지만 그 말을 듣자마자 엘리제가 얼굴을 홱 쳐들고 쿠퍼를 본다. 데구루루 구르듯이 일어나더니, 사촌 자매 곁으로 뛰어가 속닥속닥 귓속말한다.

"들었어? 리타. 마치 우리 몸에 대해 전부 아는 듯한 말투였어."

"서, 선생님은 다 알고 있는 거구나……. 하으으, 부끄러워어어……!"

"우리가 쿠퍼 선생님을 연구해서 대책을 세워야 하는데……."

"선생님한테는 못 숨겨. 우린 앞으로 대체 어떻게 되는 걸까?"

──하여튼 이 자매는……!

노골적인 음량으로 전개되는 가십 토크에 쿠퍼의 뺨이 실룩거린다.

평소엔 고분고분하고, 이 이상 없을 만큼 귀여운 학생이다.

그러나 둘 이상 모이면 바로 그 순간부터 감당할 수 없게 되는 것은, 역시 이들이 여자라는 생물이기 때문일까. 쿠퍼가 체념한 것처럼 어깨를 으쓱이자, 오늘의 레슨에 참가하고 있는 세 번째 여자가 "잠깐 나 좀." 하고 쿠퍼를 손짓으로 불렀다.

"다음은 이쪽! 손이 비었으면 이쪽으로 좀 와 줘!"

"왜 당신까지 배우는 쪽에 있는 겁니까, 로제티 씨."

"그런 자잘한 부분은 따지지 마. 모처럼의 합동 레슨이잖아!"

평소와 같은 복장으로 다리를 쫙 벌리고서 "빨리빨리." 하고 재촉하는 모습에 쿠퍼는 무심코 탄식이 나왔다.

등 뒤에 서서 손바닥을 대자, 놀랄 만큼 급격한 각도로 상체가 내려갔다.

"오오옷……! 유연성이 대단하군요, 로제티 씨."

"그렇지? 난 몸의 유연함에는 엄청 자신이 있거든!"

"훌륭합니다. 마치 여덟 개의 다리를 가진 그로테스크한 해양 생물 같아요."

"어머~ 그렇게 칭찬하니까 부끄럽네, 데헤헤헤……!"

잔디에 푹 엎드린 자세로 괴상한 웃음소리를 흘리는 로제티를 멀리서 보고 있던 공작 가의 영애 둘은 고개를 갸웃하면서 서로 소곤거렸다.

"……칭찬이었나?"

"글쎄……."

하지만 당사자 본인들이 즐거워 보여서 뭐라고 말하기 어려운 자매들이었다.

스트레칭을 마친 다음은 실전훈련이다. 이것은 네 명 전원이 동시에 시행하는 게 아니라 쿠퍼와 메리다, 로제티와 엘리제 페어가 번갈아 대련한다. 넓은 뒤뜰을 충분히 사용하기 위해서이기도 하지만 동시에 손이 빈 쪽의 페어가 바깥에서 시합을 관찰해 부족한 부분을 지적하거나, 자신들의 특훈에 피드백하는 것이 목적이다.

정원 안을 어지럽게 뛰어다니는 칠흑의 그림자를 로제티의 눈동자만이 뒤쫓고 있었다. 엘리제는 아무리 응시해도 잔상밖에 포착하지 못하고, 하물며 잔디 중앙에서 목검을 들고 자세를 취한 메리다는 그저 거친 바람이 전신을 괴롭히는 느낌밖에 감지할 수 없었다.

메리다가 상대의 모습을 완전히 놓쳐 발걸음이 멈추니, 지체없이 배후로 미끄러져 들어온 쿠퍼가 목검을 휘두른다. 가차 없이 등을 맞고 메리다는 잔디에 쓰러졌다.

"꺄아악!"

"쓰러지면 3초 이내에 일어납니다!! 자, 하나, 둘, 셋──."

"네, 네엡!"

겨우 낙법을 친 소녀에게 쿠퍼는 정면에서부터 천천히 거리를 좁혔다.

대충 팔을 휘둘렀을 뿐인데, 일곱 줄기나 되는 검격이 자유자재로 궤적을 그렸다. 메리다는 목검을 양손으로 쥐고 휘둘러 어찌어찌 받아내긴 했지만, 대응이 늦은 마지막 일격이 그녀의 손바닥에서 목검을 튕겨버렸다.

"아앗……?! 아으."

시선을 돌린 순간, 탄환같이 날카로운 주먹이 어깨를 꿰뚫는다. 메리다는 후방으로 굴렀다.

"3초!"

왼쪽으로는 주먹, 오른쪽으로는 목검으로 위협적인 자세를 취하면서 쿠퍼가 묻는다.

"무기를 잃어버리면?"

메리다는 지면의 흙덩이를 스승의 얼굴에 던지면서 몸을 굴려 벌떡 일어났다. 저 멀리까지 날아간 목검을 향해, 스승에게 등을 돌리고 일직선으로 뛰기 시작한다.

　하지만 금세 따라잡은 쿠퍼가 뒤에서 발을 걸었다. 메리다의 자그마한 몸은 우습게 허공을 회전했지만, 그 상태에서 오른팔에 힘을 주는가 싶더니 날카롭게 힘껏 휘두른다.

　"《환도(幻刀)——!!》"

　"어림없습니다."

　쿠퍼는 마나를 담은 주먹으로 눈에 보이지 않는 충격파를 상쇄하고서 곧바로 소녀의 몸을 때려 지면에 떨어뜨렸다. 벌렁 자빠진 메리다 위에 쿠퍼가 올라타자, 그녀는 반대쪽 손바닥으로 돌팔매를 내던졌다. 그것을 가볍게 피하고, 목검을 짧게 당긴 후 쑥 내찌른다.

　바람을 가른 칼끝은 정확히 메리다의 목구멍 앞에서 정지했다.

　감정이 사라진 것 같은 눈동자로, 쿠퍼는 말했다.

　"——체크 메이트입니다."

　"져, 졌습니다……! 하아, 하아, 하아……!!"

　메리다가 녹초가 된 전신을 팽개치고, 앞머리를 땀으로 적시면서 크게 헐떡였다. 쿠퍼는 목검을 내리고, 메리다 위에서 이제야 몸을 치웠다. 외야 티 테이블에서 관전하던 엔젤 분가의 주종은 이미 이 단계에서 입을 떠억 벌리고 있었다.

　로제티가 식은땀을 흘리면서 뜻밖이라는 양 중얼거렸다.

　"저, 저 두 사람, 매일 이렇게 하드한 레슨을 하는 거야……?!"

때마침 메리다의 저택 메이드장 에이미가 차를 내왔다.

로제티의 혼잣말을 들은 그녀는 정원 중앙으로 시선을 옮기더니, 글쎄요, 하고 고개를 갸웃거렸다.

"쿠퍼 씨, 요즘엔 특히 더 레슨에 열의가 들어가 있으시군요."

쿠퍼, 메리다와 교대하여 지금은 로제티와 엘리제가 대련에 한창 힘쓰는 중이다. 티 테이블에서 쉬는 쿠퍼에게 홍차를 대접하면서 에이미가 의중을 떠보았다.

메리다는 의자에 앉을 스태미나도 남아 있지 않은지, 옆에 있는 잔디에 드러누웠다. 로제티와 엘리제는 이쪽의 열의에 자극받은 것인지, 평소 이상으로 집중하는 모습이다.

이 상황이면 누구에게도 들리지 않겠다 싶어서 쿠퍼는 옆의 의자를 에이미에게 권했다.

조신하게 앉으면서 에이프런 드레스의 소녀가 묻는다.

"저는 전투에 대한 건 전혀 모르고, 쿠퍼 씨를 신뢰하고 있으니까 교육방침을 두고 뭐라 할 순 없어요. 하지만……."

힐끔, 메리다가 있는 쪽을 신경 쓰고서 에이미는 입술을 바싹 가져왔다.

"쿠퍼 씨, 메리다 아가씨를 무척 귀여워하시는데, 그렇게 엄하게 지도하고 그러면 힘들지 않나요? 속으로는 괴로운 거 아니세요?"

"반대예요. 아가씨를 소중히 생각하기에 이러는 겁니다."

흔들리지 않는 어조로 그렇게 대답하고, 쿠퍼는 가볍게 홍차를 머금는다.

"검을 서로 겨누고 있는 상대가 저인 동안은 그래도 괜찮습니다. 그러나 제가 아닌, 살의를 품은 적 앞에 아가씨가 빈틈투성이로 내던져져 있다면 어떨까 하고 상상하면, 그쪽이 훨씬 두렵습니다. 그걸 생각하면 도저히 훈련을 대충 할 마음이 들지 않아요."

휴우. 컵에서 입을 떼고 호박색 액체를 천천히 흔든다.

"만약 제가 진짜 살인검을 쥐고 있었다면 아가씨는 훈련 중 진작에 목숨을 잃었겠죠. 하지만 그래도 괜찮습니다. 앞으로 다가올 《진짜로 목숨을 건 순간》을 위해, 아가씨는 몇천 몇만 번을 죽고 죽어…… 살아남는 방법을 모색해야 하니까요."

"세상에……."

실감은 나지 않겠지만 음성의 무게에 압도되었는지 에이미의 눈이 확 커졌다.

마나 능력자가 아닌 일반인인 그녀를 보고, 쿠퍼는 갑자기 미소를 지어 주었다.

"기쁜 오산이기도 해요. ──이걸 보세요."

쿠퍼는 와이셔츠 위에 걸친 겉옷의 품에서 리포트를 꺼냈다.

누구나 한 번은 본 적이 있을 법한 마나 능력자의 스테이터스표다.

"이건?"

"아가씨의 현재 스테이터스와 3년 후의 목표 스테이터스입니다. 졸업 때 있을 전교 통일 토너먼트 우승을 목표로, 그를 위해

필요한 스테이터스를 역산을 거듭해서…… 낸 것입니다만, 최근 들어 약간 예정에 문제가 생기기 시작했어요."

불안해 보이는 에이미의 시선이 날아와서, 쿠퍼는 안심시키 듯이 미소를 짓는다.

"반대예요.──아가씨의 성장이 생각했던 것 이상으로 빨라요. 이거라면 목표를 보다 위로 설정해도 될 것 같습니다. 자, 이쪽이 새롭게 작성한 목표 스테이터스입니다."

쿠퍼가 한 장 더 리포트를 건네자, 에이미는 "어머." 하고 눈동자를 반짝였다.

"아가씨, 이렇게 훌륭해져서……!"

"아니, 어디까지나 목표치이니까요, 그거."

벌써 글썽거리는 메이드장에게 쿠퍼는 혹시나 해서 덧붙였다.

한편 이 목표치는 이전, 팀 전투로 치러진 전교 통일 토너먼트에서 단신 우승이라는 정신 나간 업적을 이룬, 어떤 붉은 머리 여자의 당시 스테이터스를 참고로 한 것이다. 이 레벨까지 메리다의 실력을 끌어올릴 수 있다면 토너먼트 우승도── 나아가 쿠퍼의 임무성공도 탄탄대로이리라.

리포트를 테이블에 놓고, 에이미는 아무 근심도 없는 화사한 미소를 보내왔다.

"주제넘은 말을 했네요. 역시 쿠퍼 씨에게라면 안심하고 맡길 수 있어요."

"아닙니다, 천만에요. 과분한 말씀입니다."

"아가씨를 앞으로도 잘 부탁드립니다."

꾸벅. 머리를 숙이고서 에이미는 의자에서 일어나 저택으로 돌아간다. 에이프런 드레스의 뒷모습을 바라보면서 쿠퍼는 누구도 눈치채지 못하도록 작게 탄식을 흘렸다.

——그녀의 걱정은 사실 옳다. 쿠퍼는 요즘 매우 조급해하고 있다.

계기는 당연히 전 학기에 성 프리데스위데에서 개최된 루나 뤼미에르 선발전이다. 정확하게는 그 기회를 틈타 학원에 잠입했던 블랙 마디아. 쿠퍼가 소속된 백야 기병단(길드 잭 레이븐)이 자신의 배신을 의심하고 있다——.

하마터면 메리다가 죽었을지도 모른다는 사실에, 천하의 쿠퍼도 간담이 서늘해질 수밖에 없었다. 대책은 세웠다. 하지만 그것이 얼마나 유효하게 작용할지는 모른다…….

게다가 걱정거리는 그뿐만이 아니다. 쿠퍼의 클라이언트, 메리다의 교육 또는 암살을 바라는 몰드류 경은 현 상황에 만족하고 있을까? 만약 그렇지 않다면? 조금이라도 메리다의 주위에 불온한 조짐이 생기면, 또다시 흉악한 범죄조직을 보내오는 게 아닐까?

《무능영애》 메리다의 약진을 달가워하지 않는 인물도 많다. 그래도 엘리제 저택의 메이드장 미세스 오셀로는 최근 들어, 오늘처럼 메리다와 엘리제가 합동 레슨에 힘써도 이전처럼 좋알좋알 잔소리하지는 않게 되었다. 약속대로 메리다가 루나 뤼미에르 선발전에서 엘리제를 웃돌았기 때문일까. 어쩌면 지금은 새로운 폭풍을 일으키기 위해서 기회를 엿보며 이빨을 갈고 있는 중이라 그런지도 모르겠다…….

저택의 마당에 바람이 지나간다. 마나를 실은 칼날이 서로 충돌하여 날카로운 우렛소리를 울린다.

쿠퍼는 그것이 자꾸 조만간 올 파란의 전조로 들렸다.

† † †

주말 파자마 파티, 그 후의 합동 레슨. 어느덧 일상이 되어버린 평소의 플랜을 마치고서 메리다와 엘리제 그리고 쿠퍼와 로제티는 학원으로 등교했다.

처음 성문을 빠져나간 것이 작년 7월이건만, 세월도 참 빨라 벌써 반년 이상이 흘렀다. 쿠퍼는 요즘 겨울을 넘긴 성 프리데스위데 여학원이 어딘가 모르게 처량한 분위기에 휩싸인 것을 느끼고 있었다.

쿠퍼는 비록 학생 경험이 없지만, 이 분위기의 근원은 충분히 이해할 수 있었다.

학원의 3월—— 그것은 즉, 진급 그리고 3학년의 졸업 시즌이다.

"여러분, 안녕하세요. 활기차 보이는 얼굴을 볼 수 있어 기쁠 따름이에요!"

바이올린같이 팽팽한 음색이 높은 천장에 시원하게 울려 퍼졌다.

성 프리데스위데 여학원 학원장 샬롯 블랑망제다. 오늘은 아침부터 전교 집회가 개최되기 때문에 메리다 일행도 대성당으로 등교했다.

조용한 공간에 조신하게 정렬한 300명의 여학생을 학원장은 자그마한 눈으로 둘러본다. 유독 3학년 쪽을 쳐다보는 시간이 길게 느껴졌는데, 쿠퍼의 기분 탓은 아닐 것이다.

평소와 같이 지휘자처럼 손가락을 휘두르면서 블랑망제 학원장은 말했다.

"저는 이 시기에 집회를 열면, 매년 생각하는 바가 있습니다. 그건 바로 여러분이 훌륭해졌다는 사실입니다! 작년 4월에 신년도 첫 집회를 열었을 때와 비교해서 1학년은 보다 씩씩하게, 2학년은 보다 믿음직스럽게 그리고 3학년 여러분은 몰라볼 만큼 어른이 되었어요. 제 가슴에 있는 건 자랑스러움과 아주 약간의 쓸쓸함뿐, 불안은 눈곱만큼도 없답니다. 여러분들이 설령 어떤 길을 선택하더라도…………."

거기서 갑자기 연설이 끊어졌다.

블랑망제 학원장이 입가를 막고 있다. 아주 조용해진 공간에 나직이 콧물을 훌쩍거리는 소리가 울린다. 단상 옆에 서 있었던 3학년 두 명이 살며시 학원장에게 달라붙었다.

학생회장 크리스타 샹송과 졸업생 대표 셴파 쯔베토크다.

"……학원장님, 아직 일러요."

"목이 메셨다면, 전년도 루나인 제가 대신 통지할까요?"

"아, 아니, 괜찮아요. 여러분의 출발을 배웅할 때까지 멈출 수는 없어요."

크응, 위엄 있게 코를 훌쩍인 학원장은 포기하지 않고 등줄기를 젖힌다.

그 모습을 보고 감수성이 예민한 여학생들은 손수건을 꺼내 덩달아 울고 있다. 메리다가 쿠퍼의 소매를 당기고 살며시 속삭여왔다.

"선배에게 들은 이야기인데, 학원장님은 매년 이렇다는 모양이에요."

"학원장님에게는 여기가 《집》이고, 아가씨들이 《가족》이라 그렇겠지요."

둘 다 오랫동안 연이 없는 쿠퍼는 그것이 조금 부럽다는 생각이 들었다. 지금까지 궁금해할 기회도 없었지만, 일 년 내내 학원에 묵고 있는 노련한 마녀의 가족구성은 어떻게 될까? 언젠가 기회가 있으면 물어보는 것도 좋을지도…….

쿠퍼의 사고를 덮어씌우듯이, 기분을 다잡은 학원장이 연설을 재개했다.

"──자, 여러분. 어물어물 넘길 것도 없이 앞으로 2개월이면 금년도 끝을 맞이합니다만, 그 전에 일대 행사가 기다리고 있는 걸 잊지는 않았겠죠? 네, 3학년 졸업에 맞춰서 올해도 《비블리아 고트 사서관 인정시험》이 시행됩니다!"

학원장의 선언에 여학생들이 바쁘게 시선을 주고받는다. 말뜻을 좀체 이해하지 못하는 1학년 집단 쪽으로 몸을 돌리고 블랑망제 학원장은 노래하듯이 설명했다.

"비블리아 고트란 이 도시국가(프란돌) 중추부에 존재하는 거대미궁의 총칭입니다. 직경은 프란돌 성왕구의 약 두 배. 그 것이 1층부터 99층까지 나락의 바닥처럼 겹겹이 이루어져 있 다고 한다면, 다들 그 막연한 규모가 상상되겠죠?"

현역 기사인 쿠퍼라면 모를까 양성학교 1학년이라면 처음 듣 는 자도 많을 것이다. 자신들이 사는 나라에 그 같은 신비한 장 소가 존재함을 알고서 주위의 어린 여학생들은 분주히 얼굴을 마주 본다.

크리스타 회장이 지체 없이 한 발자국 앞으로 나와 소리를 지 른다.

"조용!"

다시 정숙함을 되찾은 대성당에 블랑망제 학원장의 목소리가 평온하게 울려 퍼진다.

"그 공간은 《도서관》을 상상하는 게 가장 가까울 겁니다. 거 기에는 고대—— 이 세계에 푸른 하늘과 태양과 달이 존재했었 던 전설의 시대에 쓰인 책이 몇천, 몇억 권 소장되어 있습니다. 게다가——."

크리스타 회장도 막을 수 없을 만큼 웅성거리는 소리가 커져 서 학원장은 음량을 높였다.

"더욱 놀라운 것은, 그 불가사의한 도서관에는 오늘날에 이 르기까지 쓰인 온갖 《문장(文章)》이, 그 복제가 저절로 담겨 있 다는 점입니다. 그것은 어린아이가 모친에게 보낸 편지일 수도 있고, 스파이가 기록한 기밀문서일 수도 있습니다. ——자, 여 기까지 설명했으니 비블리아 고트의 역사적 가치, 정보적 가치가 어느 정도인지 어렴풋하게라도 실감했을 거예요. 그런 까닭에 아무에게나 미궁에 출입이 허가되지 않습니다. 비블리아 고트의 조사 발굴원, 즉《미궁 사서관》의 자격을 얻으려면 엄중한 시험을 돌파해야 합니다."

강사진의 대열에서 몇 명이 걸어 나와, 정렬한 여학생들에게 양피지를 배부하기 시작했다. 들려오는 웅성거림으로 미루어 아무래도 인정시험의 개요가 적혀 있는 모양이다.

이제 붙들어 매 놓는 것도 한계다 싶어 학원장은 마지막으로 우렁차게 덧붙였다.

"시험은 누구라도 볼 수 있습니다만, 무척 가혹한 시험이라는 것은 주지하도록! 하지만 동시에 1년에 기회가 한 번뿐이라는 사실도 명심해 두세요. 미궁 사서관에게 도움을 요청하는 목소리는 끊이지 않습니다. 만약 그 자격을 얻는다면 기사로서 활약의 폭은 넓어질 테고, 여러분의 미래에도 커다란 플러스 요소로 작용할 거예요. ——이상입니다!"

학원장이 단상을 내려오자마자 마개가 날아간 샴페인처럼 수다가 터졌다. 크리스타 회장도 이미 주의 주는 걸 포기하고 양피지 배부를 돕고 있다.

메리다와 엘리제도 시험의 개요가 적힌 그것을 받았고, 가정교사를 포함한 네 명이 양피지를 들여다본다. 하지만 무슨 말인지 잘 모르겠는지, 메리다는 금세 눈을 동그랗게 뜨고 쿠퍼를 올려다봤다.

"서, 선생님. 이거 어떻게 생각하시나요?"

"학원장님 말씀대로입니다. 미궁 사서관의 자격을 갖는다면 기사로서 우대받는 건 틀림없을 겁니다. 다만——."

"아, 미스 엔젤. 네, 두 사람 다요. 잠시 괜찮을까요?"

네 사람에게 다가온 건 조금 뜻밖의 인물이었다.

다름 아닌 샬롯 블랑망제. 학생에게 집회의 단상 위란 다른 세상이나 다름없고, 바로 조금 전까지 거기에 있었던 인물이 갑자기 눈앞에 찾아오면 메리다가 아니라도 놀랄 것이다. 지저인과 만나기라도 한 것처럼.

"하, 학원장님! ……무, 무슨 일이시죠?"

"한 가지 제안을 가져왔어요. 음, 두 선생님도 귀담아들어 주세요. ——메리다 양, 엘리제 양, 올해의 인정시험에 참가해 볼 생각은 없나요?"

깜짝 놀란 자매의 눈이 휘둥그레졌고, 쿠퍼와 로제티 역시 반사적으로 서로의 얼굴을 쳐다봤다.

어떻게 대답해야 좋을지 모르는 제자들 대신 쿠퍼가 앞으로 나섰다.

"죄송합니다만 학원장님, 아가씨들에게는 1년 정도 이른 건 아닐는지요? 필시 인정시험은……."

"네, 일반적으로는 2학년 이상을 대상으로 실시합니다. 하지만 두 사람은 올해 루나 뤼미에르 선발전 후보생이었어요. 선발전에 참가한 성 도트리슈 학생들은 어떻든 간에, 그 이외의 관계자들을 이해시키기 위해서, 두 사람이 1학년이지만 루나 후보생에 걸맞았다는 것을 증명해 줬으면 합니다."

어렴풋하지만 사정을 이해한 열세 살 소녀들이 얼굴을 마주 본다.

학원의 운영에 관계되는 이야기가 되면 가정교사인 쿠퍼와 로제티도 참견하기 어렵다. 학원장은 그런 입장을 헤아린 것처럼 제안을 보충하기 시작했다.

"물론 합격 여부를 문제 삼을 생각은 없어요. 두 사람이라면 언젠가는 본격적으로 인정시험에 임할 날이 오겠죠. 이번에는 그 예행연습인 셈 쳐서, 비교적 위험하지 않은 비블리아 고트 1층 주변을 산책해 보는 게 어떨까요?"

학원 측으로서는 우선 두 사람이 '1학년이지만 인정시험에 참가했다.' 라는 사실만 있으면 될 것이다. 그다지 책임이 무겁지 않음을 깨닫고 소녀들의 표정도 누그러진다.

한층 더 안심할 수 있도록 학원장은 주름투성이 얼굴에 온화한 미소를 새겼다.

"이번엔 특례니까 두 사람에겐 통상의 수험자와는 다른 위치를 잡아줄 거예요. 안전조치도 몇 개쯤 생각해 뒀으니, 괜찮으면 지금부터——."

"거기 멈춰라!! 네 이놈, 누구냐!!"

그때였다. 여성 교관의 날카로운 외침이 대성당을 가로질렀고, 떠들썩했던 분위기는 한순간에 잠잠해졌다.

소동은 입구 쪽에서였다. 300명 이상의 시선이 일제히 그쪽으로 향한다.

"잠시 기다려 주시게, 그렇게 경계하지 않으면 해. 난 결코 수상한 자가 아니니까!"

쿠퍼는 자연스럽게 메리다의 어깨에 손을 대면서 후방으로 몸을 돌리고, 보았다.

문을 포위한 강사 몇 명의 등과, 그 맞은편에서 당황하는 《거수자》의 모습을.

거수자. 재미없는 표현이겠지만 그렇게 말할 수밖에 없다. 수척한 장신에 걸친 격식 있는 연미복은 그렇다 쳐도, 안면을 덮고 있는 께름칙한 피에로 마스크는 확실히 이상하다. 목소리가 약간 또렷하지 않게 들리는 것은, 낫처럼 찢어진 가면의 입가에 천이라도 대고 있기 때문이리라.

다시 말해 신원을 소상히 밝힐 뜻이 조금도 없는 것이다. 그러면서 신용하라니 어디 가당키나 한 소린가. 일찍이 기병단의 제일선에서 명성을 떨쳤던 십수 명의 학원 강사들은 당장이라도 칼을 뽑을 듯한 기백으로 수상한 남자를 에워쌌다.

남자── 그렇다, 체격이나 낮은 목소리로 미루어 가면 안은 틀림없이 남성이었다. 학생 몇 명이 가느다란 비명을 질렀다. 씩씩한 상급생이 후배를 감싸듯이 안아준다. 사방에서 환영받지 못하는 시선을 받으면서도 가면을 쓴 거수자는 멈추지 않았다.

"아, 그렇게 무서워하지 않았으면 해. 나는 딸을 만나러 온 것뿐이야."

"그렇다면 가문과 신원을 밝히고, 그 실없는 마스크를 버려라! 가족과의 면회라면 사전연락과 학원장님의 허가가 필요하다! 정규절차를 밟지 않으면 곤란해!"

"안타깝게도 내가 좀 비루한 신분이라서 말이야, 가문 같은 대단한 건 가지고 있지 않아."

놀라움의 감정이 사라지고, 여학생들 사이에 곤혹스러운 공기가 전파됐다.

——저 남자는 대체 누구를 찾고 있는 거지?

쿠퍼가 눈살을 찌푸렸을 때, 여성 강사 한 명이 초조하게 발을 내디뎠다. 허리의 검에 손을 대고 위협하듯이 날밑을 울렸다.

"까불고 있어……!! 애당초 네놈, 문지기는 어떻게 하고 여기까지 온 거지?!"

가면남은 멈칫하듯이 두세 발자국 물러나—— 아무렇지도 않게 양다리의 간격을 벌렸다.

"용서해 주시게……. 난 진지하게 머리를 숙였는데, 완강히 통과시켜주지 않아서 어쩔 수가 없었어. 상대가 먼저 덮쳤으니까 정당방위 아니겠어?"

"붙잡아!!"

강사 몇 명이 사방에서 일제히 바닥을 박찼다. 당연히 진심으로 공격하려는 건 아닐 것이다. 드높은 소리를 내며 허리에서 뽑아 든 것은 강사들 모두 학생과 똑같은 모의검이다.

하지만 그때 누구도 예상하지 않았던 일이 벌어졌다.

"위험하군!"

남자가 절묘한 타이밍에 바닥을 굴러 사방에서 날아온 참격을 회피한 것이다.

믿을 수 없는 움직임에 허를 찔린 학원 강사들은 서로 충돌하고 말았다. 다리가 엉클어지면서 무련(武練)교관 한 명이 "뭐야……?!" 하고 경악하며 눈을 크게 떴다.

그 틈에 남자는 춤추는 듯한 발걸음으로 대성당 안에 뛰어 들어왔다.

날카로운 비명이 나왔다. 여학생들은 이미 엄청난 패닉 상태다. 다들 꼬리 밟힌 강아지처럼 우왕좌왕했고, 연미복이 무슨 세균이라도 되는 양 그 주위에서 빠른 속도로 벗어났다.

"아이고, 기다려 주시게! 난 그저 딸을 찾는 것뿐이야!"

우물거리는 목소리로 외치고서 남자는 이리저리 달아나는 소녀들을 무작위로 둘러보았다.

이윽고 피에로 마스크의 시선은 꼼짝 않고 서 있는 1학년 집단을 주목했다.

"하이, 아가씨들! 각자 친구 좀 설득해 주시게나. 난 수상한 자가 아니라고 말이야!"

"꺄, 꺄아아아아악?!"

서슴없이 다가오는 가면의 미소에 1학년들은 비단이 찢어지는 듯한 비명을 질렀다.

그 직후였다. 남자의 사각(死角)으로부터 어두운색의 그림자가 미끄러져 들어왔다 생각한 순간, 가차 없는 타격음이 울렸다. 돌려차기가 정확하게 옆구리를 포착했고, 남자의 수척한 몸은 몇 미터 뒤로 날아갔다.

바람을 맞아 휘날리는 군복 자락을 본 1학년들의 표정이 환해졌다.

"쿠퍼 님!!"

바닥에 쓰러진 가면남은 오른팔로 바닥을 내리치며 벌떡 일어났다.

냉담한 눈빛을 하고 선 청년 기사를 앞에 두고 자못 유감이라는 태도로 어깨를 으쓱한다.

"뭐야, 저쪽도 남자잖아. 근데 왜 이렇게 대접이 다른 거지?"

──성별이 문제가 아니다.

그렇게 대구하는 건 간단했지만 쿠퍼는 잠자코 있었다. 조금이라도 틈을 보이는 건 위험하다고 생각했기 때문이다. 방금 낙법을 치는 모습, 대미지를 분산하는 움직임……. 역시 단순한 거수자가 아니다. 다소 난폭한 방법을 쓰더라도 저 가면을 여기서 벗기는 게 좋을까?

그렇게 생각했을 때였다. 조심조심 이쪽으로부터 거리를 벌리는 다른 여학생들과는 반대로 쿠퍼에게 뛰어오는 1학년이 있었다. 잘못 볼 리 없는, 세상에서 가장 고귀한 금발. 어리지만 완성된 미모. 경애하는 주인님이다.

"선생님……."

소녀가 군복을 붙잡고, 쿠퍼는 자연스럽게 그녀를 등으로 보호한다. 넋을 절로 잃게 되는 흐뭇한 광경을 앞에 두고, 피에로 마스크가 조각상처럼 움직임을 멈추었나 싶었더니──.

무슨 생각인지, 갑자기 연극배우처럼 양팔을 벌리는 게 아닌가.

그러고는 하늘도 가를 듯한, 대성당을 울리는 쩌렁쩌렁한 목소리로 외치는 것이었다.

"찾았다! 보고 싶었단다, 메리다! 내 딸아!!"

LESSON: II ~예고 없이 온 두 손님~

　남자의 발언은 또다시 대성당에 혼란의 파문을 일으켰다.

　300명 이상의 여학생, 거기에 블랑망제 학원장을 포함한 강사진의 시선이 한꺼번에 오간다. 이상한 분위기의 거수자와, 그자를 마주 보는 선남선녀 주종에게.

　"딸…… 아버지……?"

　누군가가 불쑥 말을 꺼내자, 술렁이는 소리는 파도처럼 확대되었다. 메리다의 동급생이 말했다. "하지만 페르구스 님은." 그 한 명에게 피에로 마스크의 시선이 향했다.

　"페르구스! 그 도둑놈과 같이 묶지 말아 주시게. 구역질이 날 것 같으니까!!"

　"히익……!"

　"그 자식은 악마야! 단단히 묶여 있었던 나와 메리노아를 갈라 놓고, 우리 사랑의 결정을 빼앗았지! 어디 그뿐이랴, 《무능영애》라며 무시당하는 딸을 지키지도 않고, 매정하게 대하고……. 아아, 메리다! 지금까지 얼마나 힘들었니!"

　가면남이 일부러 복식으로 큰 소리를 지르고 있는 것처럼 보이는 까닭은 쿠퍼가 초조해하고 있기 때문일까. 손짓 몸짓 섞은 연설에 메리다의 안색은 어느새 새파래진 상태였다.

그녀 처지에서 보면 저 남자는 망령이나 괴물보다 더 무시무시한 존재이리라. 쿠퍼의 군복을 쥔 손가락 끝에 꼬오옥 하고 얼마 되지도 않는 힘이 들어간다.

"누, 누구……?"

"기억하지 못하는 것도 무리는 아닐 테지. 넌 태어나기 전에 나와 떨어졌어. 만나서 반갑다, 네 아빠다! 옳지, 좀 더 좋은 얼굴 좀 보여 주거라!"

남자가 발을 내디디기 직전, 쿠퍼의 손바닥이 번쩍였다.

눈에 보이지도 않는 속도로 발도, 칼끝을 몇 미터 앞에 있는 가슴팍에 조준한다. 칠흑의 칼집에 넣어져 있는 상태긴 하지만, 아지랑이처럼 휘감겨 붙은 살의는 진심이다.

"거기 서라. 가면을 벗고 바닥에 엎드려."

피에로 마스크는 과장된 동작으로 어깨를 움츠린 다음 다시 큰 소리를 질렀다.

"그렇군, 메리다도 벌써 연인이 있을 나이인가! 하지만 언뜻 봐도 고귀한 출신은 아니구나, 피에 굶주린 늑대야! 조심하거라. 만약 지금 이게 축복받지 못하는 사랑이라면 너도 메리노아처럼 불행해지고 말 거야!"

"네 이놈……!!"

쿠퍼가 송곳니를 드러내자, 남자는 "히이익!" 하고 기겁하며 비명을 질렀다.

그러더니 바닥을 차고 놀랄 정도로 높이 뛰어올라 2층에 착지한다. 의자를 휙 내던져 스테인드글라스를 깨뜨린 다음, 마지막으로 울타리에 발을 걸고 아래쪽을 돌아보았다.

"분하지만 나한테 네 교우관계에 참견할 권리는 없는 것 같다. 잘 있거라, 메리다. 한 번 볼 수 있어서 좋았다! 그래도 폭력적인 남자친구는, 아빠는 좀 그렇구나!"

"붙잡아라!!"

무련교관이 소리를 지르는 것과 동시에 남자는 훌쩍 창문을 뛰어내렸다.

십수 명의 강사진들이 대성당을 뛰어나간다. 예외 없이 마나를 걸친 임전태세. 하지만 과연 저 자유분방한 피에로 마스크를 붙잡을 수 있을는지. 할 수 있다면 쿠퍼도 추격에 가담하고 싶었으나 왼팔에 기대는 연약한 온기 쪽이 지금은 중요하다.

"아가씨……."

이쪽의 몸에 기대지 않았다면 메리다는 진작에 바닥에 주저앉았을 것이다. 이미 안색이 새하얗다. 폭풍이 지나간 대성당에서, 주위의 여학생들은 저마다 소곤거렸다.

"그 수상쩍은 사람이 메리다 님의 진짜 아버지……?"

"페르구스 공을, 딸을 빼앗은 악마라고 불렀어요."

"그러고 보니 저, 들은 적이 있어요. 메리다 님이 작년까지 전혀 마나를 각성시키지 못한 건 그녀의 혈통이——."

팡팡팡팡!! 난폭한 손장단이 학생들의 술렁이는 소리를 막았다.

"어쩜, 아주 못된 장난이었어요!"

블랑망제 학원장은 여학생들 사이를 걸으면서 조율을 잘못한 바이올린처럼 뒤틀린 목소리로 크게 말했다.

"그 가면을 보아하니, 이곳을 서커스 공연 장소로 착각했었던 거겠죠! 정말이지, 민폐인 퍼포먼스였어요. 자, 여러분, 아침 집회는 끝입니다! 프린트 잊지 말고 교실로 가세요. 선생님들도 바로 돌아갈 겁니다!"

"해산! 해산!"

크리스타 회장이 뒤따르듯이 소리를 질러 여학생들을 대성당에서 몰아내기 시작한다. 쿠퍼 또한 메리다의 등을 밀면서 아무 일도 없었다는 듯한 얼굴로 그 파도에 올라탔다. 지금 당장 연장자인 블랑망제 학원장의 의견을 구하고 싶은 충동에 사로잡혔지만, 지금은 무조건 피하는 쪽이 좋으리라.

"리타……."

은발의 사촌 자매가 인파를 누비고 다가왔다. 평소와 같은 무표정이지만, 불안한 음색과 또 불안한 시선으로 메리다의 표정을 들여다본다.

그것이 메리다의 마음에 불을 지핀 모양이다. 엘리제에게 걱정을 끼치지 않기 위해서인지 그녀는 굳세게 얼굴을 들어 보였다. 잘되지는 않았지만 싱긋 웃으며 말했다.

"난 괜찮아! 하나도 신경 쓰지 않으니까."

"……응."

"수업 준비해야지! 예습한 문제, 나오면 좋겠다."

억지로 내는 듯한 메리다의 목소리가 주위에도 전해져, 여학생들은 제각기 상관없는 수다를 시작했다. 당장에라도 무너질 것 같은 다리를 보고도 못 본 척하면서 건너듯이, 다들 부자연스럽게 조금 전의 화제를 피한다.

옆에서 로제티가 걱정스러운 시선으로 쳐다본다. 쿠퍼는 주인처럼 의연하게 행동할 여유가 없었다. 대신 마음속 깊은 곳에서 결의의 이빨을 갈았다.

언제까지고 계속되리라곤 생각하지 않았다. 바로 오늘이 날이었다. 평온했던 휴식의 나날은 이제 끝나고, 다시금 어둠의 저편에서 찾아온 것이다.

암살교사와 무능영애의 운명이 달린, 시련의 시간이——.

† † †

"앗, 나왔어요! 저 아름다운 금발…… 틀림없이 저 소녀예요!"

오늘 수업을 마치고 메리다와 쿠퍼가 성 프리데스위데 성문을 빠져나온 직후의 일이었다. 신경을 건드리는 거리낌 없는 목소리가 주위에 울려 퍼졌다.

쿠퍼와 메리다는 무심코 발걸음을 멈추었다. 학원 문을 에워싸듯이 많은 숫자의 어른이 모여서 하교하는 여학생들을 기다리고 있었기 때문이다. 안경을 쓴 젊은 여성부터 중년의 남성까지. 복장은 낡은 정장에 사냥 모자. 특종을 놓치지 않겠다며 번뜩이는 눈동자에, 손에는 메모장과 만년필 그리고 카메라가 몇 대——.

누구나가 한눈에 알아차렸다. 신문사 쪽 사람이다.

"아가씨 여러분, 잠깐 이야기 좀 할 수 있을까?!"

가장 연상으로 보이는 남성 기자가 뻔뻔하게 몸을 내밀어 왔다. 쿠퍼와 메리다를 포함, 하교 도중이었던 여학생들이 발길을 멈춘다. 남자가 진행방향을 막고 있기 때문이다.

학생들이 돈이 열리는 나무로 보이기라도 하는지. 남자의 탁한 눈이 번득인다.

"오늘 집회에서 메리다 엔젤의 진짜 아버지가 나타났다는 게 정말이니?!"

메리다의 자그마한 몸이 움찔거렸다.

"어떻게 그걸…………."

중얼거리기 시작한 주인의 입술을 쿠퍼는 아무렇지도 않게 막았다.

목소리가 들렸을 리는 없겠지만 다른 기자들도 잇달아 몸을 내밀어왔다.

"오늘 아침, 학교구의 모든 신문사에 투고가 있어서 말이야!"

"자기가 메리다 엔젤의 진짜 아버지라잖아! 면회 갔더니 쫓겨나 버려서, 그 부조리함이 알려지길 바란댔어!"

"폭력사태로까지 번졌다고 쓰여 있었습니다만, 그게 정말인가요?!"

"──잠시만요, 이게 무슨 소동이죠?!"

성벽 안쪽에서 늠름한 목소리가 울렸다. 바로 학생회장 크리스타 샹송이다. 그녀는 문을 나온 곳에서 멈추어 서서는, 곤혹스러워하는 여학생들, 어울리지도 않는 장소에 줄줄이 늘어선 신문기자들 그리고 그 중심에 있는 메리다와 쿠퍼를 보고 바로 상황을 깨달은 것 같았다.

성 프리데스위데의 대표로서 그녀는 최대한 가슴을 쭉 펴고 말했다.

"학생 여러분은 조속히 귀가하세요. 숙녀답게, 귀갓길에 다른 곳에 들르거나 쓸데없는 수다는 삼가도록. 알겠죠?"

"……."

여학생들은 거북해하며 고개를 끄덕여 대답한 다음 잰걸음으로 귀갓길에 오르기 시작했다. 하나같이 시선을 완강히 돌리고 가는 바람에, 귀족 아가씨를 상대로 이래라저래라 할 수 없는 기자들은 "아앗?!" 하고 탄식했다.

그래서 그들은 타깃을 바꿨다. 우뚝 선 크리스타 회장 곁으로 전원이 일제히 몰려든 것이다.

"그렇다면 네가 좀 이야기를 들려줘! 학생회장이라고 하면 되나?!"

"네? 아, 아니, 그게, 저는——."

"너라면 틀림없이 알고 있을 테지? 학생회장이잖아? 자, 학생대표로서 분명히 의견을 말해 줘! 메리다 엔젤에게는 페르구스 공 말고, 진짜 아버지가 있다고 생각하니?"

"저, 저는 아무것도 말씀드릴 게……."

학생대표라고 해도 열다섯 살 소녀다.

곤혹스러움을 느끼며 그녀가 두세 발자국 뒷걸음질 쳤을 때 기자들과의 틈바구니에 장신의 남자가 끼어들었다.

"죄송합니다, 학생회장. 뒤는 저희가."

"하, 하지만 쿠퍼 님……."

크리스타 회장의 어깨를 안고 아무렇지도 않게 교내로 밀어내고, 쿠퍼는 기자들의 시선을 모은 채 곧장 메리다의 곁으로 갔다. 차가운 바깥 공기로부터 주인을 지키듯, 작고 가냘픈 그녀의 몸을 한쪽 팔로 끌어안고 걷기 시작한다.

"저희도 갈까요? 아가씨."

흐르는 물 같은 일련의 동작이 기자 집단을 멍하니 넋을 잃고 바라보게 만든다.

하지만 곧 젊은 남자가 무엇인가 생각난 것처럼 "앗!" 하고 소리를 질렀다.

"저 군인 아닌가요?! 투고에 있었던 메리다 엔젤의 연인!"

"맞아, 나이 차이가 나지만 틀림없어! 어이, 카메라 준비해! 빨리 사진 찍어!!"

직후, 기자들이 들고 있었던 몇 대의 카메라가 일제히 폭발했다.

부품이 사방으로 튀고, 비싼 정밀기계는 눈 깜짝할 사이에 잡동사니로 전락했다. 자신들의 생명줄이 불쌍하게도 원형을 잃은 것을 보고 중년의 남자는 턱이 딱 빠졌다.

"무…… 무슨 짓이야, 멍청아!! 우리 회사를 망하게 할 셈이냐?!"

"나, 나한테 그러지 마! 뭔가 제멋대로 부서졌다고, 진짜 내 탓이 아니야!"

울먹이며 서로 아우성치는 카메라맨과 기자들은 눈치채지 못했다.

카메라의 잔해에서 푸른 불길의 잔재가 흩날려 바람에 사라지는 것을.

"……서, 선생님?"

순간 정체 모를 힘을 느낀 기분이 들어 메리다는 얼굴을 들었다. 하지만 잘생긴 가정교사는 시치미를 뚝 떼고 앞을 바라보고 있을 뿐. 그의 한쪽 눈이 희미하게 발광하고 푸른 불똥이 사라진 것 같은 기분이 들었으나 발밑에서 올라오는 차가운 공기가 그것을 감쪽같이 지워 버렸다.

메리다로서는 그 한기가 뱀파이어가 내뿜는 아니마라는 사실을 깨달을 방법이 없었다.

† † †

사태는 급속히 움직이기 시작했다──.

그날 밤, 카디널스 학교구 교외에 세워진 메리다의 저택. 쿠퍼가 자기 방에서 글을 쓰는데, 갑자기 창문을 으드득으드득 긁는 기척이 났다. 의자에서 일어나 살짝 창문을 열자, 열린 틈을 통해 느릿느릿 털복숭이 동물이 들어온다.

회색 털을 가진 《겨울잠 쥐》다. 특징인 기다란 꼬리에 간소한 기구가 달려 있는데, 새끼손가락만 한 작은 실린더에 자그마한 메모가 말아 넣어져 있다.

식물의 씨와 꽃의 꿀을 대접하면서 쿠퍼는 익숙한 손놀림으로 기구를 떼어냈다.

메모를 열고 내용을 확인.

말려 있었던 작은 종잇조각에는 다음과 같이 쓰여 있었다.

『13월의 밤에 거짓된 병사들이 꿈틀대기 시작하다

　제단에 바라는 것은 태양의 씨앗인가』

암호다. 쿠퍼는 시선을 재차 왕복시켜서 필자의 진의를 풀어 낸다.

──『13월의 밤』은 존재하지 않는 것, 즉 백야 기병단이다. 『거짓된 병사』는 범죄조직인 여명 희병단(길드 그림피스)을 가리킨다. 『태양의 씨앗』이 의미하는 바는 메리다 아가씨이리라. 하지만 끝을 의문형으로 맺은 것을 보면 각 조직의 목적이 아가씨라고 단정 지을 수는 없겠는데…….

쿠퍼는 메모를 노려보면서 잠시 생각했고, 곧 시의 뒤쪽에 짧은 문장을 덧붙였다.

『구두 한 짝으론 춤출 수 없다』

의미는 단순하게 『지원을 바란다』이다. 도로 쥐꼬리에 기구를 달아 실린더에 메모를 쑤셔 넣는다. 볼록하고 둥근 엉덩이를 가볍게 밀자 자그마한 메신저는 창문 틈을 느릿느릿 빠져나가 어둠 건너편으로 뛰어갔다.

　——상대의 답장은 기대하지 않는 편이 좋을 것이다. 의지할 수 있는 것은 어디까지나 현실적인 선택지뿐이니까. 쿠퍼는 글을 쓰고 있었던 양피지를 정리해 책상 서랍에 넣었다. 군복 외투를 벗어 의자에 걸친 다음 와이셔츠 차림으로 복도에 나왔다.

　향한 곳은 이미 몇 번이고 방문한 1층의 침실이다.

　문 앞에 서서, 약간 긴장을 머금은 채 손등으로 두세 번 노크.

　"……아가씨, 잠시 괜찮겠습니까?"

　실내를 횡단해 온 익숙한 기척이 문을 사이에 끼고 맞은편에 섰다.

　심호흡이라도 하는 것인지, 약간 틈을 두고 맞이하듯이 문이 열렸다.

　"아, 안으로 드세요, 선생님."

　천사 같은 네글리제 차림의 메리다 엔젤. 그녀도 약간 긴장한 기미의 표정으로 복도에 얼굴을 내밀고서 좌우를 확인한다. 보는 눈이 아무도 없음을 확인하고, 잽싸게 가정교사를 실내로 불러들였다. 배짱이 두둑한 쿠퍼도 이 방을 왕래할 때면 조금이지만 번번이 긴장하고 만다.

　이미 꼭 닫혀 있는 창문과 커튼을 재확인하는 한편 메리다의 의향을 캐듯이 물었다.

　"앞서 알려드렸습니다만 오늘은 정기검진입니다. 마음의 준비는 되셨습니까?"

　"네, 네엡. 요, 욕탕에서 구석구석 씻고 왔어요!"

"……그렇습니까."

입욕제 향기가 간지럽히듯이 비강을 어루만져서 쿠퍼는 동요를 얼버무리듯이 헛기침을 했다.

지금부터 어떤 검사를 하느냐, 바로 어느덧 일상이 되어 버린 메리다의 체내 마나 기관의 진찰이다. 쿠퍼가 자신의 마나를 나누어 주어 강제적으로 각성시킨 그녀의 체내 기관이 시간이 경과함에 따라 이상 반응을 일으키고 있지 않은가를 신중하게 확인하기 위함이다.

이 행위는 그 누구도, 저택에서 일하는 메이드들이라 해도 알아서는 안 된다. 쿠퍼가 《무능영애》라고 불렸던 메리다에게 본인의 마나를 나누어 주었다는 사실, 그 결과 그녀가 사무라이 클래스를 획득했다는 사실은 두 사람의 운명에 절대적으로 관계되는 비밀이기 때문이다.

──만약 그 점을 제한다고 해도 가정교사가 열세 살짜리 공작 가문 영애의 때 묻지 않은 맨몸을 더듬었다는 사실이 알려지면 목이 날아가는 정도로는 끝나지 않으리라. ……뭐, 이런 말을 하는 게 새삼스러울 만큼 그녀와 보낸 이 1년에는 《많은 해프닝》이 있었지만.

크흠, 다시 한번 헛기침을 하고서 쿠퍼는 자신의 성실함을 강조했다.

"여러 번 부담을 드려서 죄송합니다. 당분간 경과를 볼 필요가 있는 사항이라."

"아, 아니에요, 오히려 제가 부탁드려야 하는 일인걸요!"

당연히 부끄러워하면서도 메리다는 매력적인 미소를 싱긋 지어 주었다.

"그리고 저, 선생님이 손으로 만져 주는 거 좋아해요. 괜히 힘 빼고 그러시면 안 돼요? 검사야 뭐, 마사지 같은 거잖아요!"

"아가씨……."

예상대로 조금 강한 척하고 있음을 쿠퍼는 속으로 깨달았다. 부끄러움을 얼버무리기 위한 까닭도 있겠지만 동시에 낮에 있었던 학원에서의 사건이 영향을 남긴 것이리라.

그녀의 배려를 헛되이 하지 않기 위해 쿠퍼는 의식적으로 웃는 얼굴을 하면서 침대를 가리켰다.

"그럼 가벼운 마음으로 시작하시죠. ──누우십시오."

메리다는 긴장한 기색으로 고개를 끄덕이고서 넓은 침대에 기어올랐다.

머리맡에서 위로 보고 누운 다음 네글리제 끝자락을 스스로 걷어 올린다. 눈부신 장딴지에, 어렴풋이 물든 무릎 그리고 허벅지 위쪽 아슬아슬한 곳까지 확 드러났다. 메리다의 손은 거기서 일단 멈췄지만 이내 결심한 듯이 추가로 몇 센티 정도 끌어올렸다.

사타구니에 착 들어간 순백색 팬티가, 거역하기 어려운 인력으로 쿠퍼의 시선을 유혹한다──.

"……으."

메리다는 입술을 꽉 물고서 양팔을 머리 위로 옮겼다. 그리고 시선만 움직여 쿠퍼를 부른다.

몸과 마음 전부를 완전히 맡긴 상대에게만 보여줄 수 있는 포즈다.

"부, 부탁드려요. 검사 때문에 필요한 것이 있으면, 마, 마음대로 하시고요……."

"……알겠습니다, 레이디."

냉담한 가면 뒤로 심장이 벌렁거리는 쿠퍼였다.

첫 번째 검진 때는 등을 만지는 것조차 부끄러워했었는데.

그랬던 것이 몇 번을 거듭했기 때문인지 또는 쿠퍼가 모르는 이유에서인지, 메리다는 검사를 하면 할 때마다 대담해지는 듯한 기분이 든다. 이대로라면 언젠가 정말로 실오라기 하나 걸치지 않은 모습의 그녀를 진찰하는 날이 올지도…………?

그것을 상상하기 직전 쿠퍼는 머리를 흔들었다.

와이셔츠 소매를 걷고, 앞으로 누운 미소녀 위에 올라탄다. 옆에서 보면 말도 안 되는 광경일 테지만 이 자세가 가장 효율이 높으니 어쩔 수 없다. 쿠퍼와 메리다의 의식으로부터 타인의 존재를 완전히 셧아웃하기 위해서 꼼꼼히 문단속을 확인한 것이다.

"그럼 매번 하는 것처럼. 금방 끝나니 편안히 있어 주세요."

"아, 네, 네엡……!"

그런 말을 들어도 편안해지진 않겠지만 메리다는 녹아내릴 만큼 새빨간 얼굴로 쿠퍼의 시선을 받아들이고, 또 대답했다.

물론 쿠퍼에게도 마음이 싱숭생숭할 시간임은 분명하나, 지금 하려는 것은 어디까지나 검사, 매우 진지한 행위이다. 사실 요령이 있기는 한데, 차라리 눈을 감아버리는 것이다. 일단 메

리다의 피부에 손을 올리면, 그때부터는 눈을 감아도 마나의 기운이 쿠퍼를 이끌어준다.

몸의 중추에서 전신으로 퍼지는 마나 회로(베이퍼라이저)의 맥동 덕분이다. 네글리제 너머로도 매우 세세하게까지 감지할 수 있는데, 맨틀에서 솟아오르는 은은하게 뜨거운 마나의 숨결에 손바닥이 편안하다.

쿠퍼는 미의 여신의 건반을 두드리는 것같이 눈동자를 감고 메리다의 전신을 손가락으로 훑어갔다. 메리다도 그 전부를 받아들이는 것처럼 천천히 눈을 감는다.

여기서 그녀의 부드러운 피부에 의식을 집중해 버리면 쿠퍼의 정신에 좋지 않다.

어둠 속에서 그가 생각하는 건 아무래도 낮에 있었던 사건이었다.

——그 피에로 마스크 남자는 정말로 메리다 아가씨의 아버지일까?

만약 그렇다면 백야 기병단이 온갖 방법을 써 행방을 찾았으면서도 여태껏 실체를 잡지 못한 메리노아 엔젤의 불륜 상대가 참으로 허무하게 모습을 드러낸 셈이 된다. 정말 그런 일이 있을 수 있는 건가…………?

쿠퍼의 손끝이 열을 띠기 시작했다. 마나가 다니는 길을 더듬어 한층 더 힘차게 맥동하는 마나의 원천에 다다랐다. 양 손바닥을 슬슬 문지르며 애지중지하듯이 그 존재를 확인한다.

본래라면 이 아가씨는 반년 이상 전에 죽었어야 한다. 이 고동을 중단시켰어야 한다. 다름 아닌 쿠퍼 자신의 손으로……. 그 운명을 회피하기 위해서도 이번 사건, 가만히 내버려 둘 수는 없다.

결국 그 가면남은 프리데스위데 강사진의 추적에서 벗어났다. 예상대로 보통내기가 아니다. 일부러 전교 집회 타이밍을 노려 소동을 일으킨 것도 그렇고, 득달같이 신문사들에게 투고를 한 것도 그렇고 명백히 계획적으로 움직이고 있다.

목적은 한 가지, 이제야 안정된 메리다의 입장을 뿌리부터 뒤흔드는 것.

그것을 고려한 상태에서 이쪽이 일으켜야 할 액션은 무엇일까? 이번 사건을 보고 메리다를 둘러싼 각 세력은 어떻게 움직일까? 대응을 그르칠 수는 없다. 메리다의 운명은 바로 쿠퍼의 운명과 핏빛 실로 밀접하게 엉켜 있으므로…………….

"하아, 하아…… 으……윽! 서, 선생니이임…… 하으으……윽!"

갑자기 천사의 날개가 귓가를 간지럽히는 감각이 들었다.

바로 메리다의 목소리다. 생각에 푹 사로잡혀 있었던 의식이 뺑 터지고, 쿠퍼는 계속 감고 있었던 눈꺼풀을 들어 올렸다. 금색 머리카락이 헝클어진 채 퍼져 있는 광경이 보인다.

메리다의 뺨이 삶은 것처럼 상기되고, 복숭앗빛 입술에서 뜨거운 숨결이 흘러나왔다.

"아가씨? 왜 그러십니까?"

"아, 아무래도 이제 슬슬…… 한계예요오…… 하아악, 아웅!"

쿠퍼는 어리둥절해 하며 고개를 갸웃하고서, 양손으로 계속

농락하고 있었던 《그것》을 두세 번, 별생각 없이 마구 주물렀다. 그리고 그 극상의 감촉 때문에 뒤늦으나마 깨달았다.

마나의 원천은 맨틀 《티페레트》. 그것은 인체의 가장 중추에 위치한다.

다시 말해 흉부.

쿠퍼의 손이 무의식적으로 그 부위를 계속 만지작거리고 있었다는 것은…………

쿠퍼는 자신의 안면이 전혀 어울리지 않는 붉은 색으로 물든 것을 자각했다.

"시, 실례했습니다!!"

전에 없는 날렵함으로 잽싸게 뒤로 물러서서 쿠퍼는 소녀의 침대 옆에서 무릎을 홱 꿇는다.

"다, 당치도 않은 실수를 저질렀습니다! 설마 가슴을 만지고 있는 줄은 저어언혀 몰랐습니다!!"

"──푸욱!"

소녀의 섬세한 콤플렉스에 치명타가 들어간 소리가 들렸다.

벌떡 상체를 일으킨 메리다는 가슴팍을 끌어안고서 뾰로통한 표정으로 쿠퍼를 바라봤다. 매우 원망하는 것 같은 눈가에는 눈물이란 보석이 고여 있다.

"으으으으~~~~……으으으!!"

"아, 아니, 그……."

쿠퍼답지 않은 실수가 또 하나 있었으니, 신사로서 있을 수 없는 지독한 실언이다.

크흠! 헛기침하면서 쿠퍼는 겨우 가정교사의 면목을 되찾았다.

"아, 아가씨야말로…… 이런 때는 비명을 지르거나, 뺨을 때리셨어야죠! 왜, 가만히 있는 겁니까."

"네? 그렇지만……."

메리다는 고개를 갸우뚱하고서 전혀 생각도 하지 않았다는 식으로 대답했다.

"거, 검사라면, 참아야 한다고 생각해서……."

"…………."

"그, 그리고 선생님이 절 만지는 동안에, 선생님 생각으로 머리가 가득 차…… 아, 아으으……."

새삼 대담한 체험을 했음을 자각한 것인지 메리다는 뺨을 누르고 몸을 웅크린다.

이 이상 들었다간 이쪽의 머리야말로 다시 끓어오를 것 같아서 쿠퍼는 침대 가장자리에 걸터앉았다. 그리고 아직 걷어 올라간 상태인 네글리제 끝자락을 쥐고 공손하게 바로잡아 준다.

"오, 오늘 검사는 여기까지 하겠습니다. 괜찮으시죠?"

"네, 네에……. 아, 아무한테도 말하지 않을게요……."

매우 고마운 말씀이다. 쿠퍼와 메리다의 비밀이 탄로 나지 않아도, 오늘 밤 일이 소상하게 밝혀진다면 그 시점에서 가정교사 생활은 파멸이다.

달아오른 머리를 둘이 함께 식히면서 쿠퍼는 천천히 말했다.

"아가씨, 처음 이렇게 만나 검사를 한 날을 기억하십니까?"

"네? 물론이죠."

메리다는 네글리제 끝자락을 누르고, 뺨을 도로 수치의 색으로 물들였다.

"어, 엄청 부끄러웠는걸요…… 분명 평생 잊지 못할 거예요."

"그때 이야기했었죠? 『아가씨 본인이 납득한다 해도 기사 공작가문이라는 입장 상, 좋지 못한 소문을 내는 자가 반드시 나타난다』고……."

"아……."

낮에 있었던 사건을 포함해 가정교사가 진지한 이야기를 시작했음을 눈치챈 메리다는 얌전한 표정이 되어 고개를 끄덕인다. 쿠퍼도 고개를 끄덕여 응답했다.

"눈을 돌린다고 해서 해결되는 일이 아니니 말씀드리죠. 우려하고 있었던 사태가 일어난 것 같습니다. ——누군가가 엔젤 가문의 위신을 깎아내리려 하고 있어요. 낮에 학원 대성당에 나타난 그 가면 쓴 남자는, 적의 계략의 하나에 불과할 겁니다."

메리다는 눈동자를 감고 고개를 끄덕였다. 눈꺼풀 뒤로 낮에 있었던 광경을 떠올리는 것일까.

"전 믿어요. 그 사람이 저나 제 어머니하고 아무런 관계도 없으리란 걸."

자신을 타이르는 듯한 음성. 실제로는 확신할 수 없어 불안해서 견디지 못하는 상황일지도 모른다. 그것을 알면서도 쿠퍼는 용기를 북돋우듯이 목소리에 힘을 실었다.

"저도 그렇게 생각합니다. 적은 그저 사람들의 호기심을 부추기기 위해서 스캔들을 이용하고 있을 뿐이라고. 다만 그렇게 되면 문제는, 무엇을 계기로 적이 행동을 시작했느냐는 겁니다. 아가씨를 욕보일 수 있을 거란 절대적인 확신이 없다면, 기사 공작 가문에게 대드는 이 행동은 너무나도 리스크가 큽니다."

그 말에 골똘히 생각하지만 열세 살 소녀는 해답을 낼 수 없다. 쿠퍼가 대신 가르쳐주었다.

"가능성이 큰 건 아가씨의 클래스입니다. 마나를 각성시킨 후 오늘에 이르는 동안에, 아가씨가 기사 공작 가문이지만 사무라이 클래스를 지니고 있다는 사실을, 아가씨를 해하고자 하는 무리에게 들킨 것이 아닐지……."

잘생긴 이목구비에도 괴로운 기색이 번진다. 하지만 무리도 아니다. 메리다가 전사로서 성장하면 할수록 클래스를 숨기기는 어려워진다. 상대가 학원 3학년생인 셈파 쯔베토크처럼 어렴풋이 눈치채고도 이해해 주는 분별 있는 인간이라면 괜찮지만.

그러한 행운이 계속되진 않을 것이다.

오히려 메리다의 주위에는 틈만 생기면 찔러 죽이려고 하는 악의 어린 검만이 꿈틀거리고 있다. 그럭저럭 무사히 1년을 보낸 것을 요행으로 여겨야 할지도 모른다.

쿠퍼는 마음을 먹고 소녀의 눈동자를 정면으로 응시했다.

"아가씨, 제가 당신의 가정교사로 부임한 지 벌써 1년이 지나고 있습니다. 그래서 지금까지의 집대성으로서 아가씨에게 시험을 내 드리고 싶습니다."

"시험?"

"제가 아가씨에게 내는 1년 차 최종 시험입니다. 마침 낮에 학원에서 안성맞춤인 통지가 있었죠. ——비블리아 고트 사서관 인정시험을 보시고 합격하시기 바랍니다."

메리다의 커다란 눈동자가 경악의 색을 비추면서 휘둥그레졌다.

"네에?! 하, 하지만 그 인정시험이라는 건 아마……!"

"네, 통상이라면 2학년 이상이 치르는 고난이도의 테스트입니다. 하지만 그러므로 아가씨의 각오를 세상이 인정하게 하기에는 절호의 무대이죠."

이것도 예전에 가르친 것이다. 메리다의 클래스가 드러나면 불온한 소문이 날 것이다. 하지만 그때, 그녀가 눈부신 실적을 지니고 있다면 반대의견을 봉쇄할 수 있다.

메리다는 아직 1학년. 솔직히 조금 더 유예가 필요한 부분이지만…… 어쩔 수 없다. 사태가 급박해졌으니.《무능영애》라 불리었던 그녀가 요 1년 동안 얼마나 성장했는지, 그 성과를 증명해야 할 때가 찾아온 것이다.

자신이 처한 상황을 정확히 파악하고 있는지 어떤지. 조용히 이쪽을 쳐다보는 메리다의 눈동자는 어딘가 다른 불안을 비추며 흔들리고 있는 것처럼 보였다.

"만약, 제가 그 시험에 합격하지 못하면 선생님은요?"

"예?"

"이 저택에서 사라지는 건가요……?"

"＿＿＿＿."

그것 역시 진작에 각오를 굳힌 일. 나는 임무를 등지고, 목숨을 걸고 그녀를 육성하고 있다. 하지만 그녀가 그에 걸맞은 성장을 이루지 못한 경우엔…………

암살교사의 서약 아래, 이 손을 피로 물들이지 않으면 안 되는 때가 올 것이다.

"만약 불합격했을 때는, 그러네요……."

쿠퍼는 곁으로 손을 뻗어 열세 살의 보드라운 뺨을 손가락으로 어루만졌다.

"아가씨께서는《벌》을 받으시겠습니다."

"버, 벌이요? 어떤 건가요? 조금 무서운데……."

"지금은 비밀입니다. 무서운 일을 경험하지 않고 끝나도록 열심히 하셔야겠죠?"

"으으으…… 선생님 짓궂어요."

뽀로통해진 소녀의 볼을 쿠퍼의 손가락이 귀여워하며 집는다. 그러자 메리다는 바로 안도한 표정이 되어 눈동자를 글썽이고, 가정교사의 손바닥을 양손으로 감쌌다.

"저기요, 선생님. 그럼 시험에 합격하면…… 사, 상을 주시지 않을래요?"

"상 말씀입니까?"

"네에, 그……."

메리다의 시선이 약간 움직였다. 그 시선이 쿠퍼의 입술 근처를 어루만지고 있는 것을 알 수 있었다.

"선생님이야말로, 저희가 처음 만난 날을 기억하고 계시나요?"

"네, 물론입니다. 제 기억의 가장 중요한 장소에 넣어 뒀습니다."

"저도요. ……그, 그때 하다 만 걸 다시 해 줬으면 좋겠는데."

부끄러움에 얼굴을 숙이고 가는 실을 자아내듯이 말을 조금씩 흘린다.

"그건 결국 입에서 입으로 옮긴 거였고, 치료를 위한 것이었으니……. 제게 있어선 처음이라도, 선생님은 또 다르지 않았을까 싶기도 하고, 애당초 선생님의 마음이…………."

"잘 모르겠습니다만, 결국 무엇을 소망하시는 건지요?"

"저, 저도 지금은 비밀이에요!"

메리다는 한계에 다다랐는지 고개를 돌리고 베개로 얼굴을 숨겼다.

쿠퍼는 순간 어리둥절했지만, 금세 장미꽃을 연상케 하는 용모로 미소를 지으며 메리다를 불렀다.

"아가씨."

"왜, 왜요? 선생님."

"무슨 억지를 부려 저를 난처하게 해 주실지, 기대하고 있겠습니다?"

그 말에 메리다는 아주 조금 베개에서 얼굴을 내밀었다.

어느 때건 쿠퍼의 마음에서 찬연하게 빛나는 미모가 꽃잎처럼 벌어졌다.

"즐겁게 기다려주셔야 돼요? 꽁꽁 아껴 둔, 진심이 담긴 억지일 거니까요."

† † †

그 대성당에서의 파란이 거짓말같이── 혹은 폭풍전야의 고요함같이 아무 일도 없는 며칠이 지났다.

성 프리데스위데에서는 3학년이 졸업준비에 힘쓰고, 2학년과 1학년은 진급이나 상급생으로부터의 각 업무 인수인계에 쫓기는 중이다. 분주하고도 충실한 나날로 인해 그날 나타난 이해할 수 없는 피에로 마스크에 대한 것을 입에 담는 학생은 부자연스러울 정도로 한 명도 없었다.

흡사 모두 기억에서 지워 버리고자 외면하는 것처럼──.

"마지막으로 한 번만 더 확인할게요. 각오는 확실히 했겠죠? 미스 엔젤."

종업식을 눈앞에 둔 휴일, 드디어 운명의 순간이 찾아왔다.

오늘은 바로 비블리아 고트 사서관 인정시험의 개최일이다. 미궁의 입구를 겸하는 유리 궁전《글래스몬드 팰리스》댄스홀에는 깨끗한 배틀 드레스를 입은 십수 명의 여학생들이 집합해 있었다. 모두 인정시험 수험자들이다.

셴파 쯔베토크를 필두로 한 3학년, 재기 넘치는 2학년, 그중에 섞여 꼼짝없이 이목을 끌고 있는, 좀처럼 전례가 없는 1학년 수험자 두 명.

주위의 소녀들보다 작고 어린 메리다와 엘리제에게, 성 프리데스위데의 최연장자인 블랑망제 학원장이 조그마한 눈으로 물었다.

"학원 측으로서는 두 사람이 인정시험에 참가만 해 주면 그걸로 충분해요. 하지만 두 사람은——."

"형식뿐인 참가로는 안 됩니다. 저희는 진심으로 인정시험 합격을 노리겠습니다."

몇 번이고 말한 결의를 메리다는 다시 한번 단호하게 고했다. 그 이유를 학원장은 굳이 추궁하진 않았다. 조그마한 눈동자에 여러 감정이 아른거리더니, 그녀는 살짝 고개를 끄덕였다.

"위험을 알면서도 두 사람이 그렇게 결정했다면 나는 막을 수 없습니다. 하지만 뒤를 지탱해줄 수는 있을 거예요. 두 사람의 시험 인솔에는 특별히 내가 직접 동행하겠습니다."

메리다와 엘리제는 얼굴을 마주 보았으나, 2학년과 3학년, 다른 수험자들은 그럴 만도 하다는 눈치였다. 학원장이 직접 나서는 일에 크게 놀라지 않고, 반대하는 자도 없다.

학원장은 홀을 한 바퀴 둘러보고서 평소처럼 명료한 목소리로 소리쳤다.

"곧 시험 개시 시간입니다. 자, 회장으로 이동하죠. 늦지 않도록!"

옷자락이 긴 학원장의 로브를 따라 십수 명의 수험자들이 움직인다. 1학년인 메리다와 엘리제는 최후미에 붙는 것으로 결정되어서, 메리다는 일단 곁에 있는 사촌 자매에게 미소부터 지어 보였다.

"고마워, 엘리. 내 고집에 함께해 줘서."

엘리제는 무표정을 풀고, 하얀 눈 밑에서 피어나는 꽃처럼 웃었다.

"리타는 유닛 리더잖아. 리타와 함께하는 퀘스트, 기대돼."

비블리아 고트 사서관 인정시험은 유닛 단위로 참가하게 되어 있다. 시험을 본격적으로 치를 것을 피력한 메리다에게, 엘리제는 함께해 주기로 흔쾌히 응해 주었다.

사촌 자매의 전폭적인 신뢰에 보답하고자 메리다는 손바닥을 힘껏 쥐었다.

"우리 꼭 합격하자!"

"기합을 넣는 건 좋은데 너무 무리하지 않도록 해, 너희."

곁을 지나가는 3학년이 어깨를 툭 두드린다. 친애하는 선배 셴파 쯔베토크다. 이어서 학원 2학년 2인조가 엘리제를 눈여겨보고서 가볍게 인사를 보내고 간다.

"……안녕하세요, 엘리제 님."

전 학기 루나 뤼미에르 선발전에서 엘리제를 도왔던 데이지 준과 프리스 오귀스트다. 그녀들도 수험자였나 싶어 메리다는 가볍게 당황했다.

"저희도 가죠, 아가씨."

메리다의 어깨에 커다란 손이 더해지고, 연모하는 17세의 청년이 예리한 눈매로 앞길을 가리킨다. 엘리제의 뒤는 로제티가 따랐고, 격려하듯이 주인의 양어깨를 어루만지고 있었다.

그렇게 해서 수험자 일행이 향한 곳은 궁전 지하, 족히 200미터는 될 법한 장대한 회랑의 막다른 길로, 목적지인 비블리아 고트로 가는 입구는 그 끝에 갖추어져 있다.

문지기인 글래스 펫들이 지키는 활짝 열린 문의 안쪽. 마법진이 그려진, 제단 같은 용도로 보이는 원형 방은 지하에 있음에도 불구하고 천장이 보이지 않을 정도로 높다. 그리고 유리로 된 바닥에 시선을 떨구고 메리다는 숨을 죽였다.

방 바로 밑으로 공동(空洞)이 끝없이 이어지고 있다. 세로로 뚫린 거대한 터널 한가운데에 유리판이 붕 떠 있고, 바로 그 위에 메리다 이하 수험자들이 모여 있었던 것이다.

방의 중앙, 마법진처럼 보인 것이 고대의 승강기라는 모양이다. 터널 끝이 비블리아 고트 1층으로 이어져 있어서, 수험자와 인솔강사 이외의 사람들과는 이곳에서 작별인사를 주고받게 되었다.

"그럼 선생님, 저 잘하고 올게요."

불안을 감추고 메리다가 미소를 보내자, 쿠퍼는 순간 깜짝 놀라 표정이 굳어졌다.

무슨 말이 더 하고 싶은 것처럼 손을 뻗었다가, 직전에 팔을 내리고 말았다.

머리라도 쓰다듬어 주면 의욕이 가득 충전됐을 텐데, 쿠퍼는 어째선지 그것을 자제하는 눈치였다. 결국 평소처럼 반듯한 미소를 띠고 끝났다.

"다녀오십시오, 아가씨. 돌아오시길 기다리고 있겠습니다."

왠지 메리다의 가슴이 꽉 조였다. 좀 더 이 사람과 이야기하고 싶다. 손이든 어깨든 만지고 싶다. 이 사람의 가슴팍에 힘껏 체중을 맡기고 싶다————.

항상 "얼른 한 사람 몫을 하는 레이디가 되어야 해."라고 자신을 타이르고 있음에도 불구하고, 왜 지금 이런 아이 같은 충동을 억누르지 못하는 건지 당황스럽다. 이러니저러니 하는 사이에 수험자들을 실은 승강기가 움직이기 시작했다. 방의 중앙에서 마법진만 뚝 오려지더니, 톱니를 연주하며 밑으로 밑으로 내려간다.

"아……."

메리다는 무의식적으로 쿠퍼에게 손바닥을 뻗었다. 쿠퍼도 공동 앞에 무릎을 꿇고, 닿지 않을 줄 알면서도 이쪽을 향해 손바닥을 쭉 뻗는다. 언젠가 연애소설 삽화에서 본, 뒤뜰 발코니에서 밀회하는 연인들의 광경이 뇌리를 가로지른다.

——떨어지는 게 이렇게나 힘들 줄이야.

그 순간, 열세 살 소녀는 자신의 자그마한 가슴을 애태우는 열의 정체를 다시금 똑똑히 자각할 수 있었다.

"자, 수험자 여러분. 현지에 도착할 때까지 인정시험의 개요를 확인해 둡시다."

인솔자 블랑망제 학원장이 손뼉을 치자, 십수 명의 여학생들이 승강기 중앙을 주목한다. 메리다 역시 기분을 새로이 하고 엘리제와 손을 잡고 뒤돌아보았다.

블랑망제 학원장의 평소와 같은 동작이 시험 전의 흥분을 진정시켜주었다. 본인도 그것을 의식하고 있어서인지, 노련한 마녀는 느긋한 음성으로 말했다.

"미궁 사서관의 자격에는 1등급부터 6등급까지 여섯 단계가 있습니다. 물론 등급이 올라갈 때마다 시험은 어려워지므로 수험자 여러분은 자신이 어느 등급의 시험을 받게 될지를 각자 확인해 두도록 하세요."

말을 듣고 메리다는 곁에 있는 사촌 자매와 시선을 마주하였다. 그들이 치를 시험은 가장 낮은 단계인 《6등급》……이라고는 해도 당연히 1학년이 방심해도 될 난이도는 아니다.

수험자들의 모습을 확인한 다음 블랑망제 학원장은 말을 계속했다.

"시험은 제각기 해당하는 층의 《열람실》로 가, 그곳에서 치르게 됩니다. 합격의 증거를 입수하고 1층의 승강기까지 무사히 귀환하는 것, 이것이 인정시험의 흐름입니다. 이제부터 여러분에게 제한시간을 알려주는 모래시계를 배포하겠습니다."

인솔강사진이 수험자 한 명 한 명에게 허리가 홀쭉한 유리 세공품을 건넨다. 메리다와 엘리제의 손에도 온 그것은 신기하게도, 뒤집어도 모래 알갱이 하나 떨어지지 않았다.

"시험개시와 동시에 봉인이 풀리고 남은 시간이 표시될 겁니다. 비블리아 고트 안은 매우 위험하므로 신속히 잠입해 목적물을 획득하고 막힘없이 탈출하는 것이 요구됩니다. ——이어서 비블리아 고트의 위협에 관해서 설명하기로 하죠."

전원이 모래시계로부터 시선을 떼고 학원장을 본다.

"저 미궁을 사람들이 겁내는 까닭은 생물의 영혼조차 헤매고 승천하지 못한다는 성질 때문입니다. 비블리아 고트에는 일찍이 저 미궁에서 사서를 맡았던 자들의 망령이 몇천 몇만이나 배회하며, 무단으로 책을 가지고 나가려는 침입자에게 눈을 번뜩이고 있습니다. 설령 여러분들이 마나 능력자일지라도 쉬운 장애물은 아닐 겁니다."

소녀들의 목구멍이 꿀꺽 소리를 낸다. 학원장도 진지한 표정으로 설명을 계속한다.

"예비지식으로 머리에 넣어두세요. 망령 그들은 예전에 비블리아 고트에서 일어난 내분의 전사자들이라고 하는데요. 그들은 비블리아 고트 어딘가에 존재하는 세계의 창생부터 종언까지의 역사를 쓴 예언서를 둘러싸고 피로 피를 씻는 항쟁을 반복했다고 합니다. 그 진위도 예언서의 실재도 명확하진 않습니다만, 망령들이 지금도 그 단 한 권을 찾아 책장 사이를 기어서 돌아다니고 있는 것은 확실합니다."

이미 전원이 숨죽이고 학원장을 주목하고 있다. 노련한 마녀는 살짝 고개를 끄덕였다.

"비블리아 고트 아래층으로 잠입하면 할수록 문서의 역사는 오래되고 문헌으로서의 가치는 높아집니다만 동시에 배회하는 망령 또한 강력해집니다. 여러분은 다시금 자신이 시험 볼 등급을 확인하고, 부주의하게 층을 내려가는 일이 없도록 조심──."

그때였다.

덜컹. 발밑에서부터 밀어 올리는 듯한 진동이 나고 승강기가 멈췄다.

거대한 터널의 어중간한 위치에서 모두를 태운 유리 마법진은 정지하고 말았다. 학원장을 포함한 강사진도 영문을 모르겠다는 표정으로 고개를 갸웃하며 주위를 둘러보았다.

"이게 대체 된 일이죠? 비블리아 고트까지는 아직 거리가 있을 텐데……."

두리번두리번 주위를 둘러보는 수험자들 가운데, 문득 발밑에 시선을 떨군 메리다와 엘리제만이 그것을 깨달았다. 파란 바닥판에 딱 한 점이 얼룩 같은 녹색으로 번지고 있다.

"식물의, 봉오리……?"

혼잣말이 머리를 더욱 어지럽힌다. 유리로 만든 바닥의 어디에서 그와 같은 것이 날 수 있단 말인가. 메리다가 바닥에 무릎을 꿇으려고 하기 직전, 쑥쑥, 틀림없이 유리 안쪽에서 녹색 줄기가 일어서기 시작했다.

직후.

바닥 전면의 유리가 폭발하고 급속히 성장한 거대 식물의 뿌리가 수험자들을 집어삼켰다.

† † †

"언제까지 그러고 있을 거야? 정말로 메리다 님이 걱정되나 보네."

로제티 프리켓의 목소리에 쿠퍼는 깜짝 놀라 얼굴을 들었다.

메리다를 비롯한 수험자를 태운 승강기는 진작에 터널의 어둠 속으로 삼켜졌다. 그러나 쿠퍼는 공동 쪽에서 좀체 나오지 못하고 있었다.

스스로도 내가 어떻게 됐나 생각하면서, 무릎 꿇고 있었던 자세에서 일어난다.

그러자 로제티는 놀리는 투도 없이 진지함을 띤 눈길로 그를 쳐다봤다.

"당신하고 메리다 님은 진짜 사이가 좋구나."

"그런가요? 가정교사로서 기쁠 따름입니다."

"그런 게 아니고! 요컨대, 그……."

무슨 말을 하고 싶은 건가 하고 쿠퍼는 눈살을 찌푸린다.

로제티는 잠시 입술을 우물거리나 싶더니, 곧 마음먹은 것처럼 뺨을 붉게 물들이고서 달려들 것 같은 기세로 몸을 내밀며 물었다.

"당신, 메리다 님이나 엘리제 님이나 나에 대해서! 어떻게 생각해?!"

"네?…………."

쿠퍼가 질문의 의도를 가늠하려던 순간.

"하, 학원장님 계십니까?!"

풍채 좋은 학원의 시스터가 거의 구르다시피 하여 방으로 뛰어 들어왔다. 인솔 이외의 강사 그리고 쿠퍼와 로제티가 무슨 일인가 하고 뒤돌아본다.

가장 위치가 가까운 쿠퍼가 대표로 물어보았다.

"유감스럽지만 조금 전 인정시험으로 막 향하셨습니다. 왜 그러십니까?"

"하필이면 이럴 때! 손님이 오셨어요! 아아, 골치 아프네요, 기다리시게 할 수는 없는데…….."

가벼운 패닉을 일으킨 시스터는 의미도 없이 빙글빙글 실내에 시선을 돌린 후, 정면의 쿠퍼와 퍼뜩 시선을 마주했다.

"――옳지, 쿠퍼 선생님! 당신이 좀 대응해주실 수 있을까요?! 그럼 좋겠는데!!"

"저, 저라도 괜찮다면 상관없습니다만…… 손님이라는 건 대체 어느 분이시죠?"

말이 나오다 말고 몇 번이나 목에 걸린 시스터는, 이내 방 안의 유리가 깨질 듯한 엄청나게 큰 목소리로 소리쳤다.

"메리다 엔젤의 아버님인…… 페르구스 엔젤 공작님이에요!!"

엘 리 제 엔 젤

클래스:팔라딘

HP	1916		MP	211		
			방어력	190	민첩력	170
공격력	162		방어지원		0~50%	
공격지원	0~25%					
사념압력	11%					

주 요 스 킬 / 어 빌 리 티

축복Lv3 / 위광Lv2 / 증폭로Lv2 / 저연비 / 항주(抗呪)Lv2 /
디바인 스트릭 / 티리아 브랜디스 / 리메인즈 패트로나

그 《무능영애》를 화제에 올릴 때, 분가의 영애인 그녀를 따로 떼고 생각할 순
없으리라. 이 스테이터스 표가 가리키는 대로 엘리제 엔젤 양의 팔라딘으로서의
실력은 괄목하기에 충분하다.

그러나 현재 엘리제 양은 《무능영애》가 발족한 유닛에 소속되어 있으며, 스테이터스
에서 훨씬 뒤떨어지는 그녀에게 리더의 자리를 양보했다고 한다. 그 이유는
확실치 않으나. 아무튼 언제고 《무능영애》에게 고난이 닥치는 사태가 생긴다면,
우리는 그것을 쫓아버리는 팔라딘의 거룩한 번개를 직접 보게 될 것이다.

(혁신파 《오페라시옹》의 회합기록에서 발췌)

LESSON: Ⅲ ～하얀 날개를 단 소악마～

"무척 오래 기다리셨습니다, 공작 각하."

그 방에 들어가자마자 쿠퍼는 바로 긴장된 공기를 느꼈다.

학원 교사탑 응접실. 이곳까지 안내해준 시스터는 이쪽 뒤에 숨듯이 서 있고, 그 뒤로는 어쩌다 보니 따라온 로제티 프리켓의 모습도 보인다.

가죽을 씌운 소파에 앉아 팔짱을 끼고 있었던 은발의 남성은 문을 여닫는 소리에 천천히 얼굴을 들었다.

"자네는 메리다의 가정교사인……."

"기병단 소속, 쿠퍼 방피르라고 합니다."

부대명까지 밝힐 수는 없었지만 쿠퍼는 평소와 같은 완벽한 자세로 인사했다. 페르구스 엔젤은 "흐음." 하고 건장한 아래턱에 손가락을 대 보인다.

"방피르…… 들은 적 없는 가문인데."

"자, 자자, 앉으세요! 지금 차를 내오겠습니다!"

시스터가 수습하듯이 말하고서 쿠퍼에게도 소파를 권한다. 페르구스 공 바로 정면에 앉자, 쿠퍼의 뒤에는 마치 종자인 양 로제티가 대기했다.

얼굴을 드니 페르구스 공 뒤에도 종기사(從騎士) 두 명의 모습이 보였다. 군복을 과하게 장식하고, 머릿기름으로 장발을 정돈한 젊은 남자. 대조적으로 전신의 장비가 모범적인 안경 쓴 단발머리 여성. 그들의 순백색 옷차림은 바로 기병단의 최고봉 성도 친위대(크레스트 레기온)의 것이다.

남자 쪽이 쿠퍼의 군복색을 보자마자 입술을 구부려 우월감을 나타냈다. 그것을 같은 팀인 여성이 시선으로 슬쩍 나무란다. 그들은 다름 아닌 로제티의 원래 선배다. 자신이 이 마을로 투입되게 된 경위가 생각난 것인지 그녀는 어깨를 움츠리고 있었다.

시스터가 불안하게 지켜보는 가운데, 페르구스 공작은 무거운 입을 열었다.

"……당사자인 메리다와 블랑망제 학원장은 어떻게 됐나?"

"죄송합니다만 아가씨들은 지금 비블리아 고트 사서관 인정 시험에 임하고 있습니다."

"1학년인 메리다가 인정시험에?——아, 그런 건가."

페르구스 공은 혼자 납득한 것처럼 고개를 끄덕였다. 메리다가 금년도 루나 뤼미에르 선발전에서 후보생을 맡았었다는 것은 아버지인 그의 귀에도 들어갔으리라.

배경의 사정을 알았다는 듯이, 페르구스 공은 위엄 있게 여러 번 고개를 끄덕였다.

"학원장도 많이 애쓰는 모양이던데. 아무래도 내가 좋지 않은 때에 와 버린 것 같군."

"소, 송구하옵니다, 공작님! 군무로 바쁘신데……!"

"아니, 피차일반일세. 연락도 없이 찾은 내 잘못이야."

사과를 연발하는 시스터에게 너그러이 대답하면서 공작은 소파에 허리를 깊숙이 앉혔다.

"그렇다면 잠시 이쪽에서 기다려도 될까. 명목상의 참가라면 그렇게 시간도 안 걸리고 돌아올 터——."

"외람되오나 각하. 아가씨는 그리 쉽게는 돌아오지 못합니다."

쿠퍼가 똑똑히 말하자, 페르구스 공의 눈꺼풀이 올라갔다.

"……무슨 소린가?"

"명목상의 참가가 아니라는 말씀입니다. 메리다 아가씨와 사촌 자매인 엘리제 님은 현재, 진심으로 미궁 사서관의 자격을 얻기 위해서 비블리아 고트를 탐색하고 있습니다."

성도 친위대의 남자가 휘이익 휘파람을 불고, 여성 대원이 안경 안쪽에서 눈을 크게 뜬다.

그리고 페르구스 공은 그렇게 생각해서 그런지 목소리에서 딱딱한 감정이 묻어 나왔다.

"그건 자네의 교육방침인가? 왜, 아직 1학년인 메리다에게 그와 같은 시련을?"

"확실히 제가 권하기는 했습니다. 학원 1학년에게는 어려운 문제라는 것은 물론 알고 있습니다만, 저는 아가씨의 역량이라면 6등급 시험 정도는 문제없이 극복할 수 있으리라 내다보고 있습니다."

"아니, 미궁 사서관 자격 같은 건 메리다에게 필요 없어. 지금 당장 데려오게."

약간 빠른 명령조의 말에 쿠퍼는 눈살을 찌푸린다.

"필요 없다, 고 하셨습니까?"

"메리다가 기병단에 소속될 일 따윈 없다. ──오늘은 그 이야기를 하러 온 거야."

페르구스 공은 거창한 망토 안쪽에서 서장 한 통을 꺼내 소파에 놓았다.

"이것은?"

"메리다의 자퇴서다."

시스터와 로제티가 알기 쉽게 숨을 멈췄고, 쿠퍼의 눈동자도 가볍게 휘둥그레졌다.

페르구스 공은 위엄을 느끼게 하는 동작으로 팔짱을 끼고서 강건한 음성으로 말했다.

"금년도를 기해 메리다를 성 프리데스위데에서 제적시킬 거다. 본가로 데려가 가정교사나 붙여 주면 충분해. 자네도 오늘까지 수고했네. 방피르 군."

"기다려 주십시오, 페르구스 공."

즉각 쿠퍼가 물고 늘어졌다. 반쯤 달려들 듯한 기세에, 목소리에는 감정이 실렸다.

"이미 알고 계시겠습니다만, 메리다 아가씨는 마침내 염원하던 마나 능력을 획득했습니다. 왜 이제 와서 아가씨의 길을 막는 행동을 하시는 겁니까."

"집회에서의 사건은 들었다."

그 말에는 쿠퍼라도 말문이 막히지 않을 수 없었다. 공작은 한

탄스럽다는 듯이 고개를 흔들고 말을 계속했다.

"우려했었던 사태지. 그 아이를 남들 앞에 내놓으면 악의 있는 자에게 트집만 잡힐 뿐이라는 걸 알고 있었는데. 변명할 수 없는 내 미스다. 그 아이를—— 그 마나 하나 가지지 않은 《무능영애》를, 능력자 양성학교에 보내는 게 아니었어."

쿠퍼는 17년의 인생 경험을 총동원해 그가 생각을 바꿀 수 있게끔 촉구할 수 있는 말을 찾았다. 하지만 아무리 사고의 미로를 이리저리 뛰어다녀도, 말할 수 있는 것은 그저 탄원에 지나지 않았다.

"공작 각하, 부디 재고를. 당분간만 유예를. 하다못해 앞으로 1년, 지켜봐 주신다면 반드시 각하를 만족하게 할 만한 성과를 보고드릴 수 있도록——."

"그런 문제가 아니야. ……자네도 알 텐데?"

물론 알고 있다. 그가 아비로서 바라는 건 《딸의 공적》 같은 것이 아니다.

엔젤 가문의 입장을 반석 위에 올리기 위해서—— 항상 파란의 중심이 되는 메리다를 세간으로부터 격리하고 싶은 것이리라. 만약 정말로 엔젤의 본가에 끌려가게 되면, 그 후 메리다를 기다리는 미래는 이계(異界)와 같이 사방이 막힌 감옥에 유폐되는 것이리라…….

그것은 그녀의 고상한 영혼이 바라는 삶과는 매우 다르다.

쿠퍼는 무릎 위로 주먹을 꽉 쥐었다. 자신의 사명을 관철하는 일과 동시에 숭경하는 금발의 주인님의 빛을 지키는 일 역시,

그가 마음에 새긴 암살교사로서의 긍지이기 때문이다.

쿠퍼는 한 차례 크게 숨을 들이쉬고 천천히 내뱉었다.

"공작 각하, 메리다 아가씨의 마나 능력자로서의 목표를 알고 계십니까?"

"……아니. 뭐지?"

"성도 친위대, 크레스트 레기온에 입대하는 것입니다."

푸웁! 무례하게도 웃음이 터뜨린 이는 당연히 페르구스 공은 아니다.

그의 뒤에 서 있는 두 명 중 하나, 바로 성도 친위대의 정예대원인 남자 기사가 참을 수 없다는 듯이 입가를 누르고 있다. 나란히 선 여자 기사, 쿠퍼 그리고 페르구스 공이 힐끗 쏘아보자, 그는 과장된 몸짓으로 꾸벅 머리를 숙여 사죄를 표했다.

"실례했습니다. 감기 기운이 있어서요."

크흠, 헛기침하고 페르구스 공이 이쪽으로 돌아섰다.

"어쩐지 그 애는 자네에게 영향을 지나치게 받는 듯한 점이 있어. 자네는 메리다의 가능성을 크게 사 주는 것 같은데, 그 애 자신은 제 역량을 정확히 파악하지 못하고 있는 건 아닌가?"

"말씀하고자 하시는 바는 알겠습니다. 지금의 아가씨는 아직 미숙합니다……. 하나 3년 후, 그 아이를 둘러싸는 환경이 어떻게 변해 있을지는, 저는 그야말로 무한한 가능성이 있다고 느낍니다. 저는——."

거기서 일단 말을 끊고 쿠퍼는 일부러 태연하게, 당연하다는 듯이 말을 이어갔다.

"저는 전 세계에서 누구보다도 메리다 님을 이해하고 있다고 자부하기 때문입니다."

은발의 아버지의 입가가 아주 약간 비뚤어진 것 같은 기분이 들었다.

정적이 퍼지고 방의 목재가 삐걱거린다. 기분을 새로이 하듯이 공작은 말했다.

"……장인어른의 인사에 참견할 생각은 없었다만, 자네는 어디의 누구인가? 왜 그렇게까지 메리다를 편드는 거지?"

"소속부대의 계율 문제도 있어서, 한마디로 말씀드리기는."

"자네가 메리다를 지킬 수 있다고? 작년 여름의…… 서클렛 나이트 건을 잊은 건 아닐 테지. 자네가 『조사는 맡겨라』라고 해서 손을 대지 않고 있었는데, 그같이 간소한 보고서로 납득하라는 말인가? 자네를 신용하라고?"

"신용하시는 수밖에 없습니다."

"말도 안 되는 소릴."

페르구스 공이 지긋지긋하다는 듯이 일어서자, 방구석에서 시스터가 부들부들 떨었다.

"자퇴서는 확실히 학원장에게 건네주게. 이 이상은 시간을 비울 수 없으니 난 이만 실례하겠다. 저택 메이드들에게도 짐을 정리해 두라고——."

"기다려 주십시오, 페르구스 공."

바삐 퇴실하려고 하는 뒷모습을 쿠퍼는 결의와 함께 불러 세웠다.

"저를 시험해 보아 주십시오."

"……뭐라고?"

"어떤 조건이라도 상관없습니다. 명령이라면 어떤 것이든 수행해 보이겠습니다. 그리고 그 공적을, 각하에게 받는 신뢰의 증거로 삼고 싶습니다."

그리고 그때에는 부디 아가씨의 자퇴 건을 재고 부탁드립니다………….

강렬한 눈길로부터 무언의 압력을 감지했는지 공작은 몸 전체를 이쪽을 돌리며 물었다.

"……가령 조건을 달성한들 내가 의견을 번복한다고는 단정할 수 없어. 그래도 하겠는가?"

"상관없습니다."

"알겠다."

페르구스 공은 오늘 중 제일 많은 감정을 내보이며 여러 번 고개를 주억거렸다.

"그렇게까지 말했으니, 자네의 각오라는 것을 어디 한번 보도록 하지. ——비쥬! 글레나! 애검은 가지고 왔겠지? 상대해 줘라."

그 말에 뒤에서 대기하고 있었던 남녀 친위대원이 꿈틀거렸다.

안경을 쓴 단발머리 여자 기사가 부동자세로 페르구스의 의중을 살피듯이 진언한다.

"무, 물론 전투의 마음가짐은 언제 어떤 때라도 준비되어 있습니다. 하지만……."

"농담이시죠? 공작님. 이제 와서 제 검을 열등 기사 따위에게 돌리라니요?"

정말 어이없다는 듯한 태도로 남자 쪽도 입꼬리를 구부린다.

그것도 당연하다, 성도 친위대는 선택된 엘리트만이 입대를 허가받는 프란돌 최강의 군단이라는 게 통설이다. 그러나 쿠퍼를 똑바로 응시한 페르구스 공의 눈동자에는 농담이나 협박 따위는 눈곱만큼도 포함되어 있지 않았다.

"자네에게 성도 친위대 정예 세 명과 시합을 시키겠다. 알겠나, 3대1로 싸우는 거다. 메리다가 진심으로 성도 친위대 입대를 목표로 한다면 스승인 자네는 당연히 그 힘을 웃돌아야 해. 내 말이 틀렸나?"

전적으로 이치에 맞지만 쿠퍼는 그의 말에 신경 쓰이는 단어를 포착했다.

"『세 명』……?"

"오늘 내가 데려온 비쥬와 글레나. 그리고 이 자리에는 또 한 명, 성도 친위대 소속의 기사가 있지."

실내에 있는 전원의 시선이 한 명의 인간에게 집중됐다. 쿠퍼의 배후에 대기하고 있었던 붉은 머리 소녀는 전혀 예상하지 않았던 전개에 눈을 깜빡일 뿐이었다.

"네? 저, 저, 저 말인가요?!"

"뭘 그렇게 놀라는 건가. 자네가 이 마을에 파견된 것은 지난번 임무의 실패를 청산하기 위함이었던 걸로 아는데. ──그 기한을 단축하지 않겠나. 일단 내 검이 되어 춤춰 주게. 설마,

성도 친위대로서의 본분을 잊지는 않았겠지?"

"으음, 그건, 그렇습니다만……."

모호한 태도의 로제티를 안경 쓴 여자 기사는 말없이 응시했고, 페르구스 엔젤 공작은 의아해하며 눈살을 찌푸렸다.

"무슨 망설일 이유라도? 하루라도 빨리 성왕구로 복귀하고 싶지 않은 건가?"

로제티의 대답을 기다리지 않고 페르구스 공은 몸을 돌렸다. 그리고 벽 쪽에서 사태를 전혀 감당하지 못하고 있었던 시스터에게 정중한 태도로 묻는다.

"제멋대로 굴어 죄송하지만, 연무장을 하나 빌릴 수 있겠습니까?"

"그, 그건, 네, 그러믄요, 공작님이라면…… 특별히 문제는 없지 않나 싶습니다만, 그……."

정신없이 눈동자를 굴리면서 시스터는 몇 번이고 머뭇거리며 대답한다.

"오, 오늘은 인정시험이라서 대부분 학생이 학원에 와 있습니다. 연무장에서 자율연습 중인 아이도 많으니 장소를 양보받을 필요가……. 예에, 물론 제가 바로 설명하고 오겠습니다! 잠시만 기다려주세요!!"

풍채 좋은 배를 출렁이면서 시스터가 황급히 방에서 튀어나간다.

팔짱을 끼고 명상하듯이 눈을 감는 페르구스 공에게 남자 친위대원이 다가가 말을 건다. 저 자존심 세 보이는 남자가 비쥬인 모양이다.

"공작님, 한 가지 들어주셨으면 하는 말이 있습니다. 이 비쥬, 유일하게 취약한 분야가 《힘 조절》이라, 경우에 따라선 저 친구, 기사로서 재기불능에 빠질 가능성이……."

"상관없다. 이 자가 패배를 인정하거나, 정신을 잃을 때까지 공격을 늦추지 마라. 이건 명령이다."

아이고 아이고, 하며 비쥬가 여봐란듯이 어깨를 으쓱한다. 정말 딱하다는 시선이 이쪽을 향했지만, 쿠퍼는 상관없다는 표정으로 받아넘겼다.

그런 쿠퍼에게 또 한 명의 대원, 안경 쓴 단발머리 글레나가 다가와 물었다.

"……정말로 시합을 할 셈인가요?"

페르구스 공이 있는 곳까지는 들리지 않도록 조심스러운 음성이었다.

"만약 우리를 이길 수 있다면, 당신이 성도 친위대일 때의 얘기겠죠. 페르구스 공은 불가능한 것을 알고 제안한 거라고요."

"오히려 그렇기 때문입니다."

쿠퍼는 페르구스 공과 거울을 마주 본 것처럼 반대쪽을 향하면서 대답했다.

"당신이나 아버지인 페르구스 공을 포함해 이 세계에 사는 모든 인간은, 메리다 아가씨가 성도 친위대 입대를 달성할 수 있다고는 믿지 않을 겁니다. 그 인식을 뒤집기 위해서는 《도저히 있을 수 없는 기적》을 눈앞에 들이대 줄 필요가 있습니다."

쿠퍼는 얼굴을 돌려 아직도 꼼짝 안 하는 붉은 머리 소녀를 쳐다보았다.

"그러니 당신도 봐주거나 그러지 마세요, 로제티 씨."

"……………그래도."

돌처럼 굳은 로제티가 간신히 짤막한 대답을 입에 담은 직후.

응접실 문이 파앙! 거칠게 튕기며 열렸다.

"쿠퍼 선생님! 로제티 선생님! 큰일이에요!!"

뛰어들어 온 건 또 다른 시스터였다. 오늘은 비블리아 고트 사서관 인정시험이기 때문에 강사 대부분이 동원되어 있어 일손이 부족하다.

숨을 헐떡이는 그녀를 실내에 있는 전원이 주목했고, 페르구스 공이 대표로 물었다.

"무슨 일입니까?"

"아아, 공작님! 기사 여러분! 제발 힘을 빌려주세요! 이런 무서운 사태, 성 프리데스위데만으로는 대처하기 어려워요!!"

반쯤 공황상태인 그녀의 모습에 예삿일이 아니다 싶어 쿠퍼도 몸을 내밀었다.

"대체 무슨 일이 있었길래 그럽니까?"

"조금 전 학원 사무실에 이런 우편물이 도착했어요!"

시스터가 건넨 것은, 언뜻 보기에 딱히 특별한 점은 없는 봉투였다.

그런데 페르구스 공이 내용물을 조사한 순간 쿠퍼와 로제티, 친위대원 두 사람도 표정이 싹 굳고 말았다. 안에 든 것은 께름칙한 문장(紋章)이 새겨진 한 장의 카드였다.

"이 목이 셋 달린 짐승 인장(印章)은…… 여명 희병단인가!!"

"카드 뒤에는 뭐라고 쓰여 있습니까? 공작님."

이미 실내에 있는 전원이 페르구스 공 주위에 모여 손 쪽을 들여다보고 있었다. 불길한 카드를 뒤집고서 공작은 거기에 쓰여 있는 글을 강철 같은 목소리로 읽었다.

"……『세 발톱의 악마에게 욕심이 가득 찼다. 처녀의 피로 쓰인 책이 무한의 서고를 빈틈없이 메우리라. 큰 나무가 타고 남은 재는 이것을 막지 못하나니.』…… 예언시로군."

쿠퍼를 포함한 현역기사 네 명은 시편의 의미를 즉시 이해했다. 『무한의 서고』라는 것은 말할 것도 없이 대미궁 비블리아 고트 이야기다. 『큰 나무가 타고 남은 재』는 블랑망제 학원장을 필두로 한, 제1선에서 물러난 강사진을 가리킨다. 그리고 『피로 쓰인 책이』라는 것은 비블리아 고트에 발을 들여놓은 소녀들을 기다리는 비참한 말로를 은유하고 있음이 분명하다.

누구보다도 빠르게 상황을 이해한 쿠퍼가 얼굴을 쳐들었다.

"아가씨들이── 인정시험에 간 수험자들이 위험합니다!! 바로 인솔 선생님들과 연락을 취해 학원으로 돌아오게 하세요! 지금이라면 아직 비블리아 고트 1층에서 브리핑을 하고 있을 시간일 겁니다!!"

"그게, 불가능해요!"

시스터가 초조한 음성으로 대꾸했다. 기세가 꺾인 쿠퍼는 말이 나오다 말았다.

"불가능⋯⋯하다고요?"

"그 뒤로 얼마 지나지 않아 승강기가 다시 글래스몬드 팰리스로 돌아왔어요! 그런데, 아아, 이게 무슨 일일까요⋯⋯!"

시스터는 성호를 긋고 존재하지 않는 천상의 신을 향해 기도를 올렸다.

"승강기에 수험자들도, 학원장과 강사들의 모습도 없었어요! 누구 하나 남지 않고 홀연히 모습을 감췄다고요!!"

† † †

시간을 조금 거슬러 올라가면──.

글래스몬드 팰리스에서 승강기를 타고 비블리아 고트 제1층을 향하던 메리다는 현재, 사촌 자매인 엘리제와 서로를 꼭 끌어안고 있었다.

두 사람 주위에서는 귀청을 찢는 듯한 굉음이 쓰나미같이 소용돌이치고 있다. 순식간에 이 공간을 다 덮을 정도로 생장한 큰 나무들이 자매를 뭉개기 직전인, 절체절명의 상황인 것이다.

──괴로워── 숨을 못 쉬겠어──!

조금이라도 팔의 힘을 놓으면 엘리제와 따로따로 떨어지고, 종국에는 나뭇잎같이 허공으로 튕겨 날아가는 게 아닐까 하는 공포심. 자매는 무아지경에 빠져 서로의 등에 팔을 둘러 이 부조리한 폭풍이 지나가 주기를 그저 계속 기다렸다.

돌연히 시작된 식물의 폭발적인 생장은, 시간으로 따지면 고작 10초 정도 만에 종식됐다.

제멋대로 아무 데나 무성하게 자랐던 가지와 잎은 물기를 잃고 시들었으며, 거인의 다리만큼이나 두꺼운 줄기는 뼈처럼 가늘어지더니 그대로 허물어지고 사라졌다. 압박감은 순식간에 안개처럼 흩어졌고, 메리다와 엘리제는 서로의 몸을 더욱 세게 껴안은 채 조심조심 눈을 떴다.

"끄, 끝났나……? 뭐였던 거지, 방금……?"

굳게 닫혀 있었던 시야에 가느다란 빛이 돌아오고——.

메리다와 엘리제는 족히 20초는 넋을 잃고 있었다. 정신을 차릴 수 없었다.

——무한의 서고.

그렇게 표현할 수밖에 없다. 훤히 트인 육각형의 거대한 공간을 사방으로 가로지르고, 저 너머에는 기분 나쁜 보라색 빛이 흔들리고 있다. 그 좌우에 펼쳐진 벽은 전부 책장이다. 몇만 몇억 권은 되는 저 문서들은 책등, 장정, 판형이 제각각이어서, 어느 한 권도 똑같은 게 보이지 않는다—— 아니, 그 이전에 책들을 한눈에 다 담을 수조차 없다.

망연자실하며 상공을 올려다보니, 맙소사. 까마득히 높은 천장마저도 책장으로 구성된 게 아닌가. 저렇게 높은 데에 꽂힌 책을 도대체 누가 가지러 갈 수 있다는 말인가.

"여기가 대미궁《비블리아 고트》……?"

엘리제가 아마도 정답을 중얼거리자 메리다는 퍼뜩 정신을 차렸다.

"잠깐만……. 언니들은?! 학원장님은?!"

거대 나무로부터 해방된 메리다와 엘리제는 무슨 영문인지, 갑자기 넓디넓은 회랑 한복판에 서 있었다. 발밑에 있어야 할 그 톱니장치 마법진은 당연하다는 듯이 보이지 않고, 함께 미궁을 향해 가고 있었던 선배들, 시험 인솔을 맡아 줄 블랑망제 학원장의 모습마저도 놓치고 말았다.

종이와 잉크 냄새가 지배하는 광대한 공간에 금발과 은발의 천사 단둘뿐――.

초조함보다 이해할 수 없음이 앞서는 듯한 음성을 내며 엘리제가 고개를 갸웃거렸다.

"혹시, 이미 인정시험이 시작된 걸까……?"

"……그런 건가? 그래도 우선 안전지대인 1층에서 다 함께 시험을 최종 확인 하겠다고 했었잖아? 그리고 역시 학원장님이 안 계시는 건 이상해!"

"나도 되게 이상하다고 생각해. ……그런데 리타, 이것 좀 봐."

엘리제가 들어서 보여준 것은 정교하게 세공된, 구부러진 모양의 유리 공예품이었다. 바로 수험자들에게 유닛마다 배포된 인정시험 제한시간을 나타내는 모래시계다.

시계는――움직이기 시작한 상태였다.

합격까지의 제한시간이 시시각각 모래알이 되어 흘러 떨어진다.

"학원장님은 『시험이 시작되면 모래시계의 봉인이 풀린다』라고 했어. 어쩌면 이런 시험인 걸지도 몰라. 『아직 안전해』라고 해서 방심하게 해 놓고, 수험자를 갑자기 미궁 속에 던져 넣어서…… ."

"유사시의 상황 판단 능력을 보겠다? 있을 수 없는 이야기는 아니지만…… ."

"……어떡할래? 일단 학원으로 돌아가?"

그런 말 해봐야 어쩔 도리가 없다는 듯, 엘리제는 주위에 시선을 돌린다. 덩달아 메리다도 얼굴을 돌렸다.

이미 자신들이 어디에서 왔는지, 어떡하면 학원까지, 승강기가 있는 곳까지 돌아갈 수 있는지 짐작도 가지 않는다. 전후좌우 어느 쪽을 바라보아도 똑같은 광경의 책장과 회랑이, 정신이 아득해질 정도의 스케일로 펼쳐져 있을 뿐이다.

골똘히 생각하는 동안에도 제한시간은 1초씩 확실히 허비되어 간다——.

메리다의 기억에 한 페이지, 한 페이지 소중히 담겨 있는 그와의 조금 달콤한 비밀. 그 마지막 밤에 자신이 했던 질문이 또렷하게 귓가에 되살아난다.

『만약, 제가 그 시험에 합격하지 못하면 선생님은요?』

『이 저택에서, 사라지는 건가요……?』

허리에 찬 칼에 저절로 쥐는 힘이 꽉 들어간다.

메리다의 미묘한 사정을 예민하게 감지했는지, 엘리제는 얼음 같은 냉정함을 되찾았다.

"리타, 역시 전진하자. 여기서 기다리고 있어 봐야 어차피 방법이 없어."

"엘리?"

"우선, 이게 시험이라고 생각하고 진행해 보는 거야. 그렇게 하면서 언니들이나 학원장님을 함께 찾자. 올라가는 계단과 내려가는 계단이 있으면, 내려가는 계단을 선택하고. 어때?"

……확실히 방침으로는 타당할지도 모른다. 어차피 여기서 발걸음을 멈추고 있는 건 위험하다. 특히 시험 전에 들은 이야기가 진실이라면 이 불가사의한 미궁에는————.

그때였다. 마치 메리다의 예감이 실체가 된 것처럼 돌바닥 틈새로부터 새카만 얼룩이 번지기 시작했다. 그것은 점점 부피를 늘려 인간 크기가 되고, 손발 같은 것이 돋았다 싶었더니 화려한 로브가 전신에 엉겨 붙는다.

관절이 이상하게 구부러진 팔 끝에는 푸르스름한 불길이 흔들리는 랜턴을 들었다.

"망령……!"

메리다는 즉시 허리를 낮추고 발도 자세를 취했다. 나타난 망령은 둘. 무기류는 들고 있지 않은 듯하지만, 저 발톱처럼 날카롭고 뾰족한 다섯 손가락은 충분히 위협적이다.

엘리제도 메리다 옆에 나란히 서서 장검의 손잡이에 손을 댔다. 하지만 그 손가락 끝이 떨고 있는 것을 메리다는 포착했다.

그럴 만도 하다. 적은 엘리제가 아주 질색하는 언데드…….
메리다도 자기도 모르게 눈살을 찌푸렸다.

"괜찮아? 엘리. 힘들 것 같으면 둘 다 내가 없애——."

"괜찮아."

그렇게 대답하는 엘리제의 목소리는, 그 손가락 끝과는 정반대로 떨리고 있진 않았다. 단단히 손잡이를 쥐고 물 흐르듯이 칼을 뽑는다. 고상하게 샤아아아앙!! 하는 소리가 울려 퍼졌다.

"나도, 리타도…… 선생님들한테 보호받기만 하던 그때하곤 다르니까!!"

자매의 전신에서 눈부신 마나가 솟구쳤다. 두 망령이 목구멍을 찢는 것 같은 포효를 지르고, 동시에 금색의 전희(戰姬)와 백은의 전희가 각자 다른 방향으로 뛰기 시작했다.

전투를 1대1로 가져가려는 것이다. 좌우로 돌아 들어간 소녀들을 향해 망령들은 서로 등을 맞대고 돌격했다. 거의 관성을 무시하고 있는 것처럼 이해할 수 없는 움직임으로 그들은 급가속 후 급정지, 예비동작이 없는 공격을 해왔다.

다섯 개의 발톱이 금속음과 함께 튕긴다. 적의 괴상한 움직임에 순간적으로 허를 찔린 엘리제는 즉각 가정교사에게 철저히 배운 풋워크로 태세를 재정비했다.

망령의 체술은 인간이나 짐승의 그것과 크게 다르다. 물리법칙에 얽매이지 않기 때문이다. 머리 위로 높이 드는 예비동작이 없고, 쓸데없이 힘껏 휘두르다 생기는 허점도 없다. 《공격의 순간》만이 상하좌우에서 끝없이 들이닥친다. 싸움의 방식을 가늠하기조차 어려운 상대다.

엘리제는 흐르는 물처럼 스텝을 계속 밟아 위치를 시시각각 바꾸었다. 최소한의 움직임으로 공격을 피하고, 몸통을 노리는 것만 장검으로 튕긴다. 그 모습은 마치 금속음과 불똥으로 칠해진 춤과 같았다. 그 신진기예의 기사 로제티로부터 직접 전수받은 몸놀림이, 팔라딘 클래스의 방어성능과 더불어 《빙수일체(氷水一體)》라고 부르기에 걸맞은 자유자재의 방어를 실현하고 있다.

실체를 잡을 수 없는 망령의 안면을, 엘리제는 외면하지 않고 계속 응시하고 있었다.

"무서워하지 말고—— 잘 보자—— 아니, 무서운 것을—— 철저히 분석——."

순간, 엘리제는 장검을 들고 뛰어들었다. 쿵! 돌바닥이 진동한다. 힘껏 휘두른 발톱과 장검이 절묘한 타이밍에 격돌하고 공격력이 정반대 방향으로 되돌아온다.

망령의 자세가 크게 무너져서 처음으로 생긴 틈에 엘리제는 공세로 전환했다.

"너희보다…… 그 귀축 선생 쪽이 훨씬 버거워!!"

세 줄기의 검선이 망령을 갈랐고, 직후에 백은색 불길이 확 흩어졌다. 로브가 종잇조각같이 찢어져 날아가고, 원망이 담긴 단말마와 함께 칠흑의 육체는 아지랑이처럼 녹아 사라졌다.

은발의 팔라딘이 멋진 승리를 거두고 있을 무렵——.

또 하나의 망령과 메리다 역시 가열한 검무를 추고 있었다. 이쪽은 둘 다 수세로 도는 일이 없다. 공격에는 공격으로 맞부딪치고, 상대의 풀 파워와 자신의 비장의 카드를 격돌시킨다. 금속과 불똥과 불길이 쉼 없이 염신(炎神)의 협주곡처럼 미쳐 날뛰었다.

——재밌다!

메리다는 온몸을 흔들면서 자기도 모르게 입꼬리를 추켜올렸다. 평소엔 훨씬 수준이 높은 쿠퍼하고만 치고받고 있기 때문일까. 실력이 팽팽한 적과 겨루고 있는 지금, 메리다는 똑똑히 자각했다. 어느 틈에 내가 이렇게 강해졌던 걸까!

전신에 스며든 쿠퍼의 말이 몸을 휘게 만든다. 그의 검선과 완전히 똑같은 궤적으로 칼이 춤춘다. 언젠가부터 메리다는 환상 속의 그와 하나가 된 듯한 심경으로 댄스를 추고 있었다.

쿠퍼의 리드가 메리다의 스텝을 이끈다. 가슴의 중심에서 솟아오르는 열이 단계적으로 몸의 기어를 올린다. 그러자 망령의 요격이 서서히 늦는 게 아닌가. 겨우 이 정도라니. 자신과 쿠퍼는 좀 더 잘할 수 있는데, 더욱더 빠르게 움직일 수 있는데, 적은 이미 폭풍같이 달리는 이쪽에게 휘둘리는 처지다.

메리다는 적의 발톱을 칼로 막아내고, 득달같이 찔러 넣은 칼집을 90도 구부린다. 안개 같은 잔상과 함께 망령의 한쪽 팔이 산산조각 나 흩어졌다. 비명을 지를 틈도 주지 않고 전신을 회전시키면서 로우 킥. 그 위력은 스스로도 놀랄 정도였다. 망령의 다리 한쪽 무릎 아래가, 저 너머에 있는 책장까지 날아갔기 때문이다.

속수무책으로 후방으로 굴러 피신한 망령의 몸통을 메리다가 짓밟는다. 로브가 벗겨지고 그 안에 보인 유해의 본얼굴에, 헤에, 하고 자기도 모르게 감탄이 새어 나왔다.

"여자였구나."

대답을 기다리지 않고 메리다는 칼끝을 가슴 중앙에 꽂았다. 꺼림칙한 단말마를 울리면서 망령은 몸의 끝부터 검은 아지랑이가 되어 소실, 공간에 녹아들었다.

마지막 한 조각에 이르기까지 샅샅이, 칼끝에서 미끄러지며 사라졌다.

뒤를 돌아본 메리다는 이미 들려져 있는 엘리제의 손바닥과 하이파이브를 했다.

""이겼다!!""

엘리제는 어렴풋이, 메리다는 만면에 빛을 띠고 "에헤헤!" 웃는다. 시험에 도전할 때까지는 솔직히 불안해서 견딜 수 없었다. 하지만 "지금 두 사람의 스테이터스라면 합격도 꿈은 아니다."라는 가정교사들의 전망이 결코 과장이 아니었음을 두 사람은 실감하고 있다.

"이 정도면 할 수 있어! 학원장님이 없어도 합격할 수 있어! 계속 나아가자!"

메리다는 칼을 뽑아 칼집에 넣었다. 그러나 똑같이 무기를 넣다 말고, 엘리제가 갑자기 장검을 눈앞에 올리고는 눈살을 찌푸렸다.

쓰윽. 빼 든 검의 몸통을 메리다의 앞에 내밀어 보인다.

"잠깐만, 리타. 조금 전투로 칼몸이 좀 비뚤어졌어."

그 말을 듣고 메리다는 자기도 한 번 더 칼집에서 칼을 뽑아보았다.

"어라라, 이쪽도 조금 이가 빠졌어. 하지만 모의검이니까 별

수 없잖아."

"그렇지 않아. ……적, 강하지 않아? 이런 상태로 비블리아 고트를 탐색하고, 시험을 치르고, 학원까지 돌아간다……라, 무기가 끝까지 견딜 수 있을까?"

듣고 보니 그렇다. 승리에 들뜨긴 했지만, 조금 전의 망령은 결코 간단히 쓰러뜨릴 수 있는 상대는 아니었다. 1대1로 집중할 수 있었기에 쾌승을 거둔 것이다.

만약 적이 둘이 아니라 넷이었다면? 전투를 거칠 때마다 무기가 소모된다면? 그런 작은 초조함이 치명적인 미스로 이어지는 족쇄가 되지 않는다고는 단정할 수 없지 않은가……?

"그, 그렇게 말해도, 어쩔 수 없잖아! 가로막는 적은 쓰러뜨려야지!"

"……맞아. 하지만 역시 리타, 너 지금 좀 초조해하고 있는 것 같아……."

"아무렇지도 않아! 신중하게 나아가 보자. 많은 숫자의 적한테 포위라도 당하지 않는 한 괜찮아!"

그렇게 말한 직후.

또다시 메리다의 상상이 실체가 된 것처럼—— 웅성웅성웅성!

돌바닥 틈에서 스며 나온 아지랑이가 두 사람을 에워싸고, 족히 열은 넘는 숫자의 망령이 일제히 출현했다. 메리다와 엘리제는 즉각 등을 마주했다. 표정이 굳는다.

"세상에……?!"

"이것이 비블리아 고트……."

엘리제가 씁쓸하게 중얼거린 말이 메리다의 가슴에도 꽂힌다. 『2학년 이상을 대상으로 시행되는 고난이도 시험』이라는 사전경고는 결코 과장이 아니었다는 말인가. 게다가 자신들이 있는 곳은 그나마 쉬운 곳인 미궁 저층일 터. 6등급 시험을 치르는 자신들조차 이런 상황에 부닥쳤는데, 이를테면 3등급 시험을 치르는 3학년 셴파 쯔베토크 등은 지금쯤 대체 얼마나 큰 곤경에 처했을까──.

검집에 넣으려던 장검을 다시 한번 들고, 엘리제가 등 너머로 묻는다.

"어떡할래? 리타."

"도망칠 수밖에 없어! 둘이서 어떻게든 돌파구를 열자!"

메리다도 다시 한번 칼을 뽑고서 손잡이 끝에 왼손을 대고 얼굴 옆으로 잡아당겼다.

까만 아지랑이 같은 실루엣이 흐늘거리며 사방으로 두 사람을 에워싸고 있다. 이쪽의 노림수를 눈치채기라도 했는지 탈출할 틈을 조금도 만들어 주지 않는다. 조금씩 좁혀지는 벽처럼, 망령들이 한 발자국 또 한 발자국 간격을 좁혀 온다──.

바로 이때.

"《원스 어폰 어 타임》!!"

생소하지만 강렬한 말과 함께 메리다와 엘리제를 중심으로 돌풍이 휘몰아쳤다.

바람이 맹렬한 신음 소리를 내고, 자아가 없는 망령 집단이 동요에 휩싸인다. 소용돌이 한가운데에 있는 자매들에게는 산들바람 같다. 하지만 그 한 발자국 바깥을 유린하는 무시무시한 압력이 순식간에 엄청나게 확산, 회오리가 단숨에 팽창하여 망령들을 하나도 남기지 않고 날려 버렸다. 그들은 회랑에서 튀어나가, 미약한 단말마와 함께 나락으로까지 빨려 들어갔다…….

메리다와 엘리제가 입을 떡 벌린 채 상황을 파악하지 못하고 있는데, 머리 위에서 두둥실 내려온 구원의 천사들이 모습을 보였다. 한 명은 빛과 어우러져 반투명하게도 보이는 흑수정 머리칼을 가졌고, 다른 한 명은 티 하나 없는 보석함에서 자란 벚꽃의 공주——.

그들이 몸에 걸친 의상은, 분명 자신들의 그것과 방향성이 동일한 전투복이었다. 즉, 천계의 발퀴레를 축복하기 위한 배틀 드레스. 예전에 본 성 도트리슈 여학원의 교복 차림과는 인상이 또 다르다……. 메리다는 가까스로 두 천사의 이름을 생각해냈다.

"뮬 양…… 살라샤 양……?!"

"꽤 오랜만인 것 같네. 재회를 애타게 기다려서 그런가?"

터엉, 손에 들고 있던 두꺼운 책을 덮고 뮬이 말했다.

그녀의 어른스러운 요염한 미소가 메리다의 가슴에 반가움과 기쁨—— 그리고 정체 모를 술렁거림을 동시에 불러일으켰다.

LESSON : IV ～천사의 과자투성이 자매～

"그럼, 뮬 양과 살라샤 양도 미궁 사서관 인정시험에?"

네 명이 한 줄로 걸으면서 우측에서 두 번째에 있는 메리다가 왼쪽 옆의 뮬에게 물었다. 흑발의 미소녀는 그 반가운, 요염한 미소를 지으며 대답했다.

"응. 이 시기에는 양성학교 학생인 우리뿐 아니라 현역 기사님들도 대상으로 해서 인정시험을 시행하고 있잖아. ──물론 조금씩 일정을 어긋나게 하고, 스타트 지점도 떨어뜨리면 비블리아 고트는 믿을 수 없을 만큼 넓으니까, 안에서 다른 수험자와 충돌하는 일은 좀처럼 없지만."

팔짱을 꼭 끼며 뮬은 착 달라붙을 만큼 가까이 얼굴을 바싹 댔다.

"우린 분명 운명의 실로 묶여 있는 거야."

"에헤헤, 그럴지도 몰라!"

메리다가 만면의 미소로 화답하자, 흑발의 소녀는 순간 놀란 것처럼 눈을 크게 떴다.

"……느, 느닷없이."

영문을 알 수 없는 말을 중얼거리면서 입술을 막고 그 자리에 우뚝 멈추어버렸다. 어리둥절해진 메리다가 고개를 갸웃거리면서 돌아보니, 줄의 왼쪽 끝을 걷는 복숭앗빛 소녀의 모습에 시선을 사로잡혔다.

이전과 똑같은 힘없는 표정으로 고개를 숙이고 있는 그녀에게 메리다는 자기가 먼저 팔짱을 끼러 간다.

"살라샤 양, 오랜만이야!"

"아, 네, 네에, 메리다 씨! 오, 오랜만이에요……!"

깜짝 놀라 얼굴을 쳐든 살라샤는 꼬옥 밀착해 오는 팔에 당황하는 눈치다.

제 페이스를 되찾은 뮬이 장난스럽게 웃으면서 입가를 막았다.

"우후후…… 사라는 얌전하니까 시원시원한 메리다가 조금 거북해서 그러지?"

"뭐어?! 그런 거야?!"

"지, 진짜 미우 너! 이상한 말 좀 하지 마……!"

화아악 하고 뺨을 붉히는 살라샤를 보며 속으로 시무룩하게 볼에 바람을 넣는 소녀가 있었다.

바로 엘리제다. 살라샤 반대쪽에서 금발의 사촌 자매에게 다가가더니, 소유권을 주장하는 양 한쪽 팔을 껴안는다. 그리고 메리다 너머로 라이벌을 물끄러미 응시했다. 구멍이 날 정도로 쳐다봐서 살라샤는 "히이익?!" 하며 눈동자에 눈물을 머금었다.

뮬은 마치 연기를 하듯이, 원숙한 궁녀처럼 뺨에 손바닥을 댔다.

"어머나, 메리다 좀 봐, 인기도 많으시네."

"한쪽은 울고 있지만 말이지——."

메리다와 뮬은 잠시 얼굴을 마주 보고 ""아하하!"" 하며 서로 웃었다. 엘리제는 여전히 장난이 아니란 듯이 메리다의 팔을 당기고 있고, 그로부터 계속 위협받고 있는 살라샤는 울어야 할지 웃어야 할지를 몰라 몸을 바르르 떨고 있다.

기분을 새로이 한 것처럼 살라샤에게서 팔을 떼고 메리다가 말했다.

"그건 그렇고 둘 다 공작 가문이었으면 가르쳐주지 그랬어!"

"당연히 알고 있을 거라 생각했지. 그런데 생각해 보니 너희, 사교장에 전혀 나오지 않는구나."

그 말을 듣고 메리다와 엘리제 엔젤 자매가 겸연쩍은 듯이 시선을 돌린다.

"그, 그치만 난 남들이랑 어울리고 그러는 걸 제한당했단 말이야. 그리고 사교계는 뭐랄까……."

"귀찮아."

엘리제가 심플하게 말하고, 메리다는 에둘러 동의한다.

뮬은 키득키득, 감정을 억누르기 어렵다는 듯이 웃으며 말했다.

"웃긴다, 정말. 난 쭈우욱 너희 둘이랑 만나고 싶었었는데."

그리고 뮬은 "맞다." 하고 지금 막 생각난 것처럼 얼굴을 들었다.

"있잖아, 메리다, 엘리제. 이왕이면 우리 이대로 함께 미궁 사서관 인정시험을 진행하지 않을래?"

"어? 하지만 그래도 될까⋯⋯. 그럼 반칙 아니야?"

"괜찮아. 애당초 1학년인 우리를 인솔도 안 붙이고 내팽개치는 쪽이 잘못이니까. 그리고 그쪽은 메리다와 엘리제의 두 명짜리 유닛, 이쪽도 나랑 살라샤의 두 명짜리 유닛이잖아. 어린 새끼리 서로 도와주는 것 정도는 받아들여 줘야지."

"으~음, 듣고 보니 그럴듯한데."

메리다가 고개를 갸웃거린 타이밍에 뮬은 옆에 있는 살라샤의 팔을 끌어안았다.

"사라도 그러는 편이 좋다고 생각하지?"

"어? 나, 나는―――."

복숭앗빛 소녀는 분주하게 시선을 굴린 후, 항상 그렇듯 약간 머리를 숙이고 고개를 끄덕인다.

뮬의 시선에 어딘가 무언의 압력이 포함된 것 같은 느낌이 드는데 기분 탓일까. 하지만 그 위화감은 폭죽처럼 터진 뮬의 환호성에 흩어졌다.

"논의 끝! 3대 기사 공작 가문 네 아가씨의―― 첫 공동 임무야!!"

"와아⋯⋯ 그, 그 말을 들으니까 왠지 막 하고 싶어지는데!"

"리타랑 첫 공동 작업⋯⋯. 츄르릅."

"⋯⋯."

다른 세 명이 각각 결의와 기쁨을 되새기고 음미하는 가운데―――.

단 한 명, 복숭앗빛 공주만이 돌바닥을 쳐다보며 눈가에 그림자를 드리우고 있었다.

그녀의 가슴을 연신 자극하는 초조함을, 신이 난 주변의 천사들은 알 도리가 없었다.

──미우. 이래도 정말로 괜찮겠어?

"우리가 치르는 시험은 6등급이잖아? 네 명이 뭉치면 무서울 거 없어. 냉큼 끝내 버리자."

자신만만하게 말하며 뮬은 어깨에 메고 있었던 포셰트에서 책 한 권을 꺼냈다. 반쯤 펼치자 메리다와 엘리제의 눈에 공백 페이지가 들어왔다.

자매가 고개를 갸웃거리자, 뮬은 책을 펼친 채 소리 높이 주문을 외었다.

"《원스 어폰 어 타임》!"

그러자 어찌 된 일인지, 공백 페이지에 잉크가 번지기 시작했다. 저절로 그리고 급속히 그려져가는 그림은 바로 페이지 구석구석까지 빽빽이 채워진 지도였다.

뮬은 책을 눈앞으로 확 당기고 집어삼킬 듯이 지도를 바라본다. 방해하면 안 된다고 생각하면서도 메리다는 묻지 않고는 배길 수 없었다.

"그, 그 책은 대체 뭐야?!"

"마법서 《마테를링크의 관측도》야. 비블리아 고트 안에서 사용하면 지금 있는 층의 지도와 현재 위치를 알려 주지. 단지, 제한시간이 정해져 있어서 기억할 수 있는 동안에 기억해 놔야 돼……. ———아아, 사라져 버렸다."

시간으로 보면 1분이 채 안 되겠다. 지도가 그려져 있었던 페이지는 허무하게 흑화되더니 바람에 날려 뿔뿔이 사라졌다. 남은 것은 다시 공백 페이지에 불과했다.

한 페이지 분량이 적어진 책을 가방에 넣고, 뮬은 친구들에게 웃으며 가르쳐주었다.

"우리는 지금 《2층》에 있는 것 같아. 내려가는 계단이 있는 장소도 대충 알아냈어."

가자, 하고 뮬은 망설임 없이 발을 내디딘다. 이 광대하고 이상한 도서관에서 미아가 되지 않기 위해서도, 다른 세 명은 얼굴을 마주 본 다음 황급히 흑수정 머리카락을 뒤따랐다.

메리다는 이미 소녀가 어깨에 멘 포셰트의 내용물에 흥미진진이다.

"조금 전 거는 뭐야? 마법서 같은 게 존재해?!"

"비블리아 고트의 유산 중 하나야. 사용횟수가 정해져 있어서 펑펑 쓰지는 못하지만 말이지. ———성 프리데스위데 강사들은 그런 것도 가르쳐 주지 않은 거야?"

으윽, 메리다는 목이 메고, 할 말이 궁해진 엘리제도 입을 다물었다.

"지도를 가지고 있다니, 반칙 아니야?"

"내가 보기에는, 이런 대책 없이 넓은 미궁을 지도도 없이 탐험하라는 소리가 불합리해. ———그래, 이왕 이렇게 됐으니 이것저것 가르쳐 줄게."

뮬은 갑자기 멈추어 서서 주위를 둘러보았다. 네 사람은 지금 높은 책장에 둘러싸인 좁고 긴 통로를 걷고 있다. 책장은 올려 다봐도 꼭대기가 보이지 않을 정도이고, 통로는 앞으로도 뒤로 도 한없이 길게 뻗어 끝이 보이지 않을 정도다.

흡사 책의 페이지의 틈새에 갇힌 것 같은 감각. 시야가 좁아 좀 불안하지만, 동시에 이쪽도 발견되기 어려운 건지, 아까부터 망령들의 기척은 전혀 느껴지지 않는다. 산 자의 숨결도, 죽은 자의 웅성대는 소리도 다른 세계인 양 멀다.

아주 조금 불안함을 느꼈을 때, 뮬이 밝은 목소리로 재촉했다.

"메리다, 이 비블리아 고트가 귀중한 문서의 보고라는 사실 정 도는 알고 있지? 끝없이 넓게 펼쳐진 책장에 수납된 한 권 한 권이 프란돌의 학자들이 굴뚝같이 갖고 싶어 하는 지식의 열매야."

"이 전부가? 정신이 아찔해질 것 같아……."

"물론 꽝도 많지만 말이지. 얘, 시험 삼아 아무거나 뽑아 볼 래?"

뮬은 너무나도 쉽게 말했으나, 생각해 보면 애당초 이 던전에 서 전리품을 가지고 돌아가는 것이 바로 미궁 사서관의 존재 의 의이다.

기가 죽으면 안 된다며, 메리다는 적당한 노트 한 권을 점찍고 손가락을 뻗었다.

그리고 눈을 크게 떴다.

"따, 딱딱해……?! 뭐야, 이거, 전혀 안 움직이잖아!"

손바닥으로 단단히 책등을 잡고 힘껏 잡아당겨도, 마치 납으로 고정된 것처럼 꿈쩍도 하지 않는 게 아닌가. 뮬은 그 모습이 퍽 우스운지 키득키득 웃었다.

"당연한 거 아니니? 메리다는 아직 미궁 사서관 자격을 가지고 있지 않으니까."

우우, 하고 볼을 부풀리자, 뮬은 한층 재밌다는 듯이 입꼬리를 쓱 올린다.

"미안해. 그래도 이걸로 알았지? 비블리아 고트의 책장에서 《고대서》를 뽑기 위해서는, 대응하는 등급의 미궁 사서관 자격이 필요해. 지식의 누설을 겁낸 고대 사람들이 이 미궁 자체에건 특대 저주인 셈이지."

"그 때문에 아무나 미궁에 숨어들 수 없다는 거구나."

뮬은 천천히 고개를 끄덕여 긍정하고 다시 말을 거듭한다.

"맞아, 이곳은 금단의 지혜가 가득한 보고. 그렇지만 어중간한 각오로 손을 대기엔 리스크가 너무 커. 왜냐면 여기에는 도굴꾼을 유혹해 타락시키는 또 하나의 함정이 설치되어 있거든. ——그게 아까도 보여준 다양한 종류의 《마법서》야."

"마법서……."

메리다가 작은 목소리로 되새기는 동안, 뮬은 두리번두리번 좌우 책장을 둘러보았다.

이내 책등을 희미하게 빛내며 존재를 주장하는 한 권을 찾고서 손가락을 뻗는다.

"대체 누가 만들고 보충하는 건지, 비블리아 고트의 서가에는 이따금 저런 마법서가 섞여 있어. ——이번엔 문제없이 뽑을 수 있을 거야.”

조심조심 다시 한번 손가락을 뻗으니, 언뜻 보기에 무거워 보이는 책등이 스르르 책장에서 미끄러져 떨어져 메리다의 손바닥에 들어왔다. 당연한 현상에 가벼운 감동을 느꼈다.

“정말이다, 뽑았어!”

“축하해. 그럼 내용을 읽어봐.”

뮬의 재촉에 책을 펼친 메리다는 다른 의미로 절망하는 처지가 되었다.

“뭐, 뭐야, 이 본 적도 없는 문자는?! 이걸 어떻게 읽어!”

“그렇지? 그게 마법서에 걸려 있는 저주야. 고대서와 달리 마법서는 누구든 선반에서 뽑을 수 있어. 다만 이쪽도 대응하는 등급의 사서 자격이 없으면 어떤 효과를 발휘하는 것인지는 알 수 없어……. 사용 자체는 가능하지만 말이야.”

흐에에, 하고 감탄하는 메리다와 정반대로 은발의 사촌자매는 미심쩍다는 듯이 눈동자를 빛냈다.

“꽤 자세히 알고 있네. 우리와 마찬가지로 첫 시험일 텐데.”

“미우네 집은 비블리아 고트 연구자거든.”

방울이 울리는 듯한 목소리로 끼어든 것은 살라샤였다. 그녀가 말을 해준 것이 기뻐서 메리다의 얼굴이 확 환해진다.

“그렇구나!”

“라 모르 가문은 대대로 비블리아 고트 최상층부에 연구실을 갖는 학자 일족. 미궁 사서관이 가지고 돌아온 고대서와 마법서는 전부 미우 어머님이 관리하는 게 규칙이야. ……여기서만

하는 이야긴데, 미우가 가방 안에 가져온 마법서 몇 권도 라 모르 이모님의 집에서 슬쩍 훔쳐온 것이기도 하고 그래……."

"역시 반칙 맞네."

엘리제가 물끄러미 시선을 보내자 뮬은 황급히 양 손바닥을 흔든다.

"어, 어머, 《지참 불가》 같은 룰은 없었잖아? 그런 것보다, 다들! 모처럼 손에 넣은 마법서의 효과를 시험해 봐야지!"

"어? 어떤 효과를 발휘할지 모르는데도?"

무심코 꿍무니를 빼버렸지만, 뮬은 마치 도박사라도 된 양 즐거워하고 있다.

"오히려 효과를 알 수 없으니까 사용해서 확인해 봐야 하지 않겠어? 자자, 우리 재수를 한번 시험해 보는 셈 치고. 마법의 주문은——《옛날 옛적, 어떤 곳에(원스 어폰 어 타임)》."

"으읏, 왠지 긴장된다……. 워, 《원스 어폰 어 타임》!!"

메리다가 그 문구를 발한 순간, 손에 들고 있었던 마법서가 영민한 반응을 돌려주었다. 펼쳐져 있었던 페이지의 문자열이 눈부시게 빛나고—— 퍼어엉!!

"와아악?!"

놀라지 않고는 배길 수 없을 만큼 맹렬한 흰 연기를 토해 주변 일대를 전부 뒤덮은 것이다.

"뭐야, 이거?! 아무것도 안 보여!"

"리타! 리타! 어디야……?"

"어라라? 연막의 마법서 같은 게 있었나?"

"미우, 뭔가 나—— 훼엥 한 것 같은데?!"

꺄악꺄악 하고 야단법석을 떠는 사이 연기 자체는 불과 10여 초 만에 안개처럼 사라졌다. 그러나 겨우 드러나게 된 시야에 이 네 사람의 눈은 깜짝 놀라 휘둥그레졌다.

"보, 복장이 바뀌었어?! 어느 틈에?!"

당연히 갈아입은 기억은 없지만, 피부에 닿는 천의 감각이 달라져 있었다. 소녀들은 각자 베리에이션이 풍부한 네 종류의 의상으로 변신해버린 것이다.

전투용 배틀 드레스는 아니다. 오히려 메리다의 의상은 정반대 스타일로, 어깨 쪽이 크게 트였고, 롱스커트가 겹겹이 되어 있는 호사스러운 파티 드레스다.

머리에는 공주님이나 쓸 법한 티아러, 발에는 굽 높은 유리 구두까지 공도 참 많이 들였다. 하지만 메리다는 솔직한 감상을 말했다.

"움직이기 힘들어!"

"어머, 근사해라. 메리다, 의상이 꽉 조이네. 지금 건 《디바의 시집》이었구나."

"그, 그건 무슨 효과가 있는 거야?"

"《이야기의 등장인물의 힘을 품을 수 있다》라는 부여강화계 마법이야. 메리다에게 할당된 그 배역은, 아마…… 《재투성이 공주님》."

아무리 봐도 자신에게 어울릴 것 같은 그 네이밍에 메리다는 남몰래 어깨를 떨군다.

뮬의 웃음소리가 깔깔 울려 퍼졌다.

"어머, 메리다한테 딱 맞는 행복한 이야기라구? 마법의 효과는 《정해진 시각이 올 때까지 온갖 가호가 당신을 지킨다》──였나?"

"리타, 괜찮아?"

자신과는 반대로 차분한 사촌 자매의 목소리가 들려 메리다는 시선을 그쪽으로 돌렸다.

그리고 순식간에 시선을 빼앗겼다.

엘리제의 모습은 한마디로 말해 소박한 촌구석 아가씨였다. 유치원생 정도의 자그마한 여자아이를 모티프로 하는 건지, 스커트에 달린 꽃무늬 와펜이 사랑스럽다. 그리고 은색 머리카락을 뒤덮는 빨간 두건은 마치 수제 과자 포장지 같은 느낌을 주었다.

위부터 아래까지 감상하는 메리다의 입이 헤벌쭉~ 벌어지는 것도 어쩔 수 없으리라.

"엘리, 귀여워!!"

"……그렇지 않아. 리타 쪽이 훨씬 예뻐."

"꼬오옥! 안아도 돼?"

"……컴온."

"바보 커플 같은 대화는 그만하고, 내 견해를 듣지 않을래?"

약간 맥이 빠진 뮬의 목소리가 엘리제의 변신을 분석한다.

"엘리제는 《루비》역이네. 효과는 《늑대의 야성을 품는다》."

은발 소녀의 입가에 덧니가 힐끔 보인다. 그것을 앞에서 본 메리다는 "우왓." 하고 놀랐고, 엘리제는 그길로 메리다의 목을 껴안더니 맨살이 드러난 어깨를 살짝 물었다.

"냠냠……. 리타, 마이쩌."

"꺄하하하하하. 가, 간지러워!"

사촌 자매가 달라붙어서 메리다가 난처해 하는데, 또각 하고 드높은 구두 소리가 울렸다.

위풍당당하게 워킹을 시작한 그녀는 바로 뮬 라 모르. 어딘가 선정적인, 개방감 넘치는 모습이다. 상반신은 완만한 앞가슴을 덮는 밴드뿐이고 어깨도, 배꼽도 완전히 노출되어 있다. 아래는 천을 감은 듯한 스커트. 절개된 옆 단을 통해 슬쩍 보이는 허벅지가 요염하다.

살짝 비치는 베일을 나부끼는 그 모습에 메리다와 엘리제도 자기도 모르게 넋을 잃고 바라보았다.

"그, 그건 무슨 배역이야? 되게 희한한 의상인데……!"

"《아브라카다브라》 아닐까. 효과는 《세 번 마신을 부릴 수 있다》."

"마법서가 재미있는 거였구나!"

순수하게 얼굴을 빛내는 메리다에게 뮬은 베일 속으로 키득 웃는다.

"그러게. 하지만 양날의 검이기도 하니까 효과를 모르는 건 신중히 써야——."

"미, 미우~~……!"

그때, 더할 나위 없이 처량하게 울먹이는 목소리가 들렸다. 뚜욱, 물소리가 겹친다.

《재투성이》와 《루비》와 《아브라카다브라》가 무슨 일인가 하고 시선을 돌렸다. 생각해 보니 네 번째 공작 가문 아가씨의 모습이 보이지 않는다. 같은 눈높이에 있어야 할 그녀가 없다.

그것도 당연한 것이, 목소리의 발신원은 소녀들의 발 쪽이었다. 살라샤는 자신의 발로 서지도 못하고 바닥에 가로누워 있었다. 원래 지면을 힘껏 디디고 있어야 할 두 다리는——이럴 수가, 화려한 비늘을 가진 물고기의 그것으로 변해 있었다. 상반신은 알몸이고, 조개껍데기 두 개가 가슴팍에 흡착되어 있을 뿐. 반신을 일으키는 게 고작으로, 살라샤는 눈물을 글썽이고 있었다.

"서, 서지 못하겠어어어……! 이거, 대체 무슨 마법이야아……??"

뮬은 순간, 수천 년의 비보를 발굴한 것처럼 뺨을 붉혔다.

"괴, 굉장해, 사라! 《인어공주》는 무척 레어한 배역이거든?! 효과는 《수중을 자유자재로 떠돌 수 있다》……. 나도 이 눈으로 본 건 처음이야!"

"와앗, 살라샤 양 멋져! 물속이라면 무적이라는 거네!"

"물속이라면…… 물만 있다면……."

"그래, 수중이라면……! 수중……."

"………수중?"

투욱, 꼬리지느러미가 돌바닥을 때린다. 세 사람은 얼굴을 마주 보고 뭐라고 할 수 없는 미묘한 표정으로 침묵을 지켰다. 살라샤를 배려하듯 등을 돌린 다음 작은 소리로 소곤대며 서로 확인한다.

"으음, 요컨대, 지금은 저 마법을……."

"사용할 데가 없다."

"꽝이네."

"우와아아아~~~앙!! 왜 나만 이런 거야~~~~?!"

대성통곡을 터뜨려서 보다 못한 뮬이 친구를 달래러 간다.

"진짜, 사라, 그렇게 바로 울지 좀 마. 제한시간이 지나면 원래대로 돌아갈 수 있으니까."

"흐윽, 흐윽…… 그래도 움직이기 힘들어어……!"

어떻게든 인간다운 자세를 취하려고 해서인지 인어공주는 바닥에 양손을 짚고 고군분투한다. 그러자 이런, 크게 흔들린 알몸의 상반신에서 두 개의 열매가 출렁하고 파도쳤다.

자기 가슴에서는 본 적도 없는 어그레시브한 약동에 메리다의 등골을 전율이 가로지른다.

"서, 선발전 때부터 생각했었는데…… 살라샤 양은 우리랑 똑같은 1학년, 맞지?"

"드디어 깨달아 줬구나, 메리다. 그래, 이 안에 배신자가 한 명 있어. 우리 공작 가문 네 아가씨의 유대를 찢어발기는, 배신의 열매가 달린 애가 말이야."

자신의 납작한 튜브톱을 가리면서 뮬이 심각한 표정으로 고한다. 《사촌 자매와 빼닮았다》는 평판을 듣는 엘리제 역시 얼어붙을 만큼 차가운 눈길로 살라샤를 본다.

전원의 시선을 뒤집어쓴 인어공주는 홱! 조개껍데기만 덮인 가슴팍을 끌어안았다.

　"뭐, 뭐, 뭐야?! 다들, 눈이 왜 그렇게 무서워?!"

　"살라샤 양, 저기, 조금만이라도 되니까…… 만져 봐도 될까?"

　"리타가 하면 나도 할래. 그 귀축 선생을 공략할 열쇠가 될지도 몰라……"

　"무슨 말인지 도통 모르겠지만, 안 돼요! ──미, 미우?!"

　지체 없이 배후로 돌아 들어간 흑발의 친구가 살라샤의 양팔을 꼼짝 못하게 붙잡았다. 살갗이 드러난 어깨에 뒤쪽에서 턱을 올리고, 뮬이 빙그레 입꼬리를 올린다.

　"사실 나만의 특권이지만 할 수 없지, 너희의 친목을 돈독히 하기 위해서도 특별히 허가해주겠어. 자, 실컷 만끽해줘!!"

　"마마마, 마음대로 허가하지 마! 잠깐, 히야아아아아아악?!"

　좌우 양쪽에서 웅크리고 앉은 엔젤 자매가 인어공주의 두 개의 과실을 동시에 인양했다. 메리다가 오른쪽을 파손되기 쉬운 물건처럼 조심스레 어루만지고, 엘리제는 왼쪽을 거리낌 없이 꽉꽉 움켜쥔다.

　자신의 그것에서는 체감한 적 없는 존재감에 납작 자매의 눈동자가 휘둥그레진다.

　"대, 대단해……! 손가락이 이렇게 잠기고, 휘감기고……?!"

　"멜론빵……? 핫케이크……? 탱탱하고 푹신푹신해……."

　"흐아아, 아앗! 메, 메리다, 엘리제 씨, 제발 좀, 자, 잠깐만…… 으으으!"

"움직인다, 움직여……! 내 게 흔들흔들이면, 이쪽은 출렁출렁……."

"압도적 전력차……. 귀축 방피르 군(軍)도 완전히 패배……. 전군 철수……."

"하으윽! 아으아으으…… 아앙! 그, 그 이상은 하지 마세요오오……!"

언어능력에 지장이 올 만큼 경악하고 있는 자매들은 점점 몸을 앞으로 기울이며 과실 사냥에 열중했다. 이미 아무런 거리낌도 없이 양쪽으로부터 실컷 만져진 인어공주는 저항하지 못하는 양팔을 최대한 버둥대면서 눈물 어린 눈으로 소리쳤다.

"대, 대단한 거 아니야아, 같은 반 애들보다 조금 큰 것뿐이야!!"

""초금.""

쿡쿡, 엔젤 자매의 정신에 콤보가 박혔다.

이제야 몸을 물린 메리다는 천천히 자신의 가슴팍을 내려다보았다. '조금은 있어.'라며 자신의 버팀목으로 삼고 있었던 것이, 훅 불면 날아가 버릴 기만에 지나지 않았음을 뼈저리게 깨닫는다.

"상급학교에 올라가면 누구나 커지는 거라고 믿고 있었어……. 하지만, 현실은 그렇게 녹록하지 않구나……."

"리, 리타, 우린 아직 1학년이야. 희망을 버리는 건 좋지 않아."

"그래. 특히 요즘은 사람마다 취향도 다 다르니까."

뮬은 태평하게 말하고서 완만한 라인을 과시하듯이 몸을 뒤로

젖혔다. 동성조차 두근거리게 하는 미소를 띠며 말한다.

"중요한 건 좋아하는 사람의 이상에 자신을 얼마나 가깝게 하느냐 아니야?"

"좋아하는 사람……."

그 말을 듣고 마음에 떠오르는 남성은 메리다에게는 단 한 명밖에 없다.

자연스럽게 다시 떠오른 심상은, 신체 검사하던 날 밤. 지금도 생생히 되살아나서 메리다의 얼굴을 새빨갛고 뜨겁게 만드는, 그의 커다란 손바닥의 섬세한 손가락…….

영락없이 검사를 구실 삼아 만지고 싶어 그러는 줄 알고 모르는 체해 줬었다. 그런데 눈을 뜨고 상황을 살핀 그는 자기도 몰랐다는 모습으로 본심을 밝혔다.

──실례했습니다, 설마 가슴을 만지고 있는 줄은 저어언혀 몰랐──

──설마 가슴일 줄은 저어어언혀 몰랐──…………

메리다의 마음에 형용할 수 없는 감정이 부글부글 끓어오르기 시작했다. 어차피 그도 있는지 없는지도 모르는 한입 사이즈 푸딩보다 살라샤처럼 출렁거리는 머스크멜론 쪽이 취향일 거다. 틀림없다. 그렇게 생각하니 더는 잠자코 있을 수 없었다.

"──진짜야, 선생님은 바보야!"

메리다가 화가 나 끓어오른 순간, 또다시 퍼어엉! 성대한 흰 연기가 네 아가씨를 뒤덮었다. 몇 초 후 시야가 갰을 때는, 그녀들은 각자의 학교 배틀 드레스 차림으로 돌아와 있었다.

재미있는 구경거리라도 본 것처럼, 뮬이 경쾌하게 스텝을 밟는다.

"뭐, 이런 식으로 마법서는 편리하긴 하지만 자격을 가지지 않은 자에 대한 트랩이라는 역할도 겸하고 있어. 신중하고도 대담하게 사용하자, 라는 이야기였습니당."

"미우……."

이제야 자기 발로 바닥을 힘껏 디디면서 살라샤는 거의 울상이 되어 하소연한다.

"나 그만 돌아가고 싶어……."

"어머, 아직 안 돼."

집게손가락을 입술에 대고, 뮬이 키득거리며 짓궂게 웃는다.

"이제부터 재미있어질 건데 가긴 어딜 가니."

† † †

네 아가씨의 화사한 탐색의 시간이 얼마나 지났을까. 뮬이 앞장서서 회랑을 건너 몇 개의 문과 계단을 지나, 일행은 끝없는 미궁의 안으로 안으로 나아가는 중이다.

흑발의 미소녀는 때때로 포셰트에서 책을 꺼내 주문을 영창. 한 페이지를 희생해 현재 위치를 파악하면서 착실하게 목적 장소로 다른 소녀들을 이끌었다.

"지금 우리가 있는 곳이 《5층》. 관측도에 따르면 이 문 앞이……."

그렇게 말하면서 뮬은 에메랄드처럼 빛나는 장엄한 문을 민다.

맞은편은 막다른 곳이었다. 360도가 책장으로 둘러싸인 육각형의 공간. 올려다본 저 끝은 높이가 30미터는 되어 보인다. 그래도 천장이 보이니 그나마 다행으로 여겨지는 것은, 이미 감각이 충분히 마비되어 있다는 증거가 아닐까.

모자이크 타일 바닥에는 책이 산더미처럼 쌓였고, 여섯 방향의 책장에는 빈 곳이 눈에 띈다. 칠칠치 못한 누군가가 독서 후에 내팽개친 흔적일까?

그리고 방 중앙에는 모양은 예쁘지만 빈약한 기둥이 지탱하는 작은 단상이 설치되어 있었다. 그 위에도 낡아빠진 책 한 권이 놓여 있다. 네 사람이 가까이 다가가자, 책은 저절로 페이지를 펼쳤다. 공백 페이지 중앙에 잉크가 번졌다가 사라진다.

『제47 열람실에 오신 걸 환영합니다』

『사서관 시험을 치르겠습니까?』

『네 아니오』

잉크병에 세워진 깃털 펜이 찌르릉, 떨며 대답을 기다린다. 네 아가씨는 얼굴을 마주 보았고, 대표해서 메리다가 펜을 쥔 다음 『네』쪽에 커다란 원을 그렸다.

낡아빠진 책에 순간 활력이 넘쳐흐르고, 저절로 떠올랐다. 페

이지가 파라락 넘겨지고, 또다시 공백 페이지에 잉크가 번지기
시작한다.

『지금부터 비블…… 고트 사서관 ……등급 시…… 개시합니
다』
『당신이 ……의 ……험…………』

 메리다 일행은 눈살을 찌푸리고 어떻게 된 건가 하고 몸을 내
밀었다. 잉크가 많이 날아가 내용이 분명치 않다. 이때, 보다 못
한 것처럼 메리다의 손에서 깃털 펜이 튀어나갔다. 스스로 잉크
병이 있는 곳까지 날아가더니 딱따구리처럼 펜 끝을 담근다.
 그리고 낡아빠진 책이 있는 곳까지 날아올라 엄청난 속도로
펜 끝을 놀리기 시작했다.

『당신들이 볼 시험은, 책의 《수선》과 《정돈》이 되겠습니다』
『방바닥과 주위의 책장을 보십시오』

 지시대로 메리다 일행은 시선을 돌린다. 몹시 어질러진 산더
미 같은 책에, 빈칸이 눈에 띄는 책장. 어쩐지 흐름이 이해되기
시작함과 동시에 깃털 펜이 또다시 사방으로 춤춘다.

『바닥에 흩어져 있는 책을, 한 권도 빠짐없이 책장에 꽂으십
시오』

『모든 책을 반환함으로써 시험 합격이 되겠습니다』

"《수선》은 또 뭐야?"

모두가 궁금해하는 질문을 엘리제가 입에 담은 그때였다.

퍼엉! 폭탄이라도 터뜨리듯, 바닥에 있는 책 중 한 권이 펼쳐졌다. 더더욱 놀랍게도, 그 페이지 틈새에서 줄줄이 무언가가 기어 나오기 시작하는 게 아닌가.

이 현상에는 소녀들도 흠뻑 놀라 두 발자국, 세 발자국 뒷걸음질 쳤다.

"뭐, 뭐, 뭐야 저거?!"

"벌레…… 같은데."

뮬의 분석대로 그것은 《벌레》였다. 다만 종이로 이루어져 있다. 누렇게 변색한 페이지, 찢어진 페이지, 잉크가 말라 읽을 수 없는 문장……. 그것들이 절지와 갑각을 형성해 버스럭거리며 종이가 엇갈리는 다중주를 연주한다.

읽는 자가 있든 말든 상관 않고, 또다시 마법의 깃털 펜이 경쾌한 궤적을 그렸다.

『저것은 《책벌레》. 귀중한 문서를 갉아먹는 무척 골치 아픈 마물입니다』

『책을 좀먹는 책벌레를 구제(驅除)하고, 깔끔해진 책을 책장에 돌려놓읍시다』

『누구나가 기분 좋게 독서할 수 있는 공간을 제공하는 일이야말로 사서관의 의의라 할 수 있는――』

　스르릉!! 드높은 발도음이 펜의 움직임과 겹쳤다.

　맨 먼저 칼을 뽑은 메리다에 이어서 엘리제가 장검을, 살라샤가 창을 그리고 뮬이 대검을 각각 뽑고 자세를 취한다. 당연하다, 버스럭거리며 절지를 꿈틀대던《책벌레》들이 화악! 달려들었기 때문이다.

　"――이얏!!"

　네 소녀가 일제히 파고든다. 달려 나가면서 네 개의 검선을 뿌린다. 네 가지 색의 마나가 공간을 불태워 책벌레 몇 마리를 동강 냈다. 촤아악, 날아오르는 대량의 종잇조각.

　하나하나는 그다지 벅차지 않다. 하지만 숫자가 심대하다. 바닥에 구르고 있는 책이 잇달아 튀어 오르고, 펼쳐진 페이지에서 종이로 이루어진 괴물이 우글우글 기어 나온다.

　"다들! 적을 쓰러뜨리기보다 책부터 빨리 정돈하자!"

　메리다가 신속히 지시를 날리고, 다른 세 명이 용수철처럼 튀어나간다. 각자 책을 주우면서 책장으로 질주한다.

　메리다도 방해되는 책벌레를 베어 쓰러뜨리고서 발밑의 책을 주웠다. 책장의 빈 곳을 향해 돌격. 기세를 실어 책을 때려 박듯 꽂으려―― 했으나.

　터덩. 책은 스스로 수납을 거부했다. 폭이 모자라지는 않다. 마치 보이지 않는 벽이 방해하고 있는 양, 힘껏 눌러도 책이 들어가 주지 않는 것이다.

"무슨 일이지?! 넣을 수 없어……!"

"내, 내 것도 안 들어가! 미우, 어떻게 된 거야?!"

"나, 나도 몰라! 이런 건 어머니한테도 들은 적이……!"

"어? 이쪽은 들어갔는데?"

엘리제만 혼자 어리둥절 고개를 갸웃거린다. 뮬은 갖고 있는 책을 내팽개치고 그녀가 있는 곳으로 달려갔다. 엘리제가 넣은 책을 뽑은 다음 내용을 조사한다.

"_____."

엄청난 속도로 페이지를 넘긴 다음 도로 책장에 꽂았다. 그리고 바닥에 널려 있는 책에서 새로 한 권을 점찍고 주워서 다른 방향의 책장으로 뛰기 시작했다.

그리고, 뮬이 내민 책이 빈자리에 쏙 들어가는 것이 아닌가. 그녀는 한 번 더 그 책을 뽑아, 몇 페이지인가를 넘기고 뺨에 홍조를 띠며 지껄였다.

"역시! 알았어, 이건 퍼즐이야!"

"퍼, 퍼즐?"

"여기 책들은 25개의 기호만으로 쓰여 있어. 내용은 의미불명이지만 뒤집어 말하면 이 25문자로 표현할 수 있는 모든 조합이 배치되어 있지. 그리고 비블리아 고트에는 똑같은 책이 두 권 존재하지 않는 점을 생각하면, 딱 한 문자씩만 다른 책이 어딘가에 존재한다는 말이 돼. 그걸 전제로 해서 생각할 경우, 예를 들면 이 책에 쓰여 있는 문장은 다른 한 권의 소재를 분명히 하는 셈이니까──."

"""그래서?!"""

다른 세 사람이 입을 모으자 뮬은 빙그레 웃는다.

"시간을 벌어 줘."

메리다는 대답 대신 칼을 당겨 가까이 있는 책벌레를 베어 버렸다. 살라샤가 내찌른 창끝이 적을 꿰고, 엘리제의 장검이 매끄러운 절단면을 만들어 낸다.

그동안 뮬은 닥치는 대로 책을 주워서 무시무시한 속도로 페이지를 계속 넘겼다. 몇 권을 책장에 넣었다 뺐다, 질리지도 않고 시선을 빠르게 움직인다.

이윽고, 파앙! 책을 닫으면서 소리쳤다.

"해독했어! 도와줘!"

세 사람이 일제히 다른 방향으로 뛰기 시작했다. 뮬은 가진 책을 친구에게 던졌다.

"사라, 네 번째 책장의 둘째 단!"

계속해서 한 권을 엘리제에게, 또 한 권을 메리다에게 집어 던진다.

"엘리제 거는 세 번째 책장의 넷째 단! 메리다 거는 두 번째 책장의 다섯째 단!"

자신도 책을 주우면서 물 흐르는 듯한 동작으로 대검을 일섬. 불쌍한 책벌레를 날려 버리면서 책장을 향해 길 잃은 책을 갖다 박았다.

엔젤 자매가 초조해하며 손바닥을 흔들었다.

"패스!"

"패스, 패스."

"아아, 진짜, 재촉 좀 하지 마!"

계속해서 두 권, 오버스로로 세 권. 모자이크 타일 바닥이 삽시간에 정리되어 간다. 마지막 한 권이 되고, 뮬은 천천히 상공을 가리켰다.

"——저기야! 마지막 한 권!"

보니까 천장이 닿을락 말락 한 높은 위치에, 외따로 책장에 공석이 있었다. 벽을 차서 오르려 해도 도움닫기 할 만한 공간이 없겠다고 메리다가 순간적으로 판단한 그때, 자신을 부르는 씩씩한 목소리가 들렸다.

"메리다 씨!"

살라샤가 창을 수평으로 내밀고 있었다. 즉각적으로 이해한 메리다가 바닥을 차고, 창 자루 위로 뛰어오른다. 전혀 무게를 느끼지 않는 것처럼 살라샤는 창을 힘차게 위로 올렸다.

메리다의 몸이 수직으로 튀어 올랐다. 뮬이 마지막 한 권을 머리 위로 높이 들어 던져 준다. "메리다!" 덩달아 매달리려고 한 책벌레는 엘리제가 베어 쓰러뜨렸다.

"리타……!"

사촌 자매의 신뢰가 담긴 목소리를 의식의 끝에 인식하면서, 메리다는 공중에서 책을 캐치했다. 눈앞이 바로 천장인 절묘한 높이에서 두둥실 정지한 것은, 살라샤의 초절적인 기교 덕분일까. 메리다는 눈앞에 존재하는 책장의 공석을 향해 마지막 한 권을—— 때려 박았다.

순간.

방에 남아 있었던 모든 책벌레의 몸 안쪽에서 종잇조각이 터졌다. 새하얀 종이가 대량으로 소용돌이쳐 메리다 일행의 시야를 가린다.

"우와아앗……?!"

낙하 도중 메리다가 가벼운 패닉에 빠진 그때, 토옹토옹, 벽을 차는 경쾌한 소리가 났다. 새처럼 날아오른 복숭앗빛 소녀가 메리다를 정면에서 꽉 껴안았다.

"살라샤 양……!!"

그녀는 마치 날개라도 돋은 것처럼 메리다를 품은 채 사뿐히 바닥에 착지했다. 흩날리는 벚꽃 같은 종잇조각에 휩싸여 몹시 감동한 메리다가 살라샤에게 달려들었다.

"고마워, 살라샤 양! 우리 해냈어!!"

조금 놀란 모습이지만, 이내 살라샤도 부끄러워하며 등에 팔을 둘러주었다.

"네…… 해냈어요, 메리다 씨."

"아, 진짜, 사라 완전 멋있었어! 나 또 너한테 반했잖아?"

뒤쪽에서 뮬이 아양을 떨며 다가와 복숭앗빛 친구를 찌부러뜨린다. 그리고 이번엔 메리다 뒤에 매달린 엘리제가 약간 불만스러운 듯이 볼을 부풀렸다.

"리타, 리타. ……나도 열심히 했어."

"응! 다 같이 힘낸 거지! 우리의 대승리~~~~!!"

좋다고 서로 부둥키고 살을 부비는 소녀들 가운데, 앞뒤로 샌

드위치 신세가 된 살라샤는 조금 전까지의 예리함은 어디 가고, 눈물 어린 눈으로 신음하고 있었다.

"아으, 아으, 다들 조금만 더 얌전하게 축하하자……."

그런 소녀들 뒤쪽, 방 중앙에 설치된 단상 위 낡아 빠진 책 페이지에.

깃털 펜이 저절로 술술 춤을 추며 아무도 읽지 않는 문장을 써 내려갔다.

『축하합니다. 현재 층의 시험 합격에 따라 여러분에게는』

『비블리아 고트 사서관, 《5등급》의 자격을 수여하겠습니다』

† † †

겨우 흥분이 가라앉은 메리다 일행이 퍼뜩 뒤돌아보니, 열람실 중앙에는 낡아빠진 책과 이상한 깃털 펜이 이미 역할을 마치고 편안히 쉬는 중이었다. 시험 삼아 페이지를 열어 보자, 거기에는 공백과 약간의 얼룩이 있을 뿐 잉크는 흔적도 없다.

넷이서 얼굴을 마주 보고 있는 동안 책장 하나가 희미한 빛을 발했다. 정확하게는 거기에 넣어져 있었던 네 권의 책이 존재를 주장하고 저절로 움직여 책등을 내밀어온 것이지만.

네 사람이 각자 손에 쥐고 보니, 책에는 이런 제목들이 붙여져 있었다. 『메리다 엔젤』 『엘리제 엔젤』 『살라샤 쉬크잘』 『뮬 라모르』. 각자 본인의 이름이 붙여진 책으로 교환하고, 자기 뜻과는 상관없이 울리는 가슴의 고동을 느끼면서 일제히 페이지를 연다.

　책의 첫 번째 페이지에는 마나 능력자로서의 각종 스테이터스 표가.

　그리고 나머지는 의미 없는 몇백 페이지가 접착되어 있고, 그 중앙에 칼집이 들어간 수납공간이 숨겨져 있었다. 안에 든 것은 비단 같은 순백색 장갑과 모노클이었다.

　"혹시 이게 미궁 사서관의 증표일까……?!"

　"그런가 본데."

　뮬은 바로 신품 모노클을 장착하고 손에 든 마법서를 펼쳐보았다.

　진심으로 감동한 듯한, 감정이 듬뿍 담긴 목소리가 튀어나왔다.

　"굉장해. 이걸로 하나하나 확인하지 않아도 마법서의 효과가 일목요연하게 나와."

　"나! 나한테도 보여줘!"

　"미우, 나도……."

　메리다와 살라샤도 앞다투어 모노클을 한쪽 눈에 대고 뮬의 양쪽에서 달라붙는다. 그리고 동시에 ""오오~……!"" 하고 탄성을 흘렸다. 안경을 통해 보니, 의미불명이었던 수수께끼 언어가 익숙한 공용어가 되어 보였기 때문이다.

　"그럼, 이 장갑은?"

　엘리제가 그렇게 말하며 장갑을 낀 왼쪽 손을 조심스레 움직였다. 덧붙여 말하면 이쪽은 왼손 용 한쪽뿐이고, 오른손 분이 없다. 손가락을 보호하는 용도는 아니라는 뜻이리라.

이 미궁에 가장 조예가 깊은 뮬이 간결하게 자신의 의견을 말했다.

"뽑을 수 없는 고대서를 뽑기 위한 장갑일 거야. 물론 대응하는 등급이 정해져 있겠지만, 어느 정돈 열람이 가능해졌겠지. ——다들, 시험 삼아 아무거나 읽어 보는 게 어때?"

"와아~ 와아~ 괜찮을까?!"

소녀들은 뺨을 붉히면서 열람실로 흩어졌다. 흡사 책장 사이를 날아다니는 요정처럼, 눈동자를 반짝이면서 형형색색의 책 등을 품평한다.

그리고 머지않아 메리다는 문득 신경 쓰이는 것을 발견했다. 책장 일부에 책이 아니라 본 적도 없는 오브제가 장식되어 있는 것이다. 받침대와 버팀목이 떠받치는 회색 구체다.

"있잖아, 이거 뭐인 것 같아?"

"아, 라 모르 연구실에서 본 적이 있어. 그건 《세계본》이야."

"세계본?"

낯선 단어에 뒤돌아보니, 책장을 물색하고 있었던 뮬이 어깨를 으쓱하면서 대답했다.

"《이 세상의 진리를 나타내는 것》이라고 하던데, 아무도 진상을 밝히지 못했어. 그런 회색 공이 대체 뭐길래 그러는 걸까?"

"흐~음……."

메리다는 잠깐 그 세계본이라는 것을 관찰했지만, 어디를 봐

도 회색 일색으로 칠해져 있을 뿐 단조롭다. 금세 흥미를 잃고 시선을 돌려버렸다.

그것보다도 "어라?" 하고 메리다의 주의를 끈 것이 있었다. 책장에서 삐져나온 한 통의 편지지였다. 왜 이런 게 섞여 있는 걸까 하고 무심코 손가락을 뻗어본다.

장갑을 낀 왼손으로 편지지를 책 틈에서 쑥 빼냈다.

"이건———?"

내용을 조사해보고 메리다는 말문이 막힐 정도로 놀랐다. 메리다의 혼잣말을 듣고 뮬이 이쪽을 뒤돌아본다. 그 시선이 메리다가 손에 든 것을 훑었다.

"아, 책 이외의 것이 섞여 있어도 놀랄 건 없어. 못 들었어? 비블리아 고트에는 오늘날에 이를 때까지 써진 모든 《문장》이 맥락 없이 복제되어 있다고. 아닌 게 아니라 쇼핑 메모 같은 게 발견되는 일도 있어."

"그, 그렇구나……."

동요를 힘껏 누르고 메리다는 손에 넣은 편지지를 자연스럽게 주머니에 집어넣었다.

거기서 문득 깨달은 것처럼 그녀는 얼굴을 쳐들었다.

"맞다! 엘리, 제한시간은?! 느긋하게 있을 때가 아닐지도 몰라!"

신기해하며 고서를 읽고 있던 엘리제가 "앗." 하고 입을 연다. 서둘러 주머니에서 모래시계를 꺼내 눈앞에 들고…… 휴우, 안도의 한숨을 쉰다.

"괜찮아, 아직 3분의 2 정도 남았어. 여유만만이야."

"다행이다……! 아무튼 이걸로 시험은 합격했어, 얼른 학원으로 돌아가자!"

메리다는 들뜬 목소리로 소리쳤다. 그러자 '글쎄' 하고 뮬이 의아하게 고개를 갸웃거렸다.

"……그러고 보니 물어보지 않았었는데, 메리다네는 진심으로 합격을 목표로 시험에 임했던 거구나. 왜야? 루나 후보생으로서의 체면을 지키는 것만이라면, 그렇게까지 할 필요는 없는 거 아냐?"

"그, 그건…… 뮬 양와 살라샤 양도 마찬가지잖아."

"그야, 나랑 사라는, 성 도트리슈의 우등생이니까 그렇지."

뺀들거리는 대답에 메리다는 자기도 모르게 뾰로통해 볼에 바람을 넣는다.

조금 망설이면서도 메리다는 뒷짐을 지면서 고백했다.

"……솔직히 말하면 나, 《엔젤 가문의 자식》이라고 인정받고 싶어. 학원 사람들이나 아버님, 귀족이 아닌 마을 사람들한테도 말이야. 그랬더니 선생님이 과제를 줬어, 《미궁 사서관 인정 시험을 치러 보지 않겠습니까?》하고."

"과연, 그 멋있는 선생이 시켰다는 얘기군."

뮬은 빙그레 웃으며 입꼬리를 추켜올린다.

"메리다는 진짜 그 사람을 아주 좋아하는구나."

"그, 그건……!"

"──하지만, 정말로 그의 생각이 그것뿐일까?"

갑자기 뮬이 나이프처럼 날카로운 목소리를 들이밀자 메리다는 목이 메었다.

빛조차 집어삼키는 흑요석 같은 눈동자가 꿰뚫어 보듯이 자신을 쳐다본다.

"무, 무슨 뜻이야……?"

뮬이 한 발, 한 발, 또각또각 구두 소리를 내며 다가온다.

"어려운 시험에 합격하고, 눈부신 성적을 거두고, 사람들에게 축복받고——."

또각! 눈앞까지 다가온 흑요석 눈동자가 메리다의 얼굴을 바로 앞에서 들여다본다.

"그것이 정말로 엔젤 가문의 자식이라는 증명이 되는 걸까?"

"……!!"

메리다의 말문이 막혔을 때, 소녀의 손바닥이 끼어들었다. 엘리제는 사촌 자매를 감싸듯이 앞에 서서 라 모르 가문의 영애를 노려본다.

엘리제의 얼음 같은 눈빛이 응시하자, 뮬은 가볍게 어깨를 으쓱했다.

"어머, 미안해. 사소한 지적 호기심이야."

연기에 휘감기듯이 등을 돌리고, 포셰트에서 책 한 권을 꺼낸다. 《원스 어폰 어 타임》!" 하고 주문을 외니, 페이지가 저절로 넘겨지고 잉크가 번지기 시작했다.

지금까지도 여러 번 본 《마테를링크의 관측도》 마법서다. 이제 남은 페이지도 꽤 불안해진 터라 뮬은 잽싸게 지도를 머리에 주입한 다음 책을 덮었다.

"자, 빨리 우리 학교로 돌아가자. 성 프리데스위데까지 바래다줄게. ——이쪽이야, 지름길이 있는 것 같아."

그때, 부수수수! 시끄러운 소리가 울렸다.

무슨 일인가 하고 눈을 돌리니 발신원은 살라샤였다. 그녀가 책을 바닥에 떨어뜨린 것이다. 귀중한 고서가 대량으로 쏟아졌는데, 대체 한 번에 몇 권을 옮기고 있었던 걸까.

자연히 메리다가 줍는 걸 도와주러 가고, 살라샤는 미안해하며 머리를 숙인다.

"저, 저기, 다들, 그…… 조금만 더 여기에 있으면 안 될까? 나, 읽고 싶은 책이 많이 있거든, 좀처럼 올 수 있는 장소도 아니고, 그러니까……."

"어? 그래도…… 다음에 읽지 않을래? 지금은 우리, 시험 중이기도 하고."

"메리다 말대로야. 정말이지, 사라도 참 덜렁댄다니까."

뮬도 종종걸음으로 다가와서, 주운 책을 적당한 공간에 찔러 넣고 대충대충 정리한다. 그것을 멍청히 쳐다보던 메리다의 팔을 붙잡아 일으켜 세운다.

그러자 반대쪽 팔에 살라샤가 달려들어 붙잡고 말했다.

"자, 자, 잠깐만! 다른 데 좀 들렀다 안 갈래? 나, 궁금한 장소가 있어서……."

"사라, 고집 좀 그만 부려. 책을 떨어뜨린 것도 일부러 그런 거지?"

뮬은 콕 찌르는 듯한 음성으로 말했다. 메리다는 이유를 몰라 도트리슈 학생 두 사람 사이에서 시선을 왔다 갔다 할 뿐이다. 아무래도 영 상황이 이상하다.

"너도 들었잖아? 메리다와 엘리제는 이번 시험에 합격해야 해. 제한시간이 다가오고 있으니 놀고 있을 시간 따윈 눈곱만큼도 없어."

"저, 저기, 진정 좀 해, 뮬 양……!"

분위기가 험악해지기 시작해서, 메리다는 부드럽게 그 둘을 중재하려고 했다.

"나라면 괜찮으니까, 살라샤 양의 사정도 들어주면 어떨까? 어쩌면 중요한 용건일지도 모르니……."

"그건……."

그리고 메리다와 뮬의 주의가 잠깐 흐트러진, 그 짧은 순간.

살라샤가 느닷없이 잽싸게 팔을 휘두르고, 그대로 벽 쪽까지 되돌아갔다.

메리다는 품속의 위화감을 깨닫고 황급히 살라샤의 손을 보았다. 그녀가 『메리다 엔젤』 제목이 붙여진, 합격의 증거인 책을 빼앗아간 것이다.

"살라샤 양?! 갑자기 무슨 짓을……!"

"미, 미안해, 하지만──."

"어머어머어머, 사라도 참, 장난이 조금 지나친 거 아니야?"

뮬은 성큼성큼 친구를 몰아넣더니, 책장에 파앙! 손바닥을 내려쳤다.

살라샤는 책을 가슴에 끌어안았고, 뮬은 그녀에게 압박을 가하듯이 무섭게 쏘아본다.

"책을 돌려줘, 그건 메리다 거야. 다 함께 그 합격의 증거를 가지고 학교에 돌아가야지. 그렇게 하면 다 함께 해피엔드를 맞이할 수 있잖아?"

"아, 안 돼, 미우! 역시 이런 건 잘못됐어!"

"이제 와서 무슨 소릴……!"

메리다는 이미 이야기가 어떻게 흘러가는지를 알 수 없었다. 똑같은 심경인 은발의 사촌 자매가 다가와 서로 마주 보고 고개를 갸웃거린다. 엘리제가 불쑥 의문을 던졌다.

"……너희 대체 무슨 이야기를 하는 거야?"

두 사람의 주의가 잽싸게 이쪽으로 향했다. 절박한 표정의 살라샤와, 마찬가지로 어딘가 필사적인 느낌이 드는 뮬의 목소리가 불협화음을 연주했다.

"이 이상 앞으로 나아가면 안 돼요, 메리다 씨! 이 시험은——."

"살라샤!"

"이 시험은 함정이에요!!"

직후, 땅속에서 울려 퍼지는 것 같은 꺼림칙한 우렁찬 외침이 열람실을 뒤흔들었다.

크 리 스 타 샹 송

클래스:펜서

HP	3740		MP	299		
공격력	280		방어력	374	민첩력	307
공격지원	–			방어지원	0~25%	
사념압력	26%					

주요 스킬 / 어빌리티

견뢰Lv4 / 연기공(練氣功)Lv4 / 사이퍼 가드Lv4 / 저연비Lv4 / 역경Lv5 / 수 검사(修劍士)·상급연무검(上級連舞劍)《뱅가드 러시》/ 수검사상급수위법(上級守 衛法)《올 개런드》

셴 파 쯔 베 토 크

클래스:펜서

HP	4052		MP	368		
공격력	336		방어력	415	민첩력	379
공격지원	–			방어지원	0~25%	
사념압력	29%					

주요 스킬 / 어빌리티

견뢰Lv6 / 연기공(練氣功)Lv5 / 사이퍼 가드Lv5 / 증폭로Lv5 / 역경Lv4 / 수 검사(修劍士)·상급연무검(上級連舞劍)《뱅가드 러시》/ 수검사상급수위법(上級守 衛法)《올 개런드》 / 브리간트 리오

[검사 / 펜서]

높은 방어성능과 지원능력을 자랑하는 방패의 클래스. 전용 어빌리티 《견뢰》로 자기 주위에 적의 움직임을 방해하는 영역을 만들어낸다. 펜서 여러 명이 진형을 짜면 누구도 지나가지 못하는 철벽의 요새가 될 것이다.

적성[공격: C 방어 : A 민첩 : B 특수 : – 공격지원: – 방어지원 : B]

LESSON: Ⅴ ~사신의 사자들~

"이번엔 또 뭐야?!"

소리가 그치지 않는, 원념이 담긴 다중주에 메리다 일행 네 사람은 서둘러 열람실에서 달리기 시작했다. 여전히 불안함이 들 정도로 광대한 무한의 도서관……. 그 구석구석에까지 고막을 찌르는 듯한 절규가 쩌렁쩌렁 계속 메아리치고 있다.

"망자의 목소리……?"

뮬이 살짝 눈살을 찌푸리면서 분석한 그 직후였다.

회랑 앞쪽에서 보라색 쓰나미가 엄청난 기세로 밀려오기 시작했다. 지면을 미끄러지듯이 비상하면서, 입이 찢어질 정도로 벌리고 피를 토하듯이 저주의 말을 부르짖는 저것들은, 바로 비블리아 고트를 배회하는 망령 무리다.

깜짝 놀란 네 사람은 눈을 부릅뜨면서 즉각 바닥을 박찼다. 메리다와 엘리제가 동시에 튀어 오르고, 한 박자 늦게 뮬이, 그리고 망령의 파도에 삼켜지기 직전에 살라샤가 날아오른다. 그녀의 손에서 『메리다 엔젤』 제목이 붙은 책이 미끄러져 떨어졌다.

"아앗……?!"

바닥에 널브러진 책은 곧바로 회랑을 질주하는 유령의 군세에 뒤덮이고 말았다.

망령들의 표적은 아무래도 기사 공작 가문 네 아가씨가 아닌 모양이다. 그들은 상공을 나는 천사의 모습을 거들떠보지도 않고, 명토로 가는 문이라도 찾는 것처럼 어딘가를 향해 진격한다. 끊임없이 몰려오는 몇백의 유해를 보고 메리다는 눈살을 찌푸렸다.

"대체 어디로 가려는 거지⋯⋯?"

소녀들 네 명은 책장과 사다리를 붙잡고, 눈 밑에서 강물처럼 흐르는 공허한 군세를 내려다보았다. 심각한 표정의 살라샤가 갑자기 문득 무언가를 깨달았다.

망령들에게 확실한 실체는 없다. 바닥에 떨어뜨린 책은 차이지도 않고 그 자리에 가만히 있다. 그 사실을 깨달은 것은 살라샤와 동시에 또 한 명.

뮬이 갑자기 책장에서 손을 떼고 뛰어내렸다. 이어서 한 박자 늦게 살라샤가. 두 사람은 공중에서 무기를 뽑고 격류의 한복판으로 뛰어들었다.

"살라샤 양?! 뮬 양?!"

살라샤와 뮬은 거추장스러운 망령을 쓰러뜨리면서 회랑의 낮은 위치를 질주하고 있었다. 두 사람이 노리는 것은 바닥에 널브러진 『메리다 엔젤』 책. 폭포 같은 군세 속을 두 줄기의 불길이 달려 나갔고, 흡사 발자취처럼 망령의 잔해가 하나둘 허공을 날았다.

""⋯⋯웃!!""

복숭앗빛 불길과 칠흑의 불길이 이따금 교차하고, 한층 더 격렬한 금속음이 튀었다. 두 사람은 더욱더 속도를 올려 회랑을 내달렸다. 격렬한 불꽃을 튀기고, 곧바로 두 사람의 그림자가 뛰어오른다.

메리다와 엘리제 가까이에 입술을 악문 살라샤가.

그리고 뮬은 세 사람의 맞은편 책장에 착지했다.

바닥에서 주운 책은—— 뮬의 손안에 있었다.

"두, 둘 다, 왜 그렇게까지 해서……."

"메리다 엔젤——."

메리다의 말에, 흡사 대본을 낭독하는 여배우 같은 목소리가 겹쳤다.

뮬은 책의 첫 번째 페이지를 펴고 한 마디 한 마디 공들여 대사를 읽어내려갔다.

"공격력 129…… 방어력 111…… 민첩력 141……"

요염한 혓바닥이 입술을 핥고, 진수성찬을 눈앞에 둔 육식동물같이 미소가 일그러졌다.

"클래스…………. ——————————《사무라이》."

오싹. 메리다의 등골에 전율이 내달렸다.

만족스럽게 책을 덮고, 요염한 《디아볼로스》는 입고리를 추켜올렸다.

"후훗…… 쉬크잘 오라버니에게 알려야겠어."

전신에서 마나를 내뿜으며 뮬은 책장을 힘껏 박찼다. 급속히 멀어져가는 흑수정의 뒷모습에 살라샤는 이를 악물었다. 조금 늦었지만, 그 뒤를 따라 도약을 거듭한다.

멍하니 지켜보기만 하는 메리다의 어깨를 누군가가 세게 흔들었다.

"리타, 붙잡아야 해!!"

엘리제는 절박한 표정으로 소리치고 전력으로 책장을 박찼다. 메리다는 혼란스럽기 그지없었지만, 그래도 다리 부분에 마나를 집중한 다음 힘껏 허공으로 뛰쳐나갔다.

——어째서?! 뮬 양!

멍하니 있을 틈도 생각하고 있을 틈도 없다. 메리다는 그저 계속 멀어지는 《대답》을 찾아 책장 사이를 비상했다. 눈 밑에 웅성대는 망령들의 군세를 뛰어넘고, 곧 그들과는 다른 방향으로 엇갈리게 되었다.

"리타의 책을 돌려줘!"

엘리제는 공중에서 자세를 조절하면서 장검을 뽑아 들었다. 뮬의 머리 위를 매처럼 덮쳤고, 직후 드높은 금속음이 났다. 왼손으로 책을 껴안은 뮬은 오른팔 하나로 두꺼운 대검을 휘둘렀다. 저 가공할 만한 힘, 선발전에서 봤을 때 이상이다.

뮬은 추격을 받아넘기면서 대체 어디를 향하는 걸까. 칠흑의 불길을 흩뜨리면서 회랑을 달리고, 몇 번인가 아래층으로 뛰어내렸다. 그러나 한쪽 팔과 포셰트에 짐을 몇 권이나 지닌 상태에서 팔라딘과 드라군의 추적을 벗어날 방법은 없었고——.

"미우, 이 이상은 마음대로 못해!"

운석처럼 뛰어내린 살라샤가 창을 들이대고 굉음과 함께 돌바닥을 파쇄한다. 이리저리 튀는 돌멩이로부터 뮬이 얼굴을 감쌈과 동시에, 뒤로 돌아 들어온 엘리제가 장검을 일섬. 대검으로 겨우 막아내긴 했지만, 뮬은 무기와 함께 수십 미터를 날아갔다.

포셰트 끈이 끊어지고 마법서 여러 권이 바닥에 흩어졌다.

뮬이 태세를 정비하기도 전에 엘리제와 살라샤가 양쪽에서 덤벼들었다. 아예 책과 함께 두 동강을 낼 기세로, 장검과 창이 뮬을 정조준한다.

겨우 상체만을 든 뮬은 그러나── 씨익 비웃었다.

"《원스 어폰 어 타임》!!"

뮬을 중심으로 돌풍이 소용돌이쳐 엘리제와 살라샤를 후방으로 날려버렸다.

어느샌가 펼쳐져 있었던 마법서가 뮬의 손바닥 안에서 역할을 마치고, 종잇조각이 된 마지막 한 페이지가 바람에 날려 흩어져 간다. 바람의 방벽에 보호받은 뮬은 입꼬리를 추켜올렸고── 그러나 곧바로 경악에 두 눈을 부릅떠야 했다.

돌풍을 빠져나와 지면에 딱 붙어 뛰어오는 황금색 그림자를 시야에 포착했기 때문이다. 워낙에 급박한 일이라 맞서지도 못하고, 뮬은 목덜미를 붙잡히고 벌렁 넘어졌다.

"잡았다!"

고작 몇 초. 마법의 제한시간이 다 되고, 돌풍이 안개처럼 흩어진다.

갑자기 조용해진 회랑의 위. 메리다는 뮬 위에 올라탔고, 대신 목덜미를 잡은 힘을 약간 풀었다. 망설임과 혼란만이 루비 같은 눈동자에 소용돌이치고 있다.

"가르쳐 줘, 뮬 양. 왜 이런 짓을 하는 거야? 우리, 친구가 된 거 아니었어? 같이 인정시험에 합격하자고 한 말은, 거짓말이 야……?"

"왜냐고 하면 말이지——."

뮬은 조금도 동요하는 기색이 없는, 평소와 같은 미소를 띠었 다.

"메리다를 좋아해서 그래."

"뭐, 뭐어……?"

"좋아서 그런지 나도 모르게 괴롭히고 싶어지더라. 귀여운 우 리 메리다, 아직도 이게 인정시험이라고 생각하니?——《원스 어폰 어 타임》!!"

메리다가 순간적으로 허를 찔린 틈에 뮬은 소리 높이 외쳤다.

바닥에 흩어져 있었던 여러 권의 마법서가 일제히 효과를 발 동했다. 몇백 페이지가 상공으로 날아올라 메리다 주위를 돔처 럼 360도 빈틈없이 뒤덮는다.

필사적으로 이쪽을 향해 달려오는 두 사람 뒤에 복숭앗빛 소 녀가 비통한 목소리로 외쳤다.

"안 돼, 거기는 이미 쉬크잘 가문의 《문》 위야—— 도망쳐! 메 리다 씨!!"

그러나 이미 결정적으로 늦었음을 메리다는 통감했다. 광풍 같이 소용돌이치는 종이 폭풍에 둘러싸여 네 사람 중에 누구 하 나 도망칠 길 따위는 없었다. 메리다의 신경은 바닥에 떨어진 책 한 권에 못 박혀 있었다. 마법서 《마테를링크의 관측도》.

공백 페이지가 활짝 펼쳐진 그것에, 미궁의 지도가 조금씩 나타난다.

페이지 좌우에서 크게 요동치는 【현재 층】 표기에, 메리다는 깜짝 놀라 눈이 휘둥그레졌다.

——18층?!

메리다 일행이 원래 6등급 시험을 치를 《5층》보다도 훨씬 아래층이다. 1층부터 잠입했었을 텐데, 우리는 대체 언제, 왜, 이토록 깊은 심층부까지 와버린 걸까.

충격에 마비되기 시작하는 뇌리에 바로 조금 전 들었던 뮬의 속삭이는 목소리가 스쳤다.

『아직도 이게 인정시험이라고 생각하니?』

······자신이 터무니없는 무언가를 간과했음을, 메리다는 인정하지 않을 수 없었다. 책에서 끝없이 떨어져 나와 시야를 모조리 뒤덮는 페이지의 종이 소리를 들으면서, 가까스로 냉정한 사고를 붙들며 뇌리에 번득이는 의문을 곱씹는다.

이게 시험이 아니었다면, 대체 언제부터————.

† † †

——대체 언제부터 함정이었다는 거야?!

떠나지 않는 의심을 쫓아버리듯이 셴파 쯔베토크는 검을 휘둘렀다. 펜서 클래스로서 연마한 공격 스킬이 망령의 몸통을 양단한다.

안개가 되어 흩어지는 적의 모습에 안도 섞인 환호성이 나왔다.

"셴파 언니!"

함께 인정시험에 임하기 위해 비블리아 고트에 잠입한 수험자들이다. 숫자는 여섯 명으로 절반은 2학년. 셴파는 식은땀을 아무렇지도 않은 듯 닦으면서 학우들을 돌아보았다.

"다들, 다친 데는 없고?"

"괜찮아요, 언니 덕분이에요!"

셴파는 집단을 둘러보고 고개를 끄덕였다. "가자." 그녀의 호령에 전원이 고개를 끄덕여 대답한다.

학생들을 이끌고 장대한 회랑을 달려 나가면서 셴파는 착잡한 생각을 필사적으로 정리했다. 대체 자신들 수험자에게 무슨 일이 일어난 걸까?

작년에도 인정시험을 보았던 그녀는 이번 시험에 이레귤러가 일어났음을 일찌감치 확신했다. 학원의 글래스몬드 팰리스에서 승강기에 올라탔을 때, 도중에 이해할 수 없는 현상이 닥쳤고, 정신이 드니 비블리아 고트 내부에 내팽개쳐져 있었다.

정규시험이라면 절대로 이 같은 일은 일어날 수 없다. 수험자들은 우선 안전지대인 비블리아 고트 1층에서 마지막 브리핑을 받고, 인솔강사들이 이끌면서 유닛별로 출발. 지급된 《마테를링크의 관측도》 마법서를 의지해 지정된 층의 열람실을 목표로 한다.

더구나 올해는 경험이 부족한 1학년들까지 참가했다. 강사의 인솔도 지도도 없이 멤버마저 뿔뿔이 흩어진 상태에서 광대한 미궁에 던져진다는 건 있을 수 없는 일이다!

자신들에게 닥친 부조리극에 셴파는 입술을 꽉 깨물지 않을 수 없었다. 하지만 마음속 동요를 후배들이 눈치채게 할 수는 없다. 그녀들의 나약한 시선이 셴파의 등만 의지하고 있기 때문이다. 그것을 꼴사납게 꺾을 수는 없다.

미궁 속에서 합류한 수험자 몇 명을 이끌면서 셴파는 오로지 회랑을 달려 나갔다. 그러나 솔직히 이 미궁은 너무 넓다. 어디까지 가도 똑같은 책장의 풍경뿐, 지도가 없으면 계단이 있는 장소를 짐작조차 할 수 없다.

게다가 성가시게도 망령들이 여기저기를 기어 다니는 형편이다.

놈들은 책장 뒤에서 불쑥 모습을 드러내 이쪽의 정신과 체력을 깎아낸다. 오싹한 용모에 후배들은 비명을 지르고, 그녀들을 지켜야겠다는 생각에 셴파의 손끝에는 불필요한 힘이 들어간다. 전투를 거칠 때마다 착실히 한계가 다가온다————.

골똘히 생각하던 그때, 통로 모퉁이에서 누군가와 마주쳤다. 흐릿한 속도로 눈앞에 무언가가 다가와, 셴파는 뒤늦게 칼끝을 올렸다.

서로의 콧날에 댕그랑, 무기를 서로 들이대고 셴파는 상대의 얼굴을 보았다.

"학원장님!"

자기도 모르게 어깨에서 힘이 쑥 빠진다.

성 프리데스위데 여학원 학원장 샬롯 블랑망제는 양손에 쥐고 자세를 취하고 있던 위엄 있는 롱 완드를 천천히 물렸다. 그리고 셴파와 후방의 수험자들을 차례차례 바라본다.

"다친 학생 있나요?"

입을 열자마자 한 질문에 셴파는 간신히 고개를 가로로 흔들었다. 수험자들이 셴파 앞으로 나와 노련한 마녀에게 매달린다.

"학원장님! 저희, 저희는……."

"다들, 무사해서 천만다행이에요. 이제 무서워할 일 없어요."

이제 보니 블랑망제 학원장도 배틀 드레스를 입은 여학생 몇 명을 데리고 있었다. 아마 상황은 이쪽과 마찬가지로, 갑자기 비블리아 고트 안으로 내던져지고, 수험자들을 건지면서 학원으로 가는 승강기를 목표로 하던 도중이겠다.

열 명 전후로 늘어난 여학생들을 둘러보고 학원장은 힘찬 목소리로 말했다.

"이래저래 혼란스럽겠지만 지금은 우선 무엇보다 우리 학교로 돌아갑시다. 내가 선도하겠어요. 다들, 떨어지지 말도록!"

이 말에 소녀들이 흥겹게 대답한다. 학원장은 빙그레 웃고 로브 끝자락을 휘날렸다.

운동선수를 방불케 하는 것처럼 선두를 뛰는 학원장을 향해 셴파는 속도를 올려 옆에 나란히 섰다. 뒤쪽의 소녀들에게까지 들릴지도 모르지만 음량을 조절한 여유는 없다.

"학원장님, 대체 저희에게 무슨 일이 일어난 건가요?"

"승강기 위를 갑자기 가득 메운 큰 나무들을 떠올릴 수 있나요, 미스 쯔베토크."

학원장이 숨 한 번 헐떡이지 않고 달리면서 앞을 응시하고 대답한다.

"그 환영은 마법서《페로나의 눈속임 그림》에 의한 겁니다. 효과는 마법에 말려든 자를 비블리아 고트의 일정 거리 안으로 이전시키는 것. 그 때문에 우리는 원래 내려야 할《1층》을 뛰어넘어 미궁 안쪽으로 오고 만 거겠죠."

"대체 왜 그런 사태에……?!"

학원장은 거기서 일단 대답을 망설이는 것처럼 보였다.

"……자세한 건 나중에 조사하도록 하죠. 지금은 일단 한 사람도 빼놓지 않고 수험자들을 회수해 전원 무사히 성 프리데스 위데까지 돌아가야 합니다."

"학원장님, 1학년들의 모습이 안 보여요."

계속 마음에 걸렸지만 차마 말하지 못한 불안을 셴파는 입에 담았다.

블랑망제 학원장은 약간 씁쓸한 표정으로 고개를 끄덕였다.

"……다른 인솔 선생님도 비블리아 고트로 보내져 우리와 똑같이 수험자를 이끌면서 학원을 향하고 있을 겁니다. 그들 중 누군가와 함께 있기를 바랄 수밖에 없어요. 설마 미궁 더 안쪽으로 나아가고 있는 일만큼은 없을 테죠."

누군가가 부채질이라도 하지 않는 한, 하고 덧붙이며 학원장은 주름이 눈에 띄는 입가를 움직인다. 셴파의 가슴에는 연신 초조함이 치솟아 말투를 억누르는 것조차 어려운 상태였다.

"학원장님, 설마 또 루나 뤼미에르 선발전 때처럼 성 프리데 스위데에 시련이 닥친 건 아닙니까? 저, 그 가련한 후배들이 걱정돼서 못 견디겠어요."

"냉정해집시다, 미스 쯔베토크. 인정시험에 문제가 생긴 것은 머지않아 학원에도 전해질 겁니다. 금방 믿음직한 구원군이 달려와 줄 거예요."

"――오호호, 그것참 다행이군요."

목이 쉰 남자의 목소리가 대화에 끼어 들어와, 학원장은 몸을 퉁기며 다리를 세웠다.

한 발자국 늦게 셴파가, 이어서 후방의 여학생들이 우왕좌왕 발걸음을 멈춘다.

앞길을 가로막듯이 책장 뒤에서 사람 둘이 걸어 나온다.

넝마 같은 검은 로브를 걸쳤고, 연령이나 성별조차 명백하지 않다. 그러나 온화하지 않은 의도를 지닌 것은 옷자락 사이로 번쩍이는 검으로 보아 일목요연하다.

블랑망제 학원장은 결연하게 한 발자국 앞으로 내디디며 물었다.

"보아하니 이 사태를 꾸민 건 당신들 같군요. 저희를 《페로나의 눈속임 그림》의 환영으로 붙잡아 대체 무엇을 꾀하는 겁니까?"

넝마 로브들은 꼼짝도 하지 않았으나, 어느 한쪽의 입가에서 목소리가 울려왔다.

"주모자가 우리인 것은 확실하다만, 페로나라고……? 무슨 이야기를 하는 건지 모르겠군. 우리로선 표적이 흩어져서 성가실 뿐이야."

"시치미를 떼고……! 학원장님, 이야기해 봐야 시간만 낭비 예요!"

셴파가 의기양양하게 앞으로 나와 펜서 클래스의 롱 소드를 뽑았다.

넝마 로브 2인조가 그에 응하듯이 검을 들고 천천히 걸어 나온다.

"됐다. 사냥감은 쓸데없는 소리 지껄이지 말고 얼마 남지 않은 생에나 매달리면 돼."

"교섭의 여지는 없는 것 같네요."

블랑망제 학원장은 위엄 있는 롱 완드를 들고 셴파 옆으로 걸어갔다. 곁눈질로 제자와 힐끔 시선을 주고받고 입가를 부드럽게 푼다.

"하나는 제가 상대하죠. 방심하면 안 돼요, 미스 쯔베토크."

"학원장님, 무리는 하시지 마세요. 이 3년간 갈고닦은 성 프리데스위데의 가르침! 똑똑히 보여드리겠습니다!!"

투웅! 셴파가 강렬하게 바닥을 찼고, 이어서 미끄러지듯 학원장도 달리기 시작한다.

넝마 로브는 두 편으로 갈라선 상대에게 1대1로 마주 섰다. 아무리 그래도 상대가 마나 능력자인데. 정면으로 붙어 이길 수 있는 자신이 있다는 뜻이리라.

셴파는 이를 꽉 물고 정면으로 뛰어오는 넝마 로브에게 검을 내려쳤다. 유효타를 확신한 직후에 날카로운 금속음이 울렸다.

적의 검이 셴파의 공격을 정확히 튕겨낸 것이다.

바람에 나부끼는 로브 자락이 손을 가려 검선을 읽기 힘들다. 게다가 이쪽의 일격을 어렵지 않게 처리하는 저 반응속도……. 필시, 이 수수께끼의 자객들도 마나 능력자임이 틀림없다.

──귀족의 핏줄로 태어났으면서 범죄자로 전락하다니!!

셴파가 쥐는 검에 날카로운 기합이 전달되고, 불길이 되어 솟구쳤다. 의심의 여지 없는 성 프리데스위데 학생 최고의 속도로, 노도와 같은 연속공격을 가한다.

칼끝이 교본을 그대로 옮긴 듯한 궤적을 그리고, 적의 손목을 향해 미끄러져 들어간다. 흐르는 물처럼 매끄럽게 올려치자, 손에서 떨어져 나간 적의 검이 허공을 높이 날았다.

"하아아!!"

텅 비게 된 적의 옆구리에 셴파는 전력을 다한 검격을 때려 박았다. 애용하는 모의검이 무시무시한 속도로 넝마 로브에게 빨려 들어가고──.

부우웅, 살을 자르는 생생한 감촉이 손가락 끝에 스며든다.

"──읏!"

셴파의 전신이 순간적으로 굳어진 그때. 옆구리에 절반 가까이 검이 박힌 상태로 넝마 로브가 절규하면서 덤벼들었다. 상처에서 튄 흙탕물 같은 피가 뺨을 때리자, 흠칫 놀란 열다섯 소녀는 몸이 확 젖혔다.

"히익……!"

우뚝 선 셴파에게 넝마 로브가 덤벼들었다. 마치 짐승 같은 움직임으로 양어깨를 움켜쥐고, 후드 안에서 침투성이인 입을 벌린다. 누런 송곳니로 소녀의 목덜미를 덥석 물기 직전—— 퍼억! 옆에서 날아온 충격이 넝마 로브를 날려버렸다.

위태로운 장면에서 끼어든 노련한 마녀가 롱 완드 끝으로 넝마 로브를 들이받은 것이다. 데굴데굴 바닥을 구른 적은 배에서 피를 흘리면서도 일어서려고 하며 신음한다. 학원장은 성큼성큼 걸어가 바로 위에서 적의 머리를 강타. 침묵시켰다.

연륜이 느껴지는 롱 완드를 거두고서 학원장은 "흐음." 하고 입을 연다.

"……감촉이 묘하네요. 그다지 육체를 단련한 것처럼은 보이지 않았습니다만."

시치미 떼는 얼굴로 중얼거리는 그녀의 로브 자락 아래로 선혈이 뚝뚝 흐르고 있었다. 귀중한 생명의 물방울을 목도한 셴파 이하 열 명 남짓의 여학생들이 깜짝 놀라 숨을 죽인다.

"학원장님, 부, 부상을! 저를 감쌌을 때……?!"

"별거 아니에요, 미스 쯔베토크. 자, 서두릅시다."

학원장이 맡은 적은 깔끔하게 바닥에 쓰러져 있었다. 자신은 적을 쓰러뜨리지 못했을 뿐만 아니라 방해가 되고 말았다는 사실을 깨닫고 셴파가 입술을 꽉 깨문다.

학원장은 바닥에 널브러진 모의검을 줍고 미소와 함께 내밀었다.

"실전에서 이렇게까지 싸울 수 있을 줄이야, 놀랐습니다. 조금 전의 검무는 훌륭했어요, 셴파."

"……."

적어도 이 이상 부담을 줄 순 없다고 다짐하며, 셴파는 정신을 차리고 검을 허리로 되돌렸다.

넝마 로브 둘은 이미 조금도 움직이지 않았다. 이것으로 장애물이 전부 사라졌다면 좋겠지만, 아니나 다를까 그렇게 수월하게는 되지 않았다.

일행이 겨우 상층으로 가는 계단을 찾았다고 생각한 참에, 그 주위에 진을 친 인물 몇을 발견했다. 복장은 아까 그 2인조와 완전히 똑같은 넝마 로브다.

패거리는 전원이 그들로부터 등을 돌리고 상층 쪽을 감시하고 있었다.

"이상하군요, 저들은 대체 뭘 경계하는 걸까요?"

"모르겠습니다만, 학원장님, 이건 찬스예요."

셴파가 검 손잡이에 손을 대자, 3학년을 중심으로 한 수험자들이 굳은 표정으로 고개를 끄덕였다. 절박한 눈동자로 무기를 움켜쥐는 제자들의 모습에 학원장은 불안해하면서도 고개를 끄덕인다.

"……그럼, 여기는 맡기겠습니다. 다들, 무리하면 안 돼요."

"""네엣!"""

집회에서 훈화를 들은 것처럼 학생들은 고개를 끄덕이고서 일제히 그늘 밖으로 뛰쳐나갔다.

넝마 로브 집단이 즉시 뒤돌아보았지만, 훈련생이라곤 해도 마나 능력자 집단에게 전원이 당장에는 반응할 수 없다. 셴파는 질주하면서 검을 창! 뽑아 들었다.

"손발을 부숴버려! 전투능력을 빼앗는 거야!"

자신의 경험을 근거로 셴파는 그렇게 전체에 주의를 주었다. 아무래도 아직 어린 학생들인지라 제아무리 탁월한 검술을 익혔어도 사람을 죽이기에는 각오가 부족하다. 그렇다면 '죽이지 않는다'로 결론짓고 싸우는 것이다. 그 대신 죽지 않는 선에서는 가차 없이 혼내 준다.

적 집단은 다섯 명이었다. 학생들은 두세 명이 한 덩어리가 되어 넝마 로브들을 배후에서 덮쳤다. 머리를 때리고, 다리를 베고, 치명상이 되지 않을 부위를 찌른다.

넝마 로브 전원을 피투성이로 만들어 바닥에 쓰러뜨리고, 학생들은 거친 숨을 토해냈다.

"하아, 하아…… 해, 해냈어요."

"──호홋, 쥐새끼가 감쪽같이 덫에 걸렸군."

직후, 어딘가에서 들은 쉰 목소리가 주위에 울려 퍼졌다.

여학생들의 허를 찔러, 발밑에서 돌바닥이 불길한 빛을 발했다. 넝마 로브들에게서 흘러나온 피가 뱀처럼 지면을 미끄러져 불가사의한 문양을 그린다.

핏줄기가 뱅그르르 원을 만든 순간, 그 중앙에 서 있었던 셴파에게 격렬한 감각이 덮쳤다. 녹슨 사슬에 의해 심장을 포박당해 조여지는 듯한 격통이다.

"크윽…… 아아아아?!"

영혼을 찢어발기는 듯한 고통은, 직후 옆구리를 들이받은 충격 때문에 갑자기 끝났다. 바닥을 구른 셴파는 얼굴만 간신히 들어, 그리고 보았다.

자신을 밀쳐낸 블랑망제 학원장이 대신 지옥을 맛보고 있는 광경을.

"크윽, 으으으……!!"

학원장은 지팡이에 의지한 채 주술진(呪術陣) 중앙에 버티고 서 있었다. 돌바닥에서 뻗은 핏빛 채찍이 노구를 잡고 거세게 조인다. 로브 자락에서 흘러나오는 선혈이 참혹함을 말해준다.

난데없이 귀에 거슬리는 노인의 환호성이 울려왔다.

"오오————호호호!! 학원장, 너무 무리하신 거 아닌가요! 그러다 개뿔도 남지 않은 수명이 더 줄어들어 버립니다요!"

그러나 블랑망제 학원장은 갑작스러울 정도로, 작은 눈을 핵 부릅떴다.

강철같이 팽팽히 당겨진 전신에서 마나가 분출하고, 로브가 요란하게 나부낀다.

번쩍 올라간 롱 완드가 돌바닥을 강렬하게 내려쳤다. 파괴력이 사방으로 뻗어 지면이 굉음과 함께 부서졌다. 피로 물든 원형 진은 끊어지고, 학원장의 몸이 주박에서 풀린다.

견디지 못하고 휘청거리며 무릎을 꿇은 노련한 마녀에게 여학생 몇 명이 황급히 달려왔다.

"하, 학원장님, 정신 차리세요!"

"하아, 하아……. 다들 큰일 없죠?"

금방이라도 숨이 끊어질 듯한 학원장에게 학생들 어느 누구도 대답하지 못한다. 주술진의 영향을 받은 것은 셴파고, 그 밖의 사람은 조속히 구속이 깨진 덕에 큰일에는 이르지 않았다. 면면 중 가장 심각한 중상을 입은 자는 학원장일 것이다.

그것을 충분히 확인했다고 말하듯이——.

갑자기 아무것도 없는 공간이 일그러지고, 그 안에서 누군가 가 걸어 나왔다.

몸은 마르고 키는 크며, 독을 염료로 쓴 것 같은 극채색 로브를 입고 있다. 장식이 붙은 두건을 쓰고, 사마귀가 눈에 띄는 연로 한 남자의 용모였다.

학원장은 지팡이에 몸을 기댄 채 수수께끼의 노인을 강렬한 시선으로 노려보았다.

"……완전히 한 방 먹은 것 같군요. 아까부터 우리를 몰아붙 였던 건 당신이죠?"

노인은 흡사 궁정의 점술사처럼 정중한 태도로 인사했다.

"처음 뵙겠습니다. 샬롯 블랑망제 학원장님. 저는 크로달이 라고 하는 자. 프란돌의 흉악한 무투조직 여명 희병단에 충성을 맹세하는 사도이자, 《네크로맨서》로 두각을 나타내는 인조(人造) 란칸스로프입니다."

크로달이라는 노인의 말에는 마음에 걸리는 단어가 여럿 포함 되어 있었지만, 블랑망제 학원장은 일단 무엇보다 명백해진 적 의 정체에 얼굴을 일그러뜨리지 않을 수 없었다.

"여명 희병단……! 그 무법자 놈들에게 내 집안을 위협받게 될 줄이야."

"호홋, 무법이라고 하시는군요. 저희는 저희의 충의에 따라 이 프란돌에 올바른 질서를 되찾아 주려는 겁니다. 저속한 생명에겐 이해가 안 되겠지만요."

이쪽을 깔보듯이 콧소리를 내자 셴파가 참지 못하고 나섰다.

"잠깐만, 《네크로맨서》라는 이름은 수업에서 배운 적이 있어. 인간이나 동물의 유해를 매개로 생명을 가지고 노는 외도의 기술을 행사하는 란칸스로프의 한 종족이었던 걸로 아는데……! 네가 그 네크로맨서라면 우리가 쓰러뜨린 로브를 입은 자들은……."

다른 여학생들도 퍼뜩 깨닫고 바닥에 쓰러진 넝마 로브의 후드를 벗겼다.

진작에 활력을 잃은 썩은 살을 직접 보고, 그녀들의 목구멍에서 비명이 새어 나온다.

네크로맨서 크로달은 "크크."하고 불쾌한 웃음소리를 보내왔다.

"이제야 깨닫다니. 학생, 감점이야. ──그래, 너희가 목숨을 빼앗기기 싫어서 필사적으로 싸우고 있었던 상대는 이미 피가 빠진 인형이었다는 얘기다."

"크윽……!"

그리고, 하며 크로달은 양 손바닥을 들어 올렸다. 기분 나쁠 정도로 길게 뻗은, 거칠고 울퉁불퉁한 손가락 끝에 란칸스로프 특유의 냉기를 동반한 주력(呪力), 아니마가 켜진다.

"학원장님만 없애 버리면 두려워할 것 없지. 슬슬 죽어 주셔야겠습니다."

"잠시만, 왜 여명 희병단이 우리 학교 학생을 표적으로 삼는 겁니까……."

"죽은 자는 말이 없다고 하죠. 제 연구실에 시끄러운 쥐새끼는 필요 없어요."

바닥에 쓰러져 있었던 넝마 로브들이 실로 당겨진 것처럼 일어났다. 얼마나 손발이 상했든지 개의치 않는다. 처참한 모습에 여학생들이 비명을 지른다.

부러진 팔로 무기를 들어 올리고서 넝마 로브 하나가 덤벼든다. 셴파는 이를 꽉 물면서 결사의 돌격을 감행, 한쪽 눈을 가늘게 뜨고 칼끝을 내찌른다.

푸욱. 칼날이 뿌리까지 왼쪽 가슴에 박히고, 중핵을 관통한 감각이 확실히 느껴졌다.

그런데도 적은 멈추지 않았다. 가슴이 꿰뚫린 상태에서 양팔을 뻗어 셴파의 어깨를 붙잡으려고 허공을 할퀸다. 인간을 벗어난 괴력에 정신이 꺾여 셴파의 두 다리가 두 발, 세 발 뒷걸음질 친다.

"히이익……!!"

"소용없다, 그 녀석들은 이미 죽은 자! 목이 베여도 멈추지 않아!"

크로달의 쉰 환호성이 울려 퍼진다. 다른 학생들도 열세에 놓였지만, 셴파는 그것을 확인할 여유가 없었다. 넝마 로브는 팔이 잘려도 전진하고, 발이 부러지면 지면을 기었다. 소녀집단에 공황이 번지기 시작했다.

교활한 네크로맨서는 지금이라는 듯이 소리를 지른다.

"보시오, 학원장님! 눈앞에서 소중한 학생들이 시체 대열에 끼게 생겼습니다, 그려!"

아니마를 품은 손끝이 복잡한 궤적을 그렸다. 넝마 로브 둘이 날렵한 반응을 보이고, 공포로 벌벌 떠는 2학년 여학생을 강습한다.

"……에이잇!!"

날카로운 기합을 내뿜고 학원장이 폭풍처럼 뛰었다. 잔상과 함께 선혈이 흩날렸고, 그것이 바닥에 떨어지기도 전에 강렬한 타격음이. 넝마 로브 둘을 눈 깜짝할 사이에 때려눕혔다.

순간, 크로달의 손끝이 지휘자의 그것처럼 경쾌하게 춤췄다.

"옳거니, 거기다!"

온 힘을 남김없이 쥐어짠 학원장이 곧 무릎을 푹 꿇는다. 그 순간을 정확히 노리고 있었던 것처럼, 배후에 육박한 넝마 로브 하나가 칼끝을 쑤셔 넣었다.

경애하는 학원장의 등에 묘비같이 칼자루가 꽂힌 광경에, 누구나가 숨을 죽였다.

"""학원장님!!"""

넝마 로브들은 목표를 바꿔 전원이 일제히 학원장에게 달려들었다. 등 뒤에서 덮치고, 발길질하여 자세를 무너뜨린 다음 사방에서 검을 내려친다. 큰 나무를 구더기가 좀먹는 듯한 광경, 단속적으로 흩날리는 피. 여학생들이 반쯤 미쳐서 비명을 지른다.

"안 돼에에에에에에에에!! 이제 그만해!! 학원장님이······!!"

"오——호호호!! 지켜야 한다는 건, 어려운 일이군요!!"

순간. 넝마 로브들이 하나도 남김없이 사방으로 튕겨 나갔다.

그 중심에서 기다란 지팡이를 힘껏 휘두른 블랑망제 학원장이 핏덩어리와 함께 포효한다.

"목숨을 걸고 지킬 것이 있다······. 그것이 바로 나의 긍지!!"

쿠웅! 지축을 뒤흔들며 블랑망제 학원장은 대포알같이 돌격했다. 벼락같은 속도로 다가오는 마녀의 그림자에 크로달의 힘없는 눈동자가 깜짝 놀라 휘둥그레진다.

"어디서 감히, 내 학생에게는 손끝 하나 댈 수 없습니다!!"

솟구치는 불길을 품은 기다란 지팡이의 끝이 크로달의 정중앙을 때린다. 네크로맨서의 노구는 마른 나뭇가지처럼 구부러지고, 그 직후 공간이 일그러지며 넝마 로브가 나타났다.

"안됐군, 둔갑술이라오."

진짜 크로달은 넝마 로브 중 하나로 변해 있었다. 크로달로 변해 있었던 유해가 롱 완드 끝을 붙잡고 블랑망제 학원장의 목덜미를 수도로 가격한다. 약간의 오차도 없이 경동맥을 포착해 따악, 꺼림칙한 타격음이 셴파와 학생들의 고막을 때렸다.

학원장은 적의 수도를 교묘한 솜씨로 붙들어 묶었다. 팔과 함께 적의 몸을 끌어당긴 다음, 다이내믹하게 휘둘러서 내던진다. 크로달도 이번에는 피할 수 없어서, 혀를 차며 손가락 끝을 한 번 튕겼다. 허공을 날던 넝마 로브는 그 도중에 폭발했다.

"이년이 내 아니마를 넣은 귀중한 말 하나를——."

끝까지 다 말하지는 못했다. 유해의 살점과 피를 뒤집어쓰면서 마녀가 쏜살같이 파고들었기 때문이다. "아닛?!" 눈을 부릅뜬 크로달의 명치를 이번에야말로 블랑망제 학원장의 혼신의 일격이 꿰뚫는다.

곧바로 롱 완드 끝에 불길이 솟구치고 마탄이 해방됐다. 밀착 상태에서의 연속사격. 모든 마나를 쥐어 짜낸 폭풍 같은 총격음이 크로달을 때린다.

"크읔! 커어, 커헉, 컥! 아아앗! 으아아아아아아악?!"

몇 초의 차지 후, 한층 더 성대한 일발이 울려 퍼졌다. 크로달의 새우등에서 흡사 폭죽처럼 피가 솟구친다. 그의 갈라진 입술이 폭포처럼 피를 토했다.

"이, 이런…… 말도 안 되는……!!"

블랑망제 학원장은 천천히 물러나서, 기다란 지팡이를 힘껏 휘둘렀다. 머리 측면을 강타당한 크로달은 바닥으로 날아갔다. 두개골이 함몰된 노인은 그 뒤로 움직이지 않았다.

동시에 모든 넝마 로브가 실이 끊어진 것처럼 쓰러졌다. 네크로맨서의 지배에서 풀려난 것이다. 아연실색하고 있었던 여학생들이 겨우 말을 되찾았다.

"하, 학원장님!"

"빌어먹을."

학원장은 갑자기 난폭한 말투로 구시렁거리더니 바닥에 털썩 주저앉았다. 관록 있는 로브는 주홍색으로 싹 물들었고, 다리는 새끼 사슴처럼 바들거린다. 피투성이가 된 그 손바닥은 이미 무기를 들어 올릴 수조차 없을 것 같다.

"이 사지가 말을 안 들어……. 10년만 젊었어도!"

"학원장님……."

센파가 애처로운 표정으로 옆에 다가섰다. 그러나 학원장은 주위를 둘러싸는 여학생들을 둘러보고 엄한 어조로 말했다.

"다들, 여기서 발걸음을 멈추고 있을 시간은 없어요. 여명 희 병단이 얽혀 있다는 말은 자객이 방금 한 명뿐일 리 없다는 뜻이 겠죠."

"하지만, 학원장님……."

"미스 쯔베토크, 내 대신 학생들을 이끌어 주세요. 오로지 상 층을 목표로 해 달려 나가는 겁니다. 만약 방금 같은 자객을 마 주치게 된다면…………. 그렇군요, 어떻게든 여기까지 되돌아 오세요. 내가 어떻게든 하겠습니다."

두 눈에서 번쩍이는 물방울을 흘리며 센파는 빈사의 학원장에 게 매달렸다.

"학원장님을 어떻게 두고 가요……!"

"센파, 내 말을 알아주렴……."

"저, 학원장님이 이렇게 괴로워하는데, 아무것도 못해요! 이 렇게 쓸모없는! 이렇게 무력한 저를, 왜 학원장님은 구해 주시 는 거예요……?"

학원장은 부상을 전혀 느낄 수 없는, 행복에 가득 찬 미소를 피 투성이가 된 입술에 띄웠다.

"너희를 사랑하니까 그렇지, 진짜 내 딸처럼 말이야."

"학원장…… 님……!!"

셴파가 울음을 왈칵 터뜨렸을 때, 학생들 쪽에서 무릎이 꺾이는 소리가 두 개 울렸다.

"용서해 주십시오, 학원장님!!"

"전부…… 전부 저희 탓이에요……!!"

전원이 일제히 목소리의 주인을 보았다. 얼굴을 가리고 눈물을 흘리는 2학년 두 사람은, 셴파와도 면식이 있었다. 지난 학기 루나 뤼미에르 선발전에서 엘리제 엔젤의 유닛 멤버로 출장했던 2인조다.

"데이지……? 프리스……?"

"승강기에서 《페로나의 눈속임 그림》을 읽은 건…… 다름 아닌 저희예요!"

충격적인 고백에 여학생들 사이에 동요가 인다. 셴파는 눈동자를 추켜올리고 일어섰다.

"너희, 왜 그런 짓을?!"

"아, 아버지가 명령하셔서요, 선발전에서의 추태를, 마, 만회하라고……. 혀, 혁신파? 오페라시옹? 이라는 파벌이 내린 지시라는 이야기 때문에……!"

"이렇게 될 줄은 꿈에도 못했어요! 설마 범죄조직이 얽혀 있을 줄이야, 학원장님이, 사람들이…… 이렇게 다칠 줄은 몰랐어요……. 으, 으윽."

블랑망제 학원장은 그녀들의 참회를 차분한 눈길로 보고 있었다.

학원장은 처음부터 알고 있었기 때문이다. 마법서를 발동하기 위해서는 사용자가 그 자리에 있어야 한다. 따라서 《페로나의 눈속임 그림》을 읽어 수험자들을 미궁에서 헤매게 한 범인은, 그때 승강기에 있었던 성 프리데스위데 식구 중 누군가가 된다.

피투성이가 된 마녀는 셴파에게 몸을 기댄 채 조용히 이야기했다.

"두 사람은 지금 그 고백을 모든 수험자에게 똑같이 하고, 용서를 구하도록 해요."

"네……."

"그리고 집으로 돌아가 부모님에게 똑바로 의견을 말하는 겁니다. 설령 피의 맹약으로 묶여도, 그것이 인형을 조종하는 실은 될 수 없다고. 알겠죠?"

"네…… 네, 학원장님……!!"

여학생들의 흐느끼는 소리에, 난잡한 발소리 몇 개가 겹쳤다.

비블리아 고트 위층에서다. 거침없이 계단을 뛰어 내려온 것은 당연히 프리데스위데의 아군은 아니었다. 우람한 몸에 모피 조끼를 입은, 지성적인 무한의 서고에는 전혀 어울리지 않는 무서운 얼굴의 남자. 게다가 계단을 완전히 메울 정도로 많은 늑대와 멧돼지, 뱀을 닮은 흉포한 육식동물 집단을 데리고 왔다.

무리를 이끄는 리더처럼 모피를 입은 남자는 잽싸게 팔을 올려 짐승들을 세웠다. 얼굴을 빙그르르 돌리고 콧마루를 벌름거린다. 악취를 발하는 넝마 로브들과 크로달이 흘린 대량의 피에, 마치 후각으로 상황을 파악한 것처럼 남자는 얼굴을 구겼다.

"크로달, 이 얼간이 같은 놈⋯⋯. 한낱 늙다리에 학생을 상대로!!"

찌릿. 피부가 떨릴 정도로 살벌한 노성에 여학생들이 꼼짝도 못한다. 블랑망제 학원장은 롱 완드에 매달리듯이 일어섰다. 로브 자락에서 피가 후두둑 떨어진다.

"아이고, 쉴 틈도 없구만⋯⋯."

모피의 남자는 전사로서 최소한의 예의를 차리는 건지, 두꺼운 가슴팍을 젖히고 소리를 질렀다.

"샬롯 블랑망제에게 인사를 드리지. 내 이름은 아트모스. 거기 뒈진 크로달 그리고 또 다른 한 명과 함께 여명 희병단에서 좀 인간이 아닌 존재 같다는 의미로 세 발톱의 악마, 《트라이 에지》라는 이명으로 불린다. 알고 계시는가?"

"별거 아닌 악당의 이름 같은 건 교본에 실을 가치도 없어서요."

아트모스라고 이름을 밝힌 남성 자객은 씨이익 하고 야수 같은 미소를 입술에 새겼다.

"어떻게 해서라도 전성기의 당신과 싸워보고 싶었지만 어쩔 수 없지. 마지막 몸부림을 보여 봐라! 이 아트모스 님이 거목의 뿌리를 최후의 하나까지 찢어발겨 주마!!"

"다들, 학원장님을 지키는 거야!"

앞장서서 검을 뽑은 센파가, 그리고 남은 수험자들이 일렬로 늘어서서 블랑망제 학원장 앞에 벽을 만들었다. 아트모스는 흥이 꺾인 것처럼 안면을 일그러뜨린다.

"피도 갈증도 모르는 학생한테 볼일은 없다!! 꺼져!!"

"다, 당신 같은 인간한테…… 학원장님이 다치게 할 순 없어 요……!!"

칼끝은 후들거리지만 물러나려고 하지 않는 센파의 모습에 아트모스는 콧방귀를 뀌었다. 짧은 휘파람을 불자, 계단을 가득 메운 짐승들이 침이 뚝뚝 떨어지는 이빨을 드러냈다.

"제법 패기가 있군그래. 어디 그렇다면 내 형제의 밥이 되거라! 가자, 얘들아! 그 용맹한 이빨로 한 명도 남김없이 숨통을 물어 뜯어라아아————————!!"

직후, 엄청난 선혈이 뿜어져 나왔다.

바로 계단 위에서다. 잇따라 거듭되는 짐승의 단말마와 그치지 않는 유혈. 굴러떨어져 내리는 시체에, 소름이 끼치는 참격음. 아트모스는 깜짝 놀라 돌아보았다.

"무슨 일이냐!!"

비블리아 고트 위층에서, 군복 자락을 나부끼며 뛰어 내려오는 청년의 모습이 보였다. 옷차림이 어둠이라면 칼은 칠흑. 미끄러지듯이 적 집단을 누비며, 칼집에서 칼이 빠져나오는 소리가 매끄럽게 울려 퍼진다. 뒤늦게 인식한 눈에는 보이지도 않는 섬광이 닿는 대로 짐승들을 베고 있다.

멧돼지 하나가 달려들자 그는 그 짧은 다리를 붙잡아 벽으로 내던졌다. 이어서 뛰어든 늑대를 풀 스윙으로 후려갈긴다. 바닥에 내려친 충격에 튀어 오른 멧돼지의 몸에는 강렬한 손바닥치기를 가했다.

힘껏 내디디는 발바닥의 압력이 하반신을 뛰어오르게 하고, 손바닥에서 해방된 그것은 몸통 내측에서부터 짐승을 파열시킨다. 살점과 체액이 성대하게 튀었고, 청년은 지체 없이 한쪽 팔을 베어 버렸다. 부싯돌이라도 넣어 뒀던 것인지, 순간적으로 생긴 불똥이 짐승의 기름에 발화했다.

돌발적인 화염방사가 계단을 깡그리 태워버렸다. 밀려드는 열파에 아트모스도 견딜 수 없었는지 안면을 가린다. 수십 마리가 넘는 짐승의 군세가 도망칠 틈도 없이 불길에 유린당한다.

"쌩난리를 치는구만!!"

그렇게 내뱉은 직후, 불길의 벽을 뚫고 적이 돌진해 왔다. 칼집에서 뽑힌 칼의 광채에 아트모스는 눈을 부릅뜨고 손도끼를 뽑아 아슬아슬하게 요격. 날카로운 금속음이 터지고, 서로 날을 맞부딪친 격렬한 자세에서 아트모스는 쭉쭉 후방으로 밀려났다.

"──우오오오오오오오오오오오옷!!"

통로의 난간에 퍼억, 등을 부딪치고 거기서 멈췄다. 아트모스가 순간적으로 내리찍은 오른쪽 주먹은 적의 왼손에 의해 막혔다. 잠깐 팽팽한 상태가 이어졌다.

이제 보니 불청객은 군인이긴 하지만 아직 젊은 청년이었다. 그러나 외견 따윈 문제가 아니다. 아트모스는 피에 굶주린 송곳니를 드러내고 사납게 입꼬리를 추켜올렸다.

"실력이 대단한걸……! 하지만 유감이군, 인간 전사가 이 나를 쓰러뜨릴 순 없어……. 보여주지, 인조 란칸스로프《만티코어》의 본성을 말이야!!"

직후, 아트모스의 체격이 배로 부풀어 올랐다. 근육이 비대해지고, 체모가 온몸에서 뻗고, 머리가 사자와 비슷한 것으로 변모한다. 발톱이 날카롭게 자란 오른손 손바닥이 적의 손을 물리쳤다.

"으하하하하!! 어때, 놀랐냐?! 귀를 의심해라, 지금 나의 스테이터스는──."

삐걱. 아트모스의 전신이 멈췄다.

적과 서로 끼고 있는 오른손이 믿을 수 없는, 어마어마한 힘으로 밀쳐진다. 심상치 않은 악력에 으스러져 우둑, 우두둑, 뚜둑하고 짐승의 손바닥이 이상하게 변형된다. 발밑에서 기어오르는 듯한 냉기와, 청년의 오른쪽 눈에 어른거리는 푸른 불길에 아트모스는 아연실색했다.

"마, 말도 안 돼……?! 네놈, 그, 그 힘은, 설마──."

참(斬)! 청년은 칼을 수평으로 휘둘렀다.

아트모스는 두세 발자국 뒤로 비틀거리다 난간 끝에서 뒤로 넘어졌다. 거구의 짐승남은 비블리아 고트의 나락으로 추락했고, 그 도중에 상반신과 하반신이 갈라졌다. 각각 불길에 휩싸이고, 경악에 휘둥그레진 그의 눈동자는 이내 어둠에 삼켜졌고, 사라졌다.

청년은 칼을 휘둘러 피를 털어낸 뒤 칼집에 넣었다. 재빨리 발길을 되돌리자, 성 프리데스위데 소녀들의 울먹이는 목소리가 그를 맞이한다.

"""쿠퍼 님!!"""

"다치신 분 있습니까?"

입을 열자마자 한 질문에 여학생들은 길을 열어 후방을 가리켰다.

"하, 학원장님이……."

쿠퍼가 달려가자, 블랑망제 학원장의 작은 눈에 빛이 돌아왔다. 마치 지옥에서 광명을 우러러보는 것처럼, "오오오……!" 하고 목소리를 떤다.

"꿈은 아니겠죠? 학생들을……!"

"당신도요, 학원장님."

언뜻 보기에도 블랑망제 학원장의 용태는 심각했다. 즉시 학원으로 데리고 돌아가 의사에게 보이지 않으면 목숨이 위태롭다. 쿠퍼가 어깨를 빌려주려고 하자, 그녀는 미약한 숨을 헐떡이며 더욱 필사적인 목소리로 호소하기 시작했다.

"여기 말고도 수험자 몇 명이 비블리아 고트에 남겨져 있습니다. 그 아이들이 걱정이에요. 적은 그 범죄조직 여명 희병단을 자칭하고 있어요……."

"걱정 마세요, 상황은 대강 알고 있습니다."

쿠퍼는 학원장의 팔을 어깨에 돌리고 힘차게 떠받쳐 일으켰다.

"여러분이 떠나고 바로 성 프리데스위데로 범행 예고장이 왔습니다. 저뿐만 아니라 로제티 씨와 우연히 자리에 있었던 성도 친위대와 페르구스 공까지 구원에 참여해 준 상태입니다. 남은 수험자도 그분들이 남김없이 회수해 줄 겁니다."

안심시키기 위한 말이었으나 학원장은 피투성이가 된 입술에서 의문의 목소리를 토했다.

"범행 예고장이라고요……?"

의아하다는 듯이 눈살을 찌푸린다. 쿠퍼가 그녀의 진의를 캐물으려고 한 바로 그때였다. 쉰 노인의 목소리가 주위에 울려 퍼졌다.

『이럴 수가, 아트모스마저 당하다니!』

바닥에 널브러져 있었던 로브 차림의 시체에서 보라색의 무언가가 천천히 일어났다.

노인의 상반신 실루엣이다. 곰팡이가 핀 뼈에, 구멍이 숭숭 난 썩은 살이 달라붙은 차마 볼 수 없는 몰골. 볼이 홀쭉한 해골의 모습에 셴파의 눈이 깜짝 놀라 휘둥그레졌다.

"마, 말도 안 돼……. 아까 그 네크로맨서?! 학원장님이 분명 쓰러뜨렸을 텐데!"

『그렇다, 지금의 나는 죽은 자다. 육체를 버리고 《언데드 킹》으로 되살아나는 비장의 비술……! 이것만은 쓰고 싶지 않았다만.』

해골의 머리에는 녹슨 왕관이 씌워져 있었다. 크로달의 망령은 양 손바닥을 들고 뼈만 남은 손가락 끝에 불길한 빛의 불을 켰다.

『신선한 살을 구하러 왔더니만, 이게 무슨 손실이냐! 이렇게 된 이상 네놈들 모두 길동무로 삼아주지. 자아, 무한서고의 망자들아, 책장 나뭇결이나 세고 있을 때가 아니다!!』

뼈만 남은 손가락 끝이 어지러운 춤을 추고, 비블리아 고트 전체가 그에 호응하듯 소리를 내며 명동한다.

『서둘러 왕이 있는 곳으로 모여라! 생명이 있는 모든 자를 잡아 찢어라!!』

땅속에서 소름 끼치는 우렁찬 고함이 쑥쑥 올라왔다.

바로 비블리아 고트를 배회하는 망령들의 목소리다. 아무래도 언데드 킹인 크로달의 지령에 따라 온 미궁의 망령이 이 장소로 오는 모양이다. 지금 이 층뿐만 아니라 상층과 하층에서도 유령의 군세가 밀려오는 게 분명하다.

셴파는 아직도 믿기 힘들다는 표정으로 두세 발 비틀거렸다.

"세, 세상에…… 대미궁의 망령을 자유자재로 부리다니, 이런 건 들은 적도 없어……."

『오호호, 언데드 킹이 된 나만의 권위지. 이젠 네놈들이 막을 수 없다. 언데드가 귀를 기울이는 건, 언데드의 말뿐이야!』

쿠퍼는 즉시 블랑망제 학원장의 허리에 손을 돌리고 소리쳤다.

"모두, 뛰어요!!"

셴파를 비롯해 여학생들이 뛰어나가듯이 뛰기 시작했다. 짐승들의 사체가 흩어진 계단을 뛰어올라 한 층 위층에 다다른다. 구불구불하게 뻗은 몇 개의 회랑을 앞에 두고, 전원이 판단을 망설이며 멈추어 섰다.

후배들의 등을 밀듯이, 셴파가 전체에게 알렸다.

"멈춰 서면 안 돼! 이 광경, 작년 인정시험에서 본 적이 있어……. 다들, 우측에서 두 번째 통로로! 성 프리데스위데의 《문》은 가까이 있을 거야!"

쿠퍼는 블랑망제 학원장을 부축하며 솔선해서 땅을 박찼다. 보이지 않는 실을 당기는 것 같이 여학생들을 이끌고, 셴파의 기억대로 회랑을 달려 나간다. 망령의 모습이 아직 보이지 않는다며 안도한 순간에, 까마득히 높은 천장을 기어가는 보라색 융단을 목격했다.

"위에서 내려오고 있어요! 조심해요!"

그 말 직후, 책장을 걷어차고 망령들이 쏟아져 나왔다. 하나가 바닥에 격돌하고, 두 번째가 그것을 찌부러뜨린다. 세 번째부터 다섯 번째가 일제히 덮쳐 눌러서 탄생한 즉석 왕좌에 크로달의 망령이 내려앉는다. 뼈만 남은 손가락이 지휘봉처럼 휙휙 움직였다.

『자, 가라! 쳐 죽여라!!』

천장에서, 아래층에서, 회랑 모퉁이에서, 끝없이 망령이 튀어나온다. 선두의 아군을 잡아당겨 넘어뜨리고, 짓밟고, 침을 튀기면서 앞다투어 이쪽으로 쇄도해 온다.

블랑망제 학원장은 스스로 몸을 뗐고, 비틀거리는 그녀를 셴파가 부축했다.

"난 신경 쓰지 말고, 미스터 방피르……!"

쿠퍼는 대답 대신 땅을 걷어찼다. 좌우 책장 사이를 리드미컬하게 도약하면서 칼을 놀린다. 챙, 칼집에 넣어 착지하고서 다시 고속질주.

올려다봐야 할 정도로 높은 책장이 중간 즈음에서 토막 났고, 학생들이 빠져나간 직후에 바닥으로 격돌한다. 자욱하게 부풀어 오르는 모래 먼지 속, 깔린 아군을 짓밟으며 나타난 새 망령들이 뒤따라온다. ——예상대로 실체가 없는 상대에게 장해물은 효과가 작다.

군세는 벌써 수백 규모다. 쿠퍼는 의도적으로 속도를 낮추고 학생들의 최후미에 붙어서 후방을 향해 전력으로 칼을 휘둘렀다. 통로 양 끝에서부터 책장까지 일직선으로 참격이 번뜩였고, 위쪽의 무게를 견디지 못한 책장은 무너지면서 수십의 망령을 길동무로 삼아 나락으로 떨어졌다. 쿠퍼는 속도를 확 올려 셴파에게서 학원장을 맡은 다음, 속도를 그대로 유지하며 선두로 뛰쳐나갔다.

"저기입니다, 보여요……. 성 프리데스위데의 《문》……!"

학원장의 쉰 목소리에도, 자기도 모르게 쿠퍼에게 의지하는 듯한 울림이 섞여 있었다. 훤히 트인 공동에 존재하는 회랑의 막다른 곳, 본 기억이 있는 마법진이 학생들을 기다리고 있었다.

십수 명의 여학생들이 그 위에 다다르자, 셴파는 재빨리 바닥 일부를 조작했다. ——그러나 아무 일도 일어나지 않는다. 마법진은 조금도 빛나지 않고 침묵을 유지했다.

"어, 어떻게 된 거지?! 안 움직여!!"

셴파는 반쯤 미친 사람처럼 바닥을 때렸다. 일이 잘 풀리지 않는 몇 초 사이에 유령의 군세가 그새 저 앞까지 다가왔다. 마법진 주위가 빈틈없이 가득 메워졌고, 학원장은 롱 완드를 뽑았지만 무릎이 확 꺾였다. 쿠퍼는 방심하지 않고 칼을 뽑아 자세를 취했다.

망령들이 쌓여 이루어진 왕좌에 앉은 채 크로달은 유쾌하다는 듯이 뼈를 울려 소리를 냈다.

『오호호…… 라켈디는 잘하고 있는 것 같군. 성 프리데스위데의 역사도 오늘로 끝이군요, 학원장님.』

"다, 당신, 승강기에 무슨 짓을 한 거야?!"

『낙제점이다, 학생. 답 맞추기는 저 세상에서 하거라!!』

셴파를 비웃고서 크로달은 뼈만 남은 손가락 끝에 한층 더 격렬한 아니마를 폭발시켰다. 망령들이 우오오, 하는 신음을 찌부러진 목구멍으로 내며 조금씩 다가온다.

쿠퍼는 위협하듯 칼끝을 내밀고 시선을 한 바퀴 돌렸다. 언제 어느 때 덮쳐올지 알 수 없는 망자들을 앞에 두고. 운명의 선택을 강요받는다.

──흡혈귀화 할 수밖에 없는 건가?!

이 숫자의 군세, 학생들을 끝까지 지키면서 섬멸하기란 불가능이다. 그러나 뱀파이어의 모습을 학원장과 학생들이 목격하게 되면 그 시점에서 《쿠퍼 방피르》의 신분은 끝이다. 잘 마무리되어도 가정교사 임무에서 해임되고, 이 1년간 만난 사람들과 쿠퍼로서 접할 일은 영원히 없어지리라.

인정시험 전에 주고받은 말이 그 금발 소녀와의 마지막 이별이 되는 것이다.

하지만 그럼에도── 오히려 쿠퍼 방피르로서의 신념을 관철해야 하므로 이대로 눈앞에서 여학생들을 잃을 수는 없다. 쿠퍼는 왼손으로 안면을 누르고, 눈동자에서 불길을 폭발시켰다.

족쇄에서 풀려난 살의가 격렬한 아니마와 함께 솟구치는 감각.

하지만 각오를 굳히자, 오히려 그 사랑스러운 제자에 대한 미련이 살아나 맹수의 목에 목줄을 채운다.

끓어오르는 마그마가 급속히 가라앉고, 쿠퍼는 속으로 아연실색했다.

──흡혈귀화가…… 안 된다……?!

일찍이 없었던 현상에 쿠퍼는 머리가 하얘졌다. 실제로는 콤마 몇 초 정도의 시간 속에서, 엄청난 속도로 뇌가 사고를 거듭한다. 왜, 결단이 내려지지 않는 거지! 한 사람 한 사람과 만나지 못하게 될 뿐인 것 가지고, 왜 이렇게 가슴이 답답해지는 거지!

──그녀를 생각할 때마다 가슴속을 쥐어뜯는, 이 열의 정체는 대체 뭐야!!

열일곱 청년의 갈등을 노인의 쉰 고함소리가 뚝 끊었다.

『자, 가라, 망령들아! 왕에게 산 제물을 있는 대로 바쳐라!!』

유령의 군세가 소름 끼칠 만큼 우렁찬 소리를 질렀다. 여학생들이 후들거리는 손가락으로 무기를 뽑았다. 셴파는 직접 최전열로 나아가고, 블랑망제 학원장은 최악의 사태를 각오한 듯이 입술을 다문다. 아직 혼란의 소용돌이에 있는 쿠퍼가 이를 꽉 깨문 순간──.

상공에서 쏟아지기 시작한 무언가가 두다다다다!! 마법진 주위에 박혔다.

마치 감옥 창살처럼 여학생들을 격리시킨 그것은, 불가사의한 문양이 그려진 붕대였다. 강철 이상으로 단단하고, 생물인양 유연하게 움직인다. 망령들이 기선을 제압당한 그 순간, 이어서 한 덩어리의 붕대 뭉치가 추락했고, 착지와 동시에 사방으로 흩어졌다.

그 안쪽에서 나타난 외투 차림의 청년에게, 쿠퍼는 자기도 모르게 환호성을 질렀다.

"——제때 와 줬군, 윌리엄 진!!"

"아슬아슬하지만!"

청년이 날카롭게 팔을 내밀자 소매 끝에서 붕대 몇 줄이 비상했고, 그것이 왕좌에서 으스대며 앉아 있었던 크로달을 꽁꽁 묶어 포박한다. 해골의 입에서 괴로워하는 외침이 새어 나왔다.

『크으으으……?! 뭐, 뭐라고……. 《구울》 진이 어째서 여기에……?!』

크로달은 그나마 자유로운 손가락을 움직이려고 했다. 하지만 뼈끝에서 아니마의 빛이 점점 사라지고 있다. 얼굴의 하반부까지 붕대를 감은 청년은 눈썹 하나 움직이지 않고 말했다.

"소용없다, 내 붕대는 이능을 봉한다. 그것이 마나든 아니마든 상관없어."

『네 이놈, 구울 주제에……!』

붕대 청년은 그를 상대하지 않고 주위부터 둘러보았다.

유령의 군세는 꿈에서 깬 것처럼 아주 조용해졌다. 언데드 킹의 조종용 실이 소실되어 행동지침을 잃어버린 것이다. 계속되는 청년의 목소리가 파문같이 스며들었다.

"똑같은 언데드의 말을 새겨들어라. ──망령들아, 숙원을 떠올려라. 예언서는 찾았나? 영혼이 썩을 때까지 책장을 계속 뒤지는 거다. 자, 떠나라!"

『………….』

망령들은 텅 빈 눈동자를 돌리더니, 하나, 또 하나씩 바닥에 녹아들었다. 왕좌를 떠받치고 있던 부하까지 소실되어 바닥으로 끌어 내려진 망령의 왕은 쉰 목소리로 아우성쳤다.

『이놈, 네 이놈……!! 배신자 진! 이 건은 맹주에게 보고하겠다……. 그냥은 끝나지 않을 거다……! 그 추악한 썩은 살에 독을 발라서 명부의 고통을 맛보게 해서…….』

"조용히 해, 할아범."

청년은 한계까지 붕대를 잡아당겼다. 해골의 상반신이 볼품 없이 쥐어 짜이고, 크로달의 망령은 금세 뚝! 몸통이 잘려 허공에 안개처럼 사라졌다.

채찍을 휘두르듯 잔재를 털고, 청년은 소매 끝으로 붕대를 되감았다.

"내 이름은 윌리엄이다."

그렇게 이름을 댄 란칸스로프 청년은 손가락을 딱 튕겼다. 여학생들을 수호하고 있었던 붕대 감옥이 훌훌 풀어져 땅에 떨어진다.

쿠퍼는 칼을 넣고 그에게 뛰어갔다. 안도를 참기조차 어렵다.

"설마 정말로 와 줄 거라곤 생각하지 않았어. 고맙다."

붕대 청년은 겨울잠 쥐 흉내를 내며 쯧쯧 혀를 차고, 집게손가락을 구부렸다.

"『구두 한 짝으론 춤출 수 없다』 같은 소릴 하니까 그렇지. 네가 사라지면 이쪽의 플랜도 잡친다고.《거래》를 기억해 주면 좋겠어."

"쿠퍼 선생님? 혹시 그쪽 분은……?"

상황을 충분히 파악하지 못한 여학생들이 뽑은 무기를 든 채 조심조심 말을 걸어왔다. 쿠퍼는 미리 준비해둔 변명을 혀에 올리고자 입을 연다.

"이쪽은 제 소속부대 관계자로, 이름은──."

"란칸스로프 아닌가요……?!"

질문하는 목소리는 떨리고 있었다.

유령 군세의 위협이 사라졌지만 여학생들은 경계를 풀지 않았다. 당연하다. 붕대를 조종하는 이능이라니, 마나 능력자에겐 존재하지 않는다. 그보다 더 수상한 것은 붕대 밑을 통해 살짝 보이는 갈라진 피부……. 윌리엄 진은 외투 옷깃을 끌어올리고 조용히 등을 돌렸다.

쿠퍼가 이 상황을 어떻게 포장해야 좋을지 망설이는데, 날카로운 금속음이 울려 퍼졌다. 누군가가 무기를 칼집에 넣고 씩씩하게 걸어 나온 것이다.

"누구든 간에 상관없어! 저 사람은 쿠퍼 선생님이나 학원장님과 똑같이 우리의 은인이야!"

센파 쯔베토크다. 고급스러운 웨이브 머릿결이 휘날린다. 그녀는 겁내지 않고 진 근처까지 다가가, 최상급의 예를 보이며 인사를 해 보였다. 서러브레드를 연상시키는 세련된 머리칼이 춤을 추고, 꽃향기가 두둥실 붕대를 쓰다듬는다.

"일동을 대표해 진심으로 감사드립니다. 이름도 모르는 기사님——."

"……!"

그녀의 뺨에 남은 눈물 자국을 진은 그 눈으로 확인했다. 탁한 눈빛을 부릅뜨고 몇 초 잠자코 있더니…… 갑자기 얼굴을 휙 돌린다.

"……별로."

쌀쌀맞게 대답한 다음, 도망치듯이 마법진 가장자리로 가 웅크리고 앉는다.

크흠. 신호를 주듯이 헛기침을 하고서 쿠퍼를 손짓으로 부른다.

"일단 고비를 넘겨서 천만다행이긴 한데, 전력을 이쪽에 집중시킨 건 악수였던 걸지도 몰라."

"무슨 뜻이지?"

"승강기가 어떻게 해도 안 움직여. 성 프리데스위데의 《문》이 학원 측에서 잠긴 거야. 게다가 조금 전의 크로달이라는 할아버지, 아트모스랑 라켈디라는 것들이랑 합쳐서 《3인조》 섬멸부대잖아? 너, 벌써 다 해치웠어?"

쿠퍼의 표정도 무심결에 굳어진다. 그가 비블리아 고트 안에서 쓰러뜨린 것은 인조 란칸스로프 만티코어뿐이다. 두 사람의 대화에 학원장도 의견을 끼웠다.

"저는 여명 희병단이 굳이 범행예고를 보냈다는 사실이 마음에 걸립니다. 놈들은 범죄에 미학 같은 건 들고 오지 않아요. 즉, 그 예고장은 성 프리데스위데에 수험자들이 위기에 처했음을 전하여 미궁으로 유도하기 위한 페이크였던 게 아닐까 합니다……."

만신창이 마녀가 격렬하게 기침을 하자 황급히 여학생들이 등을 떠받치러 간다.

진은 탁한 눈동자로 쿠퍼를 응시하며 음성을 바꾸지 않고 말했다.

"……재미없을지도 모르겠네. 역시 이번에 놈들의 목표는 메리다 아가씨가 아니었어. 그보다 클라이언트의 목적 말인데, 그 《망령 난 할아범》의 진짜 표적은——."

"성 프리데스위데 학생들, 전원의 목숨……?! 아가씨를 매장하는 게 아니라 소동의 자세한 내용이 신문사에 전해지기 전에 스캔들 목격자를 전원 입막음하려고……."

"정말로 분별이 없구나, 여전하다만."

여기까지의 대화는 학생들에게는 들리지 않았다. 쿠퍼는 고개를 들어 장대한 터널을 올려다보았다. 무한히 계속되는 것처럼 보이는 심연의 끝에는 쿠퍼에 로제티, 학원장을 필두로 한 강사진이 없는, 한없이 전력이 깎인 소녀들의 학교가 있다.

만약 그곳에 지금 모종의 재난이 덮쳤다면——.

쿠퍼는 아랫입술을 깨물고 깊은 한숨을 내뱉었다.

"유비무환이라고 해야 하나……. 그 녀석을 두고 온 건 정답이었던 것 같군."

† † †

성 프리데스위데 여학원 3학년, 크리스타 샹송은 지금 틀림없이 인생 최대의 궁지에 직면해 있었다. 여태껏 수업 교본이나 자료사진에서밖에 본 적 없었던 《악몽》이 압도적인 존재감을 동반하고 눈앞에 나타났기 때문이다.

훈련용 허수아비 따위와는 전혀 다르다──.

얼어붙을 것 같은 살의와 아니마를 품은 그것은.

"글래스몬드 팰리스의 《문》은 봉쇄했어요. 이, 이제 괜찮은 거죠?!"

고뇌를 품은 손가락을 패널에서 떼자, 만족스러워하는 웃음소리가 등을 덮었다. 이 유리 궁전의 승강기가 있는 방까지 크리스타를 앞장세워 온 여성의 목소리다.

"그래, 수고했어. 이로써 비블리아 고트에 잠입한 선생들은 학원으로 돌아올 수 없어. 마치 날개를 뽑힌 나비같이…… 그렇지?"

"마, 맞아요!"

"후훗, 고마워. 그러면 이어서 성문 쪽을 《쇄성(鎖城)》해주면 좋겠는데?"

온화한 음성으로 일방적인 명령을 들이미는 것은 《사람의 모습)을 한 성숙한 여성이었다.

사람의 모습이라고 칭한 것은 인간이 아니기 때문이다. 피부는 녹색이고, 안구는 탁한 황색. 옆머리에 난 벌레를 잡아먹는 꽃에서는 코를 찌르는 독의 냄새가 풍긴다. 풍만한 몸매를 감싸는 것은 식물의 잎으로 꾸며진 드레스……. 미인이라고 할 수 있을지도 모르지만, 분위기가 한마디로 말해 께름칙하다.

그녀는 자신을 이렇게 칭했다. 이름은 라켈디——.

여명 희병단에 소속된 인조 란칸스로프 《알라우네》라고.

라켈디의 요구에 크리스타는 입술을 꽉 깨물면서도 고분고분 따르지 않을 수 없었다. 정숙해 보이는 알라우네가 한쪽 팔로 붙잡고 있는 한 소녀 때문이다.

1학년 여학생이 인질로 잡혀 있었다. 라켈디의 다섯 손가락이 나무뿌리처럼 뻗어 날카롭고 뾰족한 끝으로 하얀 목덜미를 누르고 있다. 만약 마음만 먹으면 쉽게 피부를 찢고 목을 관통할 것이다. 목숨이 라켈디의 장난감이 되어 버린, 인질 여학생이 눈물을 글썽인다.

"죄, 죄송해요, 크리스타 언니……. 죄송해요……."

바들바들 떨면서 소곤거리는 목소리에 크리스타는 섣불리 대답해 줄 수도 없었다. 아직껏 학원 측의 희생자가 한 명도 나오지 않은 것은 기적이나 다름없기 때문이다.

——대체 어쩌다 이런 사태가……!!

라켈디를 바싹 등 뒤에 붙인 상태에서 크리스타는 글래스몬드 팰리스 현관 홀로 가는 길을 더듬어 갔다. 가다가 뚝 쓰러져버릴 정도로 두 다리가 저리고, 당장에라도 바닥이 뚫려버리는 게 아닐까 싶을 만큼 현실감이 없다.

오늘은 본래 휴일이다. 크리스타를 비롯한 학원의 학생들은 미궁 사서관 인정시험 개최의 보조와 사무 심부름 때문에 학원에 등교해 기숙사에 사는 학생들과 함께 얼마 안 남은 금년도 학원생활을 구가하려 했었다.

그런데 이 무슨 일인가. 학원 사무실에 여명 희병단이라는 범죄조직이 보낸 범행 예고장이 온 순간부터 익숙한 학교의 풍경은 이질적인 비일상으로 변모하고 말았다.

수험자들의 안부는 불명이고, 쿠퍼나 로제티를 비롯한 의지할 수 있는 어른들, 손님으로 그 자리에 있었던 성도 친위대와 엔젤 기사 공작마저 미궁으로 급히 떠나는 바람에 학생들과 시스터만 남겨진 학원은 순식간에 어수선한 분위기에 휩싸였다.

300명의 소녀가 수험자들의 한시라도 빠른 무사귀환을 한마음으로 빌고 있었던 바로 그때, 글래스몬드 팰리스의 승강기가 톱니바퀴와 함께 상승을 시작했다.

그리고 크리스타를 선두로 수험자들과의 감동의 재회를 기대하고 있었던 학생의 앞에 모습을 드러낸 것이—— 승강기 중앙에 혼자 진을 친, 사람이 아닌 요화(妖花)였던 것이다.

상황을 파악하지 못하는 학생 집단은 폭력을 조금도 망설이지 않는 뛰어난 자객 앞에서 속수무책이었다. 라켈디는 바로 무기를 꺼낸 학생 몇 명을 간단히 무력화하고, 공포로 움직일 수 없게 된 1학년 한 명을 인질로 잡았다.

그리고 같이 산책이라도 하자는 듯한 가벼운 마음으로 명했다.

성 프리데스위데를 안팎으로 완전히 폐쇄하라고——.

요염한 알라우네는 변덕쟁이라 그런지 용의주도해서 그런 건지, 학생회장인 크리스타에게 안내를 시켜서 학원 이곳저곳을 구경하며 돌아다녔다. 교사 탑과 기숙사 탑, 연무장 같은 곳에는 흥미를 보이지 않고, 정원이나 성벽 부분을 중점적으로 조사했었던 것으로 미루어 아마 탈출로의 확인이라고 생각된다.

그 시간은 크리스타와 학생들에게 있어서도 의의 있게 작용했고——.

지금, 만반의 준비를 하고 글래스몬드 팰리스의 《문》을 폐쇄한 것이다. 승강기의 동력을 낮추는 것만으로는 부족해 미궁으로 가는 모든 수단의 이동을 불가능하게 만들어 성 프리데스위데와 비블리아 고트를 완전히 격리하는데 성공했다.

입술을 너무 세게 깨물어 거의 감각이 없어지기 시작한 것을 자각하며 크리스타의 걸음은 간신히 현관 홀에 다다랐다. 정문을 통해 앞마당으로 나온 다음, 라켈디와 인질이 퇴궐하는 것을 가늠해서 글래스몬드 팰리스를 둘러싸는 높은 담 위로 신호를 보낸다.

높이 든 손가락 끝에 마나를 단속적으로 발화시키는 간단한 수신호다. 신호가 전해진 담 위에서 반짝반짝 빛이 번쩍인다. 이쪽으로 두세 번. 그리고 성벽 측으로도 두세 번.

잠시 후 낮게 울려 퍼지는 진동이 파도같이 지면을 핥았다. 종소리가 대——앵, 검은 하늘을 가로지른다. 선율 같은 구동음에 신체조직같이 미동하는 성벽의 장치. 그것들이 성 프리데스위데의 성벽을 일주한 직후 가지각색의 불길이 성벽으로부터 피어오른다.

바로 1년에 한 번 할까 말까 한다는 성 프리데스위데의 《쇄성》이다.

지난 학기의 루나 뤼미에르 선발전이 지금은 먼 날같이 그립다. 그때는 의지할 수 있는 블랑망제 학원장에 강사들이 있었다. 정체 모를 매력을 숨기는 가정교사 쿠퍼에 신진기예의 《1대 후작(캐리어 마키스)》 로제티도 지켜봐 주고 있었는데.

지금, 그들은 누구 하나 이곳에는 남아 있지 않다.

눈앞의 고난을 떨쳐내 성 프리데스위데의 안녕을 지켜야 하는 사람은 다름 아닌 크리스타를 필두로 한 여학생들. 오로지 그들만으로 해내야 하는 시련인 것이다.

크리스타는 가슴속에 도사리는 공포를 힘껏 쑤셔 넣고 결연한 태도로 알라우네를 돌아보았다.

"자, 요구대로 성 프리데스위데는 완전히 폐쇄했어! 인질을 풀어줘!! 아니면, 방패가 없으면 나 같은 학생하고도 맞설 수 없다는 건가?!"

"어머나, 용감해라. 멋진걸."

라켈디는 싱글벙글 미소를 지으며 미련 없이 인질에게서 손을 뗐다. 두 여학생은 순간 허를 찔렸고, 곧바로 정신을 차린 크리스타가 지면을 박찼다.

1학년의 팔을 잡아끌며 라켈디의 겨드랑이 사이를 빠져나가 궁전에 뛰어드는 것과 동시에 소리쳤다.

"다들, 지금이야!!"

담 위에서 수십의 그림자가 일제히 모습을 나타냈다. 성 프리데스위데의 학생들로, 전원이 각양각색의 총기를 들고 있다. 후방을 글래스몬드 팰리스의 정문이, 정면과 좌우를 빈틈없이 에워싼 총구를 보고 라켈디는 "어머?" 하고 난처하다는 듯이 고개를 갸웃거렸다.

"살금살금 여기저기 쑤시고 다니기에 뭘 하나 싶었더니, 복병을 준비하고 있었구나."

"여유를 부린 걸 후회하시지! 성 프리데스위데 3학년, 총 41명의 거너 클래스의 일제사격! 꼭꼭 씹어 드시라고!!"

크리스타가 팔을 번쩍 올렸다 힘차게 내린다.

"쏴————————!!"

수십 개의 머즐 플래시가 성대하게 번쩍였다. 총성이 맞부딪쳐 고막을 찢는 대음성을 연주한다. 음속을 넘는 탄환이 바람을 윙윙거리게 하고, 공간을 나선 모양으로 일그러뜨린다. 도망칠 곳이 없는 사방팔방에서 밀어닥치는 콩알 크기의 파괴력을 눈앞에 두고————.

"아하앙, 예뻐라!!"

희색에 얼굴을 일그러뜨린 라켈디를, 41발의 탄환이 잇따라 꿰뚫었다.

피탄 소리가 탕탕탕탕탕, 리드미컬하게 울려 퍼진다. 라켈디의 전신이 충격으로 꺾이고, 숨 쉴 틈도 없이 회전하고, 끝없이 사지를 비트는 움직임은 마치 댄스로 보였다. 역시 인간이 아닌지, 피와 함께 튀어 날아가는 건 식물의 잎과 꽃잎이었다.

총성의 난무는 시간으로 따지면 5초 남짓.

풍만한 몸이 구멍투성이가 되어서 라켈디는 벌렁 쓰러졌다. 대량의 피가 지면에 스며들어 이미 꿈쩍도 하지 않는다. 크리스타는 맥이 빠진 것처럼 중얼거렸다.

"쓰, 쓰러뜨렸나……?"

너무나도 싱거운 끝이지만 그렇게밖에 생각할 수 없다. 학생들의 총격은 확실히 그녀를 포착했다. 그 참혹한 부상이 작전이라는 건 말이 안 된다. 일단은 시체를 확인해 봐야 하나……? 그렇게 생각한 크리스타가 한 발자국 내디딘 직후의 일이었다.

무참한 최후를 드러낸 라켈디가 갑자기 입술을 추켜올렸다.

"훌륭했어. 역시 방금 거는 한 명 희생해야 했었네."

"뭐야……?!"

놀란 크리스타의 눈이 휘둥그레진 것도 당연하다.

라켈디의 시체가 《수복》되는 것이 아닌가. 마치 식물이 생장하는 것처럼 결손부를 보완하고, 달라붙은 피를 물이 씻어낸다. 난데없이 나뭇잎이 모여들어 드레스를 만들어, 그녀가 일어났을 때는 이미 원래의 아름다운 모습으로 완전히 돌아가 있었다.

말문이 막힌 3학년과 1학년 소녀들을 향해서 미녀는 빙그레 미소 짓는다.

"아, 침울해하지 마. 너희는 틀림없이 나를 《한 명》 죽였어. 자랑스러운 전과로 삼아 저승길 선물로 가지고 가면 좋을 거야."

"괴, 괴물이다……!"

크리스타는 즉각 팔을 들고 다시 한번 총격대에게 신호를 보냈다.

그러나 총성은 울리지 않았다. 대신 울려온 것은 비명.

"이게 뭐야아아?! 이, 이거 놔!"

무슨 일이 일어났단 말인가. 크리스타는 용수철처럼 시선을 돌렸고, 그리고 받아들이기 힘든 광경을 보았다. 담 위 총격대 한 명의 팔이 뒤틀려져 올라가 있는 것이다.

학생을 붙잡고 있는 것은 녹색 피부를 띤 요염한 알라우네였다.

"어……?!"

크리스타의 시선이 자기도 모르게 눈앞의 적과 담 사이를 오간다. 혼란을 진정할 틈도 없이 전후좌우 여기저기에서 학생들의 비명이 거듭됐다. 담 위에 잠복해 있었던 총격대가 갑자기 배후에서 나타난 적《집단》에게 습격을 받고 있다!

십수 개는 되는 적은 예외 없이 조금도 다르지 않은, 똑같은 모습을 한 알라우네였다.

"어머나.""우후후.""술래잡기해?""잠깐, 잠깐.""도망치는 나비는 싫어." 알라우네가 팔을 수평으로 쓸면 나무뿌리처럼 변형하여 여학생을 후려갈겼다. 토해낸 숨결이 독 안개가 되어, 한 모금이라도 들이마신 자는 실이 끊어진 것처럼 쓰러졌다.

아비규환 속에서 크리스타는 하릴없이 손발을 떨었다.

"어, 어떻게 된 거지……?!"

"나는 인조 란칸스로프《알라우네》. 인간의 생태로 생각하면 안 돼."

라켈디는 성적이 나쁜 학생들 때문에 애먹는 교사처럼 뺨에 손바닥을 대며 고백했다.

"레이디의 비밀을 하나만 가르쳐주지. 어디 보자…… 난 묘목을 대지에 심어서 자신의 분신을 키울 수 있어. 그 수는 최대 100개……!"

"마, 말도 안 돼……."

"우후후. 친절히 안내해 줘서 고마워, 학생회장. 너희만 전투 준비를 하는 줄 알았어? 난 나대로 이 학원 여기저기에 묘목을 남겨 대지 여기저기에 뿌리를 치고 있었는데? ──아아, 어때, 좀 들리니?"

라켈디는 요정의 선율에 귀를 기울이듯 넋을 잃고 눈을 감았다. 무슨 일인가 하고 크리스타도 귀를 기울이고, 겨우 알아차렸다.

글래스몬드 팰리스 주변에서만이 아니다. 성 프리데스위데 여기저기에서 요화에 겁먹은 여학생들의 비명이 똑똑히 들려오고 있다. 기숙사 탑에 틀어박혀 있었던 1학년, 그들을 지키고 있었던 2학년, 용감하게 무기를 준비하고 있었던 3학년……. 300명 남짓 되는 소녀들이 학원 모든 장소에서 궁지에 직면한 광경이 크리스타에게 환상처럼 나타났다.

절망에 다리가 후들거리고, 라켈디가 더 큰 악몽을 가져왔다.

"자, 슬슬 메인 스테이지로 갈까? 사실 나, 너희를 놀라게 했지만 무식하게 치고받고 그러는 건 자신 없어. 나한테는 내 스타일이 있거든."

그녀의 옆머리에서 자라나는 벌레 먹는 꽃이 생물처럼 꿈틀거렸다. 풍선같이 부풀었다 싶었더니, 급속히 오므라들면서 보라색 안개를 쉬지 않고 토해낸다.

보이는 범위에 있는 라켈디의 분신이 완전히 똑같은 행동을 일으키고 있다. 아마 이 성 프리데스위데에 풀린 백 명의 알라우네 전부가 이 순간, 소녀의 화원을 독살스러운 색으로 물들이려 하고 있음에 틀림없다.

그 영향은 곧 명백하게 찾아왔다.

"크, 크리스타 언, 니……."

후방 정문에 기대고 있었던 1학년이 괴로운 듯이 신음하면서 지면에 주저앉았다. 크리스타가 즉각 뛰어가려고 했으나, 5초 만에 무릎이 쿵 하고 내려앉는다.

"이건, 독이잖아……?!"

"정답이야. 300명의 목숨의 싹을 하나하나 자르는 거, 난 도저히 내키지 않아서. 그러니까 다들 함께 죽게 해줄게. 내 아니마는 꽃가루에 실려 독이 되고, 인간을 내측부터 좀먹어 죽이지. 소녀의 학교에 죽음의 꽃이 만발하는 거야. 아앙, 너무 멋지다!!"

크리스타의 전신에서 불길이 솟아올랐다. 무릎에 손을 짚어 간신히 상체를 일으킨다.

라켈디는 "헤에." 하고 감탄한 것처럼 입꼬리를 추켜올렸다.

"독의 정체가 아니라마면 마나로 저항할 수 있다……. 똑똑한걸, 학생회장?"

"성 프리데스위데를 만만하게 보지 마……! 학생들이 네 독에 굴복할 때까지는 시간이 있어. 그사이에 너를 제거하면——."

라켈디의 손끝에서 몇 미터 뻗어 나온 나무줄기가 크리스타의 왼쪽 다리를 고속으로 스쳤다. 피부가 도려지고 피가 튄다. "아아앗?!" 괴로워하는 목소리가 소녀의 입술에서 터져 나왔다.

도로 무릎을 꿇은 여학생에게 라켈디는 모델 같은 워킹으로 다가왔다.

"사람을 해충인 양 부르고. 집에서 어떻게 자랐는지 알겠다, 얘."

"……아, 악당 주제에 어디서 큰소릴."

라켈디는 뺨을 철썩 때렸다. 크리스타의 몸이 날아가 지면을 데굴데굴 구른다.

독에 고통스러워하는 여학생들이 학생회장의 처참한 모습에 얼굴을 일그러뜨렸다.

"크리스타 언니, 도, 도망치세요……!"

"아하, 어디로?! 도망칠 장소 따윈 아무 데도 없어!"

라켈디가 팔을 번쩍 드니, 가늘게 수축된 줄기가 채찍같이 날카로워졌다. 엎드린 크리스타를 한 대 때리고, 찢어진 교복과 새빨간 상처를 보며 요화는 입꼬리를 쓱 올렸다.

"비블리아 고트로 가는 길은 막혔어! 성벽은 이미 감옥으로 변했고! 내 정원이 된 이 학원에 지배자를 위협할 건 없어!! 짹짹 재잘대는 300마리의 아기 새들아, 내가 남김없이 날개를 뽑아서 땅에 떨어뜨려 줄게! 아하하하하하!!"

"설령 우리가 쓰러질지언정——."

지면에 엎드린 채 크리스타가 말했다. 흐트러진 머리카락이 입가에 걸렸지만 의연하게 부릅뜬 눈빛이 라켈디의 눈동자를 꿰뚫는다.

"반드시 성 프리데스위데의 기사들이 이곳으로 돌아와…… 당신의 꽃잎을 한 장도 남김없이 베어 버릴 거야……. 각오하고 있는 게 좋을 거다……."

"……되도 않는 소릴 하고 앉았네, 토 나오게시리."

뚜둑! 라켈디의 한쪽 팔이 변형했다. 갈라져 나온 나무줄기처럼 울퉁불퉁하고, 질기고 뾰족해지더니, 여봐란듯이 뒤로 쭈욱 당겨 예리한 끄트머리로 쓰러진 소녀를 정확히 겨냥한다.

흔들릴 정도로 대지를 박차며 라켈디가 포효했다.

"너만은 지금 여기서 죽여줄게!!"

"——!"

꽉 감은 크리스타의 눈꺼풀에서 눈물이 흘러내린다. 쳐다볼 수밖에 없는 여학생들이 절망에 숨이 막힌다. 라켈디의 입술이 악마같이 찢어져 올라갔다.

——순간, 유리 궁전에서 뛰쳐나오는 경쾌한 구두 소리가 들렸다.

크리스타를 내리찍기 직전 끼어든 누군가가 라켈디의 한쪽 팔을 맨손으로 막아냈다. 둔탁하고 무거운 소리가 확산되고, 충격파가 주변 일대의 독 안개를 물리쳤다.

새로 나타난 누군가와 대면한 라켈디는 물론이고 지켜보는 여학생들도 말문이 막혔다. 조심조심 얼굴을 든 크리스타는 자신을 감싸듯이 선 가냘픈 뒷모습에 눈을 껌뻑였다.

"시, 시스터……."

딱히 특별한 점도 없는 수도복을 입은, 학원에서 일하는 시스터 중 한 명이었다. 크리스타도 면식이 있지만, 적어도 자신이 알고 있는 그녀는 란칸스로프의 혼신의 일격을 맨손으로 막아낼 만한 힘은 없다.

라켈디는 몇 번인가 고개를 갸웃거린 후, 억지로 미소를 짜냈다.

"어머나, 자매님, 일반인한테는 볼일 없거든요?"

변형된 팔 끝이 뱀처럼 구부러졌다. 바로 앞의 시스터를 배후에서 노린다.

거기서 또다시 모두의 눈이 의심할 만한 광경이 펼쳐졌다. 시스터의 양팔이 흐릿하게 움직였다 싶었더니, 뱀 몇 마리를 쳐내고 눈 깜짝할 사이에 라켈디에게 탄환 같은 팔꿈치 공격을 가한다. 퍼억, 등 뒤까지 관통하는 충격에 견디지 못하고 몸을 구부린 미녀의 안면을 시스터는 가차 없이 걷어찼다.

라켈디는 장난을 치나 싶을 정도로 뒤로 슝 날아가 지면을 수십 미터는 굴렀다. 중간에 낙법을 취해 벌떡 튀어 올라, 짐승같이 사지를 뻗어서 착지.

고개를 든 요화의 얼굴에 장난기가 서린 미소는 어느덧 사라지고 없었다.

"너, 누구야?"

시스터는 홀딱 반할 것 같은 멋진 옆차기 자세에서 발을 거두었다. 그 다리가 중간부터 엉뚱하게 꺾여 있어서 크리스타는 자기도 모르게 깜짝 놀라고 말았다. 더욱 놀라운 것은 시스터가 그 부러진 다리를 떼어내고, 내던지자 몸이 한결 작아진 것이다.

"……어쩔 수 없지…… 임무 외…… 철저히 인명우선……."

시스터는 투덜투덜, 마치 자신에게 변명하는 것처럼 불평하면서 전신에서 차례로 《부품》을 떼어냈다. 다른 한쪽의 의족, 양 의수, 동체의 교정구. 거추장스럽다는 듯이 수도복을 벗고 대신 새카만 군복을 몸에 걸친다.

후드를 깊숙이 끄집어 내리고 그 속에서 살색 가면을 잡아 뜯는다.

여유인지 아닌지, 상황이 여기에 이르러 라켈디는 만면의 미소를 되찾았다.

"정말 예정 밖이네. 내 꽃잎을 갉아먹으려고 하는 당신은, 대체 누구실까~?"

『나는 백야의 사자』『변화무쌍한 백의 얼굴』

대답 대신 상공에서 까만 메모지가 내려온다. 처음에 두 장, 이어서 한 장.

『그리고』

마지막 한 장이 후드를 스치고, 선고와 동시에 발화.

어둠 속에서 쳐다보는 소녀의 얼굴을 순간적으로 비추었다.

『당신을 죽일 자』

LESSON: VI ~어둠의 짐승과 달의 짐승~

 질주하는 검의 섬광이 독 안개를 찢는다. 라켈디는 양팔을 나무뿌리로 변형해 그것을 요격했다. 충돌한 두 사람의 무기로부터 불꽃 몇 줄기가 확산하여 완벽한 원을 그린다.

 온몸이 검은 그것은 군복 자락을 휘날리고 전신을 다이내믹하게 놀리면서 쉴 새 없이 검을 내찔렀다. 나선을 그리며 덮치는 연속공격을 라켈디가 희색을 띠우고 격퇴한다.

 "이 스테이터스! 망설임 없는 살의의 칼날! 당신, 기병단의 기사지?!"

 알라우네의 팔 끝이 여러 개로 갈라졌다. 하나하나가 가는 채찍처럼 되어 적에게 쇄도한다. 검은색은 더욱 속도를 올렸고, 흐릿한 잔상은 어느새 신속의 영역에 들어섰다. 수십 개의 공격선을 완벽하게 쳐내는 한편 반격을 날려 미녀의 왼쪽 눈을 도려내 날려 버린다.

 라켈디의 좌측 안면이 찢어 발겨지고, 곧바로 꿈틀거리는 피부가 결손부를 수복한다.

 "게다가 보통 전사가 아니야! 소속부대를 가르쳐 줄 수 있을까?!"

"어중간한 상처는 무효로 한다……? 그렇다면…….."

라켈디를 상대하지 않고 검은색은 혼자 중얼거림과 동시에 검을 검집에 넣었다. 물 흐르는 듯한 동작으로 리볼버를 뽑아 미녀의 요염한 두 다리에 총탄을 있는 대로 전부 때려 박는다.

라켈디가 "으윽?!" 하고 무릎을 꿇었을 때는 이미 검은 왼손이 두 번째 무기를 빼 든 상태였다. 전력으로 내려친 메이스 헤드가 적의 머리를 산산조각으로 분쇄한다.

톱밥과 꽃잎이 휘날리고, 머리를 잃은 라켈디가 두 무릎을 푹 떨궜다. 그러나 또 얼마 지나지 않은 사이에 상처로부터 식물이 생장하여 원래의 아름다운 모습을 되찾는다.

"아, 이걸로《두 명째》. 심혈을 기울인 묘목을 못 쓰게 됐거든? 조금 봐주——."

말을 마치기 전에 그 풍만한 가슴에 롱 소드가 박혔다. "어머?" 하고 갸우뚱한 목덜미를 슈웅, 바람소리가 쓰다듬는다. 뽑아 들었던 칼을 검은색이 허리의 칼집에 넣자, 매끄러운 절단면 아래로 라켈디의 머리가 낙하했다. ——눈에 보이지도 않을 만큼 빠른 발도술이었다.

『상처를 입어도 낫는다』『죽어도 부활한다』『무한한 재생력?』『정교한 환영?』

『아니』『있을 수 없다』『어떠한 속임수가』『어딘가에 있을 터』

상공에서 춤추듯이 검은 메모가 쏟아진다. 그것을 읽을 틈조차 주지 않고 검은색은 잇달아 무기를 뽑아들었다. 메이스와 롱 완드를 동시에 능숙하게 휘둘러 두 팔을 부수고 무방비가 된 미녀의 몸통을 앞차기로 날려버린다.

허공을 미끄러지는 적의 그림자를 쫓아 지체 없이 지면을 걷어찼다.

『그렇다면』

메이스를 거두고 리볼버를 뽑아 달리면서 두 손의 무기를 들이대고 발사. 라켈디가 벽에 격돌하고, 그 전신을 총알로 고정하기라도 하듯 소녀는 몸을 비틀어 총격을 퍼붓는다. 벌집이 된 적에게 달려가 몸통을 걷어차자 굉음과 함께 벽이 함몰한다.

『당신이 죽을 때까지』『몇 번이고 죽인다』

폭풍 같은 검격이 휘몰아쳤다. 검은색은 오른손의 롱 소드와 왼손의 칼을 부옇게 보일 정도의 속도로 휘둘러 초고밀도의 검섬을 라켈디에게 때려 박았다. 언제 끝날지도 모르는 무한의 파괴 속에 미녀의 몸은 찢어졌다 이어지고, 부서졌다 재생되었다.

그녀의 추켜올린 입술은 끊임없이 절단되어 제대로 소리를 내지도 못했다.

"가, 가차 어어어──없네! 그러, 러면 이이이, 런 건 어──때?!"

직후, 멀리 떨어진 장소에서 비명이 들려왔다. 새카만 이도류가 주춤, 정지한다.

눈앞의 라켈디는 무참한 시체가 되어 이미 꿈틀거리지도 않는다. 벽을 찢고 땅을 가르는, 무시무시한 파괴의 흔적 중앙에 드러누운 상태다.

검은색은 후드를 올리고 교사 탑 방향을 바라보았다.

"무슨 말이지……? 역시 본체는 따로 있다……? 정말 성가시네……."

알아들을 수 없는 목소리로 중얼거리고서 바로 지면을 박찬다. 바람같이 달려 사라지려는 검은 그림자를 아연실색하고 있었던 크리스타가 정신 차리고 불러 세웠다.

"자, 잠시만 기다려주세요, 기사님! 언제, 왜 성 프리데스위데에……?!"

『설명할 수 있는 일은 아니다』『여기에 있어라』

간소한 두 장의 메모지를 놓으면서 검은색은 눈 깜짝할 사이에 글래스몬드 팰리스를 둘러싼 담 밖으로 튀어나갔다. 아직 엷게 떠도는 독 안개 속에 적의 무참한 시체와 함께 남겨진 크리스타가 힘없이 지면에 주저앉는다.

"하, 학원을 지키기 위해서, 학생회장으로서 내가 해야 할 일은———."

일어서려고 발버둥 치는 무릎에 알라우네의 독이 침투해서, 크리스타는 입술을 꽉 깨물었다.

블랙 마디아는 학원 부지 안을 바람처럼 주파하면서 속으로 혀를 찼다. 단순한 감시 임무였을 텐데, 엄청난 사태에 휘말려버렸다.

그녀가 며칠 전부터 성 프리데스위데에 잠입한 까닭은 당연히 그 학원을 방문했다는 메리다 엔젤의 부친을 자칭하는 남자의 조사 때문이다. 정말로 본인인 건지 혹은 제3자의 장난인지. 본인이라고 한다면 신속히 붙잡아 신원을 파헤치고, 가짜라면 괜히 스캔들이 외부로 새지 않도록 학생들을 견제한다. 그리고 동시에 아직 방심할 수 없는 《그》를 감시하는 것도 이번에 마디아에게 주어졌던 임무다.

다만 《그》 본인은 마디아의 잠입을 눈치채고 있었던 것 같지만…….

어찌 되었든 간에 예측대로라고 해야 할까, 《가면을 쓴 부친》 소동으로부터 며칠 지나지도 않아 사태는 크게 굽이치기 시작했다. 비블리아 고트 사서관 인정시험 개최에, 수험자들의 조난, 암약하기 시작한 여명 희병단……. 자객 하나는 이렇게 양성학교에까지 독수를 뻗어 죄 없는 학생들을 학살코자 왔다. 유년기부터 임무에 열중했었던 마디아의 피에 젖은 인생 속에서도 오늘만큼 격동의 나날을 보낸 적은 일찍이 없었다.

메리다 엔젤―― 그 아가씨를 중심으로, 지금 이 나라에서 무슨 일이 일어나려 하는 것인가. 그리고 가장 중요한 《그》는 복잡하게 얽힌 숙명의 실을 어떻게 감을 생각일까.

저도 모르게 자신의 자그마한 가슴이 흥분되어 고열의 마나가 피와 함께 전신을 휘젓는다.

하지만 고양되는 마음과는 정반대로 평소보다 몸이 무겁다. 스테이터스가 서서히, 약간씩 감쇠되는 것이 느껴진다. 그 라켈디라고 했던 인조 란칸스로프 《알라우네》가 온 학원에 뿌린 독의 효과일 것이다.

아무리 마디아가 고압력의 마나로 저항한다 해도, 적 역시 보통내기가 아니다. 흉악한 살의를 품은 입자가 피부에 침투하여 허파에 녹아들고, 착실히 침략하고 있다. 조기에 결판을 노리지 않으면 승기가 위태롭다. 그뿐만 아니라 시간을 들이면 들이는 만큼 미숙한 학생들로부터 희생자가 나올 가능성은 커진다. 그때는 정말 눈덩이처럼 불어날 게 틀림없다.

또 다른 의미로 고동을 더하면서, 마디아는 오른손에 쥔 검을 쓱 당겼다. 진행방향에 복수의 적을 발견했기 때문이다. 정원의 분수광장에서 무기를 쥐고 자세를 취하는 여학생들과, 그녀들에게 조금씩 다가붙는 완전히 똑같은 모습을 한 알라우네들이다.

마디아는 한층 더 속도를 올리고 쇄도하자마자 닥치는 대로 적을 베기 시작했다. 첫 번째의 숨골을 분쇄하고, 두 번째를 배후에서 찔러 죽인다. 세 번째에게 차크람을 내던져 견제하면서 반대 손으로 뽑은 리볼버로 네 번째를 벌집으로 만든다.

득달같이 질주해서 어중간하게 적의 목에 꽂았던 차크람을 쥔 다음 있는 힘껏 휘둘렀다. 싹둑 잘린 미녀의 목이 하늘 높이 날아오르자 여학생들이 실낱같은 비명을 지른다.

네 개의 알라우네는 지면에 털썩 주저앉고 재생의 조짐을 보이지 않았다. 이 정도로는 능력에 어떤 속임수가 들어가 있는지 도저히 읽을 수가 없다. 서둘러 간파하지 못하면 승기는 더욱 멀어질 것이다. 초조함에 자극되는 마디아의 귀에 소녀들의 떨리는 목소리가 닿는다.

"쿠, 쿠퍼 님과 똑같은 군인분……?"

정원에 뿔뿔이 흩어져 있는 이들은 아마 용감하게도 학원을 구하고자 무기를 들고 나온 것이리라. 그러나 마디아는 무뚝뚝하게 메모지만 내밀었다.

『너희가 할 수 있는 일은 없어』『다른 학생들과 한곳에 모여 있도록』

『흩어져 있으면』『지키려야 지킬 수 없어』

　"네? 뭐라고요……? 죄송해요, 안개가 짙어서 잘 못 읽겠어요."

　여학생들은 의아해하며 눈살을 찌푸렸다. 마디아는 후드 속에서 입술을 깨물었다.

　신념에 어긋나지만 어쩔 수 없다. 칼끝으로 교사 탑을 가리키고서 좀처럼 내지 않는 육성으로 명한다.

　"애, 애송이는 방해된다……. 새끼 양처럼 뭉쳐 있어라, 학생……!"

　"응? 에, 아, 아아━━━━━━!! 당신은 그때의?!"

　그 순간, 학생 중 한 명이 괴상한 비명을 질렀다.

　입술을 와들거리며 손가락을 들이민 그녀는, 1학년 동급생이라면 네르바 마르티요라고 부를 것이다. 하지만 마디아는 이상하다는 듯이 고개를 갸우뚱거릴 뿐이다.

　"……누구?"

　"아오오━━━━━━!! 어어어, 어디서 잊어버렸다고 하려고, 이 악당이!! 또 질리지도 않고 내 화려한 무대를 방해하러 온 거야?!"

그녀의 드릴 트윈 테일 따원 기억에 전혀 없는 마디아는, 돌연 군복 자락을 휘날리며 발차기를 연속으로 날렸다. 그 킥에 학생들이 후방으로 날아간다.

"무슨……?!"

네르바를 비롯해 걷어차인 소녀들에게 이렇다 할 충격은 없었다. 그녀들이 벽 쪽에 하나로 뭉쳐지는 것과 동시에 마디아는 무기를 뽑으면서 소리쳤다.

"엎드려!!"

직후, 지면의 흙무더기가 파바박 튀었다. 뿌리로 만들어진 수십 개가 넘는 창이 사방팔방에서 뻗어 나와 마디아를 노린다. 새카만 양손의 무기가 매섭게 춤을 추고, 아슬아슬하게 급소를 피한다.

불쑥, 지면에서 싹이 돋는 것처럼 광대한 정원 여기저기에서 미녀가 모습을 드러냈다. 수십 명이 넘는 라켈디가 완전히 똑같은 동작으로 나긋한 미소를 짓는다.

"역시 위협적이야, 당신……! 내 필드에서 확실히 갈아 뭉개 주겠어!"

학생들의 위치와 적의 출현장소를 즉시 머리에 주입하면서 마디아는 생각했다.

──다음 검증…… 《분신 속에 적의 본체가 섞여 있을》 가능성…….

수십 쌍의 눈동자가 온몸을 꿰뚫어 보는 상태에서 마디아는 오른손에 검을, 왼손에 도를 든다.

"검증…… 개시!!"

흙덩이를 튀기며 마디아는 직접 적진에 뛰어들었다. 눈에 보이지도 않을 만큼 빠른 민첩력으로 푸른 숲속을 주파하면서 틈을 보이는 적을 닥치는 대로 베어 죽인다. 다만, 너무 깊이 상대하진 않는다. 타격은 단 한 대. 치명상을 면한 상대는 뒤돌아보지 않고 다음을 노린다.

갤러리인 학생들이 부들부들 떨 정도로 끝없는 난전이 펼쳐졌다. 스테이터스는 압도적으로 마디아가 위다. 그러나 알라우네 쪽은 숫자가 보통이 아닌 데다가 고통을 아랑곳하지 않고 덤벼든다. 검은 잔상이 끝이 없는 춤을 추고 녹색 살점이 허공을 메운다.

일도류로 방식을 바꾼 마디아가 적의 전신을 잘게 썰었다. 그 틈에 다리에 달라붙은 식물의 덩굴이 자그마한 소녀를 내던졌다. 직선상에 있었던 라켈디는 비대해진 팔로 적을 되받아친다. 그 운동 에너지를 이용해 마디아는 메이스를 뽑자마자 알라우네 하나의 머리를 분쇄한다. 다리에 달라붙은 덩굴을 거꾸로 쥐고 해머처럼 휘둘러 알라우네 몇을 쓰러뜨렸다.

그러는 사이에 마디아는 《재생하는 적》과 《그렇지 않은 적》이 구별되기 시작했다. 손발이나 목이 날아간 부위는 얼마든지 수복된다. 그러나 심장부를 부순 상대는 여전히 지면에 드러누운 상태. 토막 난 상대는 말할 것도 없고…….

틈틈이 적 집단을 관찰한 마디아는 이윽고 결정적 순간을 목격했다. 몸통을 양단한 적이 지면에 쓰러지자 그 뭉개진 흉부로부

터 무언가가 흘러나온 것이다. 바로 《묘목》이었다. 직후에 나뭇
조각이 모여들고, 부피를 늘려 인간의 형태를 만들려고 한다.

재생 직전에 묘목을 밟아 없애자 원형을 잃어버린 그것은 꿈
쩍도 하지 않았다. 그리고 동시에 떨어진 장소에 있었던 알라우
네 하나의 전신이 느닷없이 붕괴되었다.

"……그렇군."

마디아는 즉시 지면을 차 분수의 정상에 착지한 다음 전원의
이목을 집중시킨다.

"요컨대——《HP의 분할》!!"

그렇게 단언하자 녹색 적 집단의 움직임이 멈췄다. 노랗게 발
광하는 무수한 눈동자만이 독 안개 속에서 아른거리며 이쪽을
응시한다.

마디아는 허점을 보이지 않고 일곱 자루의 무기를 대보면서
마저 이야기했다.

"당신의 능력은 묘목을 핵으로 삼는 분신을 복제하는 것. 그
총 숫자는, 당신 말을 믿는다면 전부 백 개. 그리고 그 백 개의
개체는 모두 당신 본인이며, 말하자면 《백 개의 HP게이지를 백
명이 공유하는》 관계성……!"

"……웃."

"게다가 감소한 만큼의 HP는 각 개체 간에 서로 융통하는 것
이 가능! 이것이 무한하게 보이는 재생능력의 정체다. 당신의
그것은 《회복능력》이 아니야……. 당신 중 한 명이 부상을 치
유하고 있을 때, 다른 한 명이 부상을 떠맡아 HP를 감소시키고

있을 테니까!"

그렇다면, 하고 마리다가 칼을 뽑는다. 눈앞에 든 칼 몸에 어슴푸레한 빛이 반사되어 후드 속 눈동자를 비추었다.

"백 개 분량의 HP 전부를 모조리 깎는다. 그러면 내 승리다……!"

전황을 지켜보는 여학생들이 꿀꺽, 침을 삼켰다. 분수의 정상에 군림하는 자그맣고 새카만 소녀를 올려다보고, 잠자코 있던 라켈디들은 갑자기 쾌활한 손뼉을 쳤다.

"──훌륭해. 나도 지금까지 기병단 분들과 몇 번인가 맞붙었었는데, 모두 혼란의 소용돌이 속에서 고통당하다가 죽었거든. 정말 얼마나 가혹한 인생을 걸어야 당신 나이에 그만한 전투경험을 쌓을 수 있는 걸까?"

"…………."

"하나 보충해 줄게, 까만 아가씨. 내가 묘목을 심는 걸로밖에 복제하지 못하는 까닭은, 대지로부터 생명 에너지를 착취하고 있기 때문이야. 요컨대 무슨 말을 하고 싶냐 하면…… 우리 하나하나의 HP는 《1/100》이 아닌, 《곱해서 100》이야!!"

온화한 미소를 유지하던 라켈디가 갑자기 사나운 이빨을 드러냈다.

"비록 술수가 밝혀졌어도, 내 전법은 독을 뿌린 후의 지구전 하나뿐이야! 느껴지지? 당신의 폐부에 스며든 독이 스테이터스를 서서히 감쇠시키는 게. 확실히 내 직접 전투능력은 별로 대단하지 않아. 하지만 시시각각 시간은 다가오고 있을

터……! 당신의 체력이 일정수치를 밑도는 시점에서 내 승리는 확실해져!!"

『바라는 바』

분수대 조각상이 깨질 정도로 발밑을 걷어차고서 마디아는 적 집단에게 돌진했다. 날아가자마자 알라우네 하나의 목을 베고, 물 흐르는 듯한 동작으로 두 번째의 머리를 부순다. 말을 할 시간도 아깝다는 듯이 비산하는 톱밥과 꽃잎에 섞여 검은 메모가 쏟아진다.

『속임수만』『파헤치면』『무서울 것 없다』

『당신쯤은』『반감된 스테이터스로도』『충분』

"드디어 메인 디시 시간이군! 도발이라는 스파이스로 이 식탁을 가급적 많이 장식해 줘!"

라켈디는 황홀한 표정으로 외쳤다. 전황만 본다면 일방적이다. 마디아는 롱 완드를 번쩍 들자마자 단숨에 연속사격을 날렸다. 전신을 남김없이 관통당하고, 찢어진 미소를 띤 채 라켈디가 날아간다.

다른 하나가 하던 말을 이어받고, 사방팔방에서 검은색을 몰아붙인다.

"내 《나머지》가 바닥나는 게 빠를지, 당신 스테이터스가 바닥을 치는 게 빠를지, 승부야! 이미 꽤 많은 묘목이 죽어 버렸지만, 아직 여력은 충분하거든?! 그와 반대로 당신은 어때? 슬슬 체력이 레드 존에 들어온 거 아니야?!"

말끝을 잘라버리듯이 알라우네 하나의 목을 높이 날려 버렸

다. 직후에 우측 후방에서 단말마가 나온다. 거의 동시에 왼쪽 옆에서 꽃잎이 파바박 튀고, 계속되는 연격에 알라우네는 본체까지 끝도 없이 난도질당한다.

——잔상조차…… 파악할 수 없다?!

수십 개의 분신과 감각을 공유하면서 라켈디는 진심으로 전율했다. 착실히 독에 침식되고 있을 텐데, 저 검은 것은 오히려 조금 전보다 속도가 빨라졌다. 설마 지금까지는 이쪽의 능력을 간파하기 위해서 진짜 능력을 억제하고 있기라도 했단 말인가.

벌렁 자빠진 알라우네 하나의 시야에 검은 메모가 느긋한 리듬으로 쏟아진다.

『말해두지만』『나는 이래 봬도』『소속부대 안에서는』『느린 편이야』

『만약 그 자식과 붙었다면』『그 둔한 눈알이』『튀어나오지 않을까 싶은데』

"크윽……!!"

나긋한 미소를 유지하고 있었던 수십 개의 라켈디가 결국 짜증스럽게 송곳니를 드러냈다. 어림짐작으로 깨달은 것이다. 독이 적을 침식하는 것보다 이쪽의 HP게이지가 날아가 버리는 쪽이 훨씬 빠르리란 것을. 이대로 있다간 패한다——.

그렇게 생각이 미친 이상, 해야 할 일은 한 가지였다.

다름 아닌 방침 전환이다.

"생각했었던 것 이상으로 제법이네, 검은 기사님! 하지만, 나는 등화 기병단(길드 페르닉스)의 천적인 여명 희병단(길드 그림피스)! 당신들의 허점을 찌를 수단은 자알 알고 있지!!"

"──읏!"

마디아가 눈치챔과 동시에 라켈디 하나가 팔을 번쩍 올렸다. 팔이 노리는 것은, 바로 정원에 뿔뿔이 흩어져 있는 성 프리데스위데 여학생들이다.

가녀린 소녀의 얼굴이 깜짝 놀라 굳어진 직후, 라켈디의 변형된 팔이 창처럼 비상했다. 마디아는 즉시 리볼버를 뽑아 정밀사격으로 팔을 쏘아 떨어뜨렸다.

"이것 봐, 틈이 생겼어!!"

남은 라켈디들이 추악한 희색을 띠었다.

하나가 혼신의 돌진 후 팔을 내찌른다. 손끝이 나무뿌리같이 변형되어 날카로워지더니 두꺼운 창이 되어 마디아의 몸통을 향해 들어갔다. 그리고 금속 같은 격돌음.

첫 느낌에 라켈디는 입술을 추켜올리고── 직후, 미소가 삐걱 굳어졌다.

검은색의 복부에서 떨어지는 피가, 적었다. 검은색은 몸의 중앙에 미쳐 날뛸 정도로 거센 불길을 집중시키고 있어서 나무뿌리의 끝이 몇 밀리 정도밖에 피부를 뚫지 못했다.

"마나와 근육만으로 막아냈다고?! 무슨 반응속도가 이래……! 하지만!"

수십 개가 넘는 적 집단을 상대로 잠깐이라도 노출한 틈은 치명적이었다. 첫 번째 라켈디에 이어서 나머지 라켈디들이 일제히 나무뿌리를 뻗어 공격해 오자, 마디아의 자그마한 몸뚱이는 사방팔방에서 날아온 찌르기에 삼켜졌다. 셀 수 없는 창의 일격이 온몸을 모조리 포착해, 검은 군복은 공기처럼 공중으로 튕겨 날아갔다.

경이롭게도 치명타는 빠짐없이 피했으나, 허공을 나는 그 모습은 무방비 그 자체였다. 수십 개의 라켈디는 가슴 가득히 공기를 들이마시고, 이어서 내뿜었다.

그녀들의 입에서 분사된 용해액이 공중의 검은색을 뒤덮었다. 열탕이 증발하는 듯한 음색과 숨 막히는 흰 연기, 무참하게 찢어진 군복. 여학생들이 비명을 질렀다.

"안 돼에에에에에에?! 기, 기사님!!"

"아하하하하! 뼈만 남기고 내 양분이 되어라!"

직후, 뚜두둑! 소름 끼치는 음색이 후방에서 울려 퍼졌다.

녹색의 미녀들은 반사적으로 고개를 돌렸고, 그리고 목격했다.

라켈디 하나가 뒤에서 목이 졸리고, 머리가 비틀어져 있다. 갈색 피부를 띤 자그마한 소녀가 절명한 개체에게서 팔을 떼고 시시하다는 듯이 중얼거렸다.

"이걸로 이제 절반, 남은 건가."

"……!"

라켈디는 전율하고, 지면에 방치된 검은 인간을 돌아보았다. 칠흑의 군복만 남고, 알맹이가 홀연히 사라져 있다. 용해액은 소녀의 피부에 상처 하나 입히지 못한 것이다.

급기야 강적을 칭찬하듯이 녹색의 미녀가 양팔을 벌리며 말했다.

"정말 대단해! 아까 군복을 벗어 대역으로 삼았었던 거지? 그런데 상당히 엉뚱한 짓을 한 게 아닐까 싶은데. 자랑하는 컬렉션은 대체 어디에?"

라켈디가 컬렉션이라고 칭한 일곱 자루의 무기는 정원 여기저기에 흩어져 있었다. 현재 마디아는 가벼운 속옷만 입은 무방비 상태다. 겉으로 드러난 갈색 피부에 자잘한 상처가 나 있는 것으로 보아, 조금 전의 집중공격은 결코 효과가 없었던 것은 아니었던 셈이다.

구세주가 단숨에 열세에 치했음을 깨닫고 여학생들이 몸을 내밀었다.

"기, 기사님! 저희가 도움을……!"

"손, 대지 마. 학생."

마디아는 나이프처럼 예리한 시선으로 적 집단을 응시한 채 띄엄띄엄, 들릴지 어떨지 모르는 작은 목소리로 이야기했다. 도무지 감정이라는 것을 짐작할 수가 없다.

"너희는…… 나와는 다르다. 그 손은 약한 사람들을 지키기 위해서 있는 거잖아. 그렇다면 지금은 아직 더러운 피로 더럽혀선 안 돼. 잠자코 나한테 보호받고 있어라, 애송이들……!"

"하, 하지만……."

라켈디는 크큭, 아직 나이도 차지 않은 전사의 헌신적인 말을 비웃었다.

"긍지 한번 대단하네! 나, 이번 일은 따분한 잡초 베기일 거라 생각했었는데, 완전 오산이었어. 당신 같은 전사와 만날 줄이야! 당신이라는 강적을 이긴 경험은 틀림없이 내 안에서 위대한 양식이 되어 주겠지!!"

"이쪽이 할 말이다……. 정말이지, 《그 사람》이랑 얽히면 가슴 뛰는 싸움만……."

무방비의 마디아는 소곤소곤 중얼거리면서 중심을 낮췄다.

그 입가가 사납게 올라가 있다. 두 다리를 넓게 벌린 자세는 짐승과 같다. 두두두……. 대지를 흔드는 듯한 진동을 감지하고 라켈디는 표정을 다잡는다.

땅속에서 솟구치는 듯한 마나를 전신에 걸치면서 마디아는 두 팔을 홱 당겼다.

"이번 사건은 성 프리데스위데의 불운인가……? 아니! 학생들, 이 자리에 있었음을 행운으로 생각해라. 지금부터 마나 능력자의 최고봉을 보여주겠다!!"

마디아가 팔을 휘두르자, 손끝에서 비상한 마나가 전장을 달려 나갔다. 지면에 박혀 있었던 일곱 자루의 무기에 휘감기고, 그것들은 생명을 품은 것처럼 튀어 올랐다.

"──뭐야?!"

라켈디들이 깜짝 놀라 뒤돌아본 직후, 일곱 색의 무기가 응응 소리를 냈다.

마나를 걸친 유성처럼 허공을 뛰어다니고, 검으로 꿰뚫고, 칼로 가르고, 메이스가 적의 몸통을 관통한다. 차크람은 춤추는 듯한 궤도를 그려 적 집단을 유린하고, 마디아의 손바닥에 들어간 스태프는 연이어 미녀의 머리를 분쇄한다.

겨우 정신을 차린 라켈디들이 마디아에게 나무뿌리를 발사하기 시작했다. 그러자 지체 없이 날아온 리볼버와 롱 완드가 저절로 방아쇠를 조여, 허공을 태우는 탄환 세례가 적의 팔을 들쑤셨다. 미모의 알라우네는 점점 더 목구멍이 오므라들었다.

　"뭐, 뭐야, 이건……?! 히이이익!!"

　"이것이 내 비장의 무기——!"

　마디아는 날카롭게 땅을 박찼다. 허공을 나는 롱 소드를 붙잡고, 안팎으로 휘두르며 적을 쓸어 넘긴다. 왼쪽의 스태프로 심장부를 하나 더 파괴했다. 마디아를 뒤쫓는 리볼버와 롱 완드가 쉴 새 없이 섬광을 토하며 닥치는 대로 적을 들쑤신다.

　숫자가 팍팍 줄어드는 적 집단 중 마지막으로 남은 라켈디에게 마디아가 육박했다. 미모가 구겨진 알라우네의 심장을 오른손의 검으로 겨냥한다.

　"《호로로기우스…… 판타즈마》!!"

　여섯 방향에서 쇄도한 무기가 전신을 꿰뚫어 고정시키고, 혼신의 힘으로 내민 롱 소드가 적의 흉부를 분쇄했다. 상반신이 성대하게 튀어 날아가고, 허공을 나는 묘목이 두 짝으로 쪼개진다.

　정원에 모여 있었던 라켈디 중 마지막 하나가 무릎을 푹 꿇었다.

　후두두둑. 온몸이 무너져 내리는 가운데 마지막으로 남은 입술이—— 씨이익, 끝이 올라간다.

　"비장의 무기는…… 마지막까지 아껴둬야지? 아가씨……."

　"…………."

"마무리가 허술……했어…………."

털썩. 마지막 라켈디가 부엽토처럼 부서져 지면에 떨어졌다.

검을 뽑은 마디아는 그대로 힘없이 무릎을 떨궜다. 독의 진행 상태가 슬슬 심각하다. 어썰트 스킬의 절대적인 지배력이 사라져서 다른 여섯 자루의 무기도 빛을 잃고 추락한다.

적이 남긴 마지막 선고에 대해 마디아는 가쁜 숨과 함께 대답했다.

"확실히 나는…… 허술한지도 모르겠군."

비슷한 시각, 독 안개 속에서 벌떡 상반신을 일으킨 미녀의 그림자가 있었다.

유리 궁전 글래스몬드 팰리스 부지 안, 함몰된 담 속에서 몸을 일으키고 그녀는 먼 정원 방향을 향해 얼굴을 돌려보았다.

"우후후……. 거기까지 내 능력을 간파해놓고 묘목 하나를 방치하다니, 경솔했군. 이쪽에도 아주 약간 HP를 남겨뒀지……."

거친 숨을 내뱉으면서 라켈디가 발을 내디딘다. 거의 질질 끄는 발걸음으로, 전신이 무겁고 시야도 흐릿하다. 그 강적에게 HP와 아니마를 한계까지 깎여서, 완전히 소모한 육체를 수복할 만한 여력은 남아 있지 않았다.

담에 손을 짚으면서 빈사인 알라우네는 기어가듯이 숲의 방향으로 향했다.

"이 이상 그 기사와 싸우는 건 위험해……! 하지만 마지막에

웃는 건 결국 이 나야. 앞으로 녀석과 학생들에게 독이 다 돌 때까지 숨어 있으면──."

"아니, 당신은 여기서 끝이야."

뒤에서 들린 목소리에 라켈디는 돌아보는 반응조차도 약간 늦었다. 어깨너머로 본, 눈앞에 다가오는 은색 검섬이 그녀의 악랄했던 인생을 매듭짓는 최후의 광경이 되었다.

"하아아!!"

성 프리데스위데 학생회장이 내려친 회심의 일격이 녹색 피부의 미녀를 정수리부터 갈랐다. 분단된 흉부에서 묘목이 굴러 나와, 매끄러운 절단면과 함께 땅에 떨어진다.

"아까의 빚은…… 갚았어!!"

크리스타는 이어서, 발에 가속도를 붙이며 수평으로 검을 휘둘렀다. 썰린 미녀의 상반신이 허공을 날고 지면에 떨어졌다.

그 몸이 가장자리에서부터 검은 흙이 되어 바람을 맞기 시작했다. 백 개의 묘목과 아니마를 전부 잃고 추악한 시체를 드러낸 라켈디는 양팔을 허공에 뻗쳤다.

"마, 말도 안 돼……. 내가, 사라진다고……? 이, 아름다운 알라우네가……. 전 세계를, 내 꽃으로 뒤덮어야 하는 사명이……! 이런 새끼 새의 부리에 무너진다는 거야……?!"

"확실히 나는 지금은 아직 미숙한 아기 새야. 하지만──."

"네 이년…… 네 이녀어어어어어어어언……………………!!"

닿지 않는 하늘을 필사적으로 긁던 팔이 갑자기 섬광과 함께 터진다. 뱃속에 울리는 저음이 상공을 가로질렀고, 허공으로 튀어 날아간 검은 흙은 곧 바람에 흩날려 사라졌다.

동시에 그 흉악한 알라우네가 퍼뜨렸던 독 안개가 급속히 흩어져 사라지기 시작했다. 호흡이 편해지는 것을 자각하면서 크리스타가 검을 품은 채 지면에 무릎을 꿇었다.

"명예를 회복할 기회를 주셔서 진심으로 감사드립니다, 검은 기사님……!"

뺨을 타고 흐르는 한 줄기의 열을 자각하면서 그녀는 되새기듯이 중얼거렸다. 이리 하여 성 프리데스위데를 덮친 미증유의 위기는 학생회장이 자신의 손으로 직접 막을 내렸다.

† † †

승강기에서 내리자마자 그곳에 죽 늘어서 있었던 소녀들을 향해 쿠퍼가 물었다.

"피해 상황은?"

글래스몬드 팰리스 승강기가 있는 방에서 대기한 이들은 크리스타 샹송 학생회장을 필두로 한 몇 명의 3학년들이었다. 보니까 크리스타 회장의 맨살에는 붕대가 감겨 있고, 입가에는 핏자국이 달라붙어 있다.

최악의 대답이 예상되어 쿠퍼는 씁쓸하게 얼굴을 찌푸렸다. 비블리아 고트 안에서, 그리고 겨우 움직이기 시작한 승강기 위에서, 대강의 사태는 전부 상정했다.

그리고 크리스타 회장은 쿠퍼의 예상을 절반은 긍정했고, 절반은 부정해 보였다.

"선생님들이 비블리아 고트로 구원을 간 사이에 학원 안에 불한당이 잠입했어요. 아무래도 그것이 이번 습격의 진짜 목적이었던 것 같습니다."

"학생회장님, 이 질문을 입에 담는 것만으로도 혀가 얼어붙을 것 같습니다만……."

"안심하세요, 쿠퍼 선생님. 부상 건이라면 저보다 중상인 학생은 없어요. 다름 아닌 검은 기사님 덕분에 피해는 최소한으로——."

말을 마치기도 전에 크리스타 회장 옆구리를 스치고 한 소녀가 달려왔다. 갈색 피부에 눈매가 고약한 그녀는 무슨 영문인지 가벼운 속옷 차림으로 쿠퍼의 멱살을 잡아당겼다.

"네, 네 군복 좀 넘겨줘."

"뭐어? ……근데 꼴이 왜 그래."

"적 때문에 옷을 버려서 그래! 몸을 감출 게 필요해! 벗어, 빨리! 지금 당장!"

매우 시끄러웠기 때문에 쿠퍼는 자신의 어두운색 군복을 벗어 그녀의 머리에 덮어줬다. "흐읍." 하고 신음한 그녀는 아이처럼 서투른 솜씨로 외투를 입는다.

소매도 기장도 많이 남는 구세주의 모습을 멍청히 내려다보면서 크리스타 회장은 기분을 새로이 하듯 승강기가 운반해 온 일행에게 시선을 옮겼다.

"선생님 쪽이야말로 용케도 무사히 돌아와 주셨어요."

"전원이 무사하다고 말하기긴 어렵고…… 지금 바로 의무실 침대가 필요한 분이 계십니다."

고개를 갸웃거린 크리스타 회장은 여학생들의 도움을 받으면서 승강기를 내려온 만신창이 마녀의 모습에 눈이 휘둥그레졌다.

"하, 학원장님!!"

목소리가 뒤집히고 크리스타 회장은 블랑망제 학원장에게 달려갔다. 많은 숫자의 학생과 시스터의 손에 정중하게 실려 가는 늙은 여자는, 바로 침대에서 안정을 취하며 의사의 신세를 지게 될 것이다. 지금은 무사히 쾌유하기를 빌 수밖에 없다——.

그때, 사람이 줄은 승강기실에 화가 날 만큼 태평한 목소리가 울려 퍼졌다.

"오—— 이제야 열렸다. 그 《쇄성》이라는 게 진짜 터무니없는 거였구만."

낯익은 목소리에 쿠퍼와 마디아가 고개를 홱 돌리며 동시에 외쳤다.

"아버지?!" "파파!"

일정한 리듬으로 지팡이를 짚으며 낡은 군복 자락을 휘날리면서 나타난 그는, 쿠퍼와 마디아가 소속된 백야 기병단의 상사였다. 여전히 손질 하나 하지 않은 콧수염에 마구잡이로 기른 머리카락, 깨문 자국투성이의 담배가 꾀죄죄한 인상을 주는 중년 남자다.

상사는 "여어." 하고 실로 긴장감 없는 태도로 손바닥을 들며 인사했다.

"사랑하는 아이들아, 성실하게 일하고 있었냐? 문제는 일으키지 않았고? 위의 녀석들한테 막 씹히고 그러지 않았어? 여파가 이쪽까지 오기라도 하면 아빠 울 거다?"

"걷어차 버릴라. 이제 와서 뭐하러 온 거야."

어느새 여학생들의 모습도 보이지 않아서 쿠퍼도 마음 놓고 실컷 지껄인다. 상사는 "에효." 하며 머리를 긁고서 담배 냄새 나는 한숨을 내뿜었다.

"여전하구나, 너는……. 이게 다 네 보고서가 워낙 대충이라, 내가 일부러 학교구 변두리까지 확인하러 온 거구만……. ── 그런데 넌 뭐 하고 있는 거냐?"

상사는 쿠퍼 뒤로 시선을 옮겼다. 상사가 나타나자마자 황급히 피해 있었던 갈색 피부 소녀의 어깨가 움찔했다.

앳된 본얼굴을 드러낸 에이전트에게 상사는 기가 막혀서 말이 격해졌다.

"아니, 진짜로 뭐 하는 거냐, 넌. 네가 정체를 노출하면 안 되잖아……."

"으, 으으~…… 부, 불가항력!"

"나중에 시말서 내라."

농담인지 아닌지 쌀쌀맞게 내뱉으면서 상사는 이 방에 남은 마지막 한 명과 시선을 마주쳤다. 바로 얼굴 절반을 붕대로 감은 란칸스로프 청년이다.

적의를 보이는 기색도 없이 상사는 담배를 집었다.

"자네가 이 녀석의 보고서에 있었던 《증인》이군……. 됐고, 입단 희망자냐?"

"그렇게 대단한 건 아니야. 정보교환의 기브 앤 테이크일 뿐."

진 또한 특별히 기를 쓰는 모습도 없이 평소와 같은 어조로 대답한다.

"나는 너희들에게 의미 있는 정보를 제공하겠다. 그러니 그 보답으로 너희들도 내가 요구하는 정보를 줘."

"자네가 걸 판돈은?"

"쿠퍼 방피르의 배신 및 메리다 엔젤의 핏줄의 신뢰성에 대해서."

상사는 시선으로 뒷말을 재촉했다. 진은 속 편히 뺨을 긁으면서 말을 계속한다.

"내가 《적》의 입장에서 증언할게. 메리다 엔젤에게는 확실히 팔라딘 클래스의 소질이 잠들어 있어. 다만, 강제로 그것을 들춰내는 짓은 안 하는 편이 좋아. 나도 진위를 확인할 생각이었다가, 오히려 부대를 괴멸당했거든."

"……호오."

"저 친구가 비밀로 해두고 싶었던 건 나와의 관계야. 아무리 그래도 여명 희병단인데, 손을 잡고 있다는 게 알려지고 싶지 않았다고 해서. ……그게 틀어진 모양이지만."

말 속을 캐는 듯한 상사의 시선이 힐끔, 쿠퍼의 냉담한 미모를 쳐다보았다.

진에게 시선을 되돌리고 백야 기병단의 우두머리가 낮은 목소

리로 묻는다.

"그래서, 자네가 바라는 보답은?"

"란칸스로프를 인간으로 되돌리는 방법에 관해서———."

구울 청년의 어조가 살짝 진지함을 띤 기분이 들었다.

진은 탁한 눈동자로 상사를 쳐다보며 어조만은 평소와 똑같이 계속 말했다.

"그런 연구를 하는 건 《너희 측》뿐이야. 그러니 연구성과를 숨김없이 나한테도 공유해 줬으면 해. 그걸 약속해 준다면 난 여명 희병단에 스파이로 잠복해 지속적으로 범죄정보를 제공하겠다. ———어때?"

상사의 눈동자가 한 번 더 쿠퍼를 보고, 다시 진에게로 돌아왔다.

"자네, 혹시 인간으로 돌아오고 싶은 건가?"

"그 질문은 관계없지. 예스야, 노야?"

"…………상황을 지켜보겠다."

묵고 끝에 상사는 담배 연기와 함께 그렇게 대답했다.

"자네가 유익할지 어떨지는 앞으로의 움직임을 보고 판단하겠다. 오케이?"

"알겠다, 지금은 그거면 됐어."

진은 한쪽 눈썹을 올리고 고개를 끄덕여 대답을 대신했다. 슬쩍 쿠퍼와 시선을 맞추고 무언의 의사소통을 한다. 청년들의 의중을 아는지 모르는지 상사는 가볍게 어깨를 으쓱해 보였다.

과정을 지켜보던 마디아가 쿠퍼의 등 뒤에서 조심조심 얼굴을 내밀었다.

"그, 그럼 이번 사건은 이걸로 해결……? 끄, 끝난 건가?"

"천만에, 그렇게는 안 되지. ──어이, 《쿠퍼》."

갑자기 임무 중 이름으로 불려서 쿠퍼는 당황했다. 상사는 심각한 표정으로 내용을 말했다.

"아무래도 이번 사건, 그렇게 단순한 이야기는 아닌 것 같다. 여명 희병단의 습격사건이라는 건, 현재 진행형으로 일어나고 있는 사건의 그저 일면에 지나지 않는 것 같아."

쿠퍼는 순순히 고개를 끄덕였다. 이미 어렴풋이 그리 생각하던 참이다.

"나도 이상하게 정보가 어긋난다는 인상이 들었어. 블랑망제 학원장과 강사들의 증언을 보면 아무래도 여명 희병단의 자객들조차 성 프리데스위데를 둘러싼 상황을 정확히 파악하지 못했던 부분이 있어. ……어쩌면 인정시험 수험자들의 조난과 여명 희병단의 습격에는 아무런 관련성도 없었던 게 아닐까, 싶군."

상사는 무겁게 고개를 끄덕였다. 쿠퍼는 이어서 물었다.

"그런데, 아버지 쪽이 왜 이쪽의 상황을 더 자세히 알고 있는 거지?"

"……정보 제공자."

상사가 담배를 집고, 연기를 내뿜으면서 대답한다. 쿠퍼는 눈살을 찌푸렸다.

"우리 백야 기병단은, 그 《가면의 부친》 소동의 진상을 살피기 위해서 여기저기에 손을 뻗고 있었어. 거기서 어떤 인물로부터 접촉이 있었다."

"누구야? 그 정보 제공자라는 건."

"3대 기사 공작 가문의 일각──《디아볼로스》라 모르 여공작이다."

냉철한 쿠퍼도 그 말에는 눈동자가 놀라움으로 휘둥그레졌다. 명명백백 프란돌 최고 권력자의 한 명인 그녀라면 어둠의 기병단으로 불리는 우리의 존재에도 훤할 테지만.

"라 모르 공이 왜?"

"대미궁 비블리아 고트는 라 모르 가문의 관할이니까. 연구실에 대기하고 있었던 여공작은 미궁 사서관 인정시험을 틈타 예정에 없는 《문》의 개방을 관측한 모양이다. 한 번은 몰드류 무구 상공회가 관리하는 《문》──."

에휴, 하며 상사는 머리를 흔들어 보였다.

"공교롭게도 그쪽은 이미 텅 비어 있었지만, 상황증거를 통해 우리는 인정시험 수험자들을 노린 불온한 무리의 침입을 파악했다는 얘기다."

"참고로, 나도 그 《문》을 통해 비블리아 고트에 들어왔어."

진이 끼어들어서 전원의 시선을 잠깐 모은다. 상사는 이야기를 진행했다.

"그리고 중요한 건 여기서부터다. 여공작에 따르면, 예정에 없는 《문》의 개방은 한 번만이 아니었던 모양이야. 다른 한 군데, 바드 바젤 외주 거주구에 존재하는 《문》에도 활동의 조짐이 있었다고 한다."

"……그쪽 《문》을 관리하는 건?"

"3대 기사 공작………… 《드라군》 쉬크잘 가문이다."

상사가 입에 담은 말에 분위기가 적잖이 긴장된다. 다박수염으로 꾸며진 중년 남자의 입가가 마음속을 표현하는 것처럼 일그러졌다.

"……대체 무슨 일이 일어나고 있는 거지?"

"그걸 조사하는 게 우리의—— 나의 일이다."

결연하게 잘라 말하고서 쿠퍼는 몸을 돌렸다. 지지대를 잃은 마디아가 "우와아앗." 하며 비틀거리고, 망설임 없이 승강기로 향하는 와이셔츠 차림의 뒷모습에 진이 말을 걸었다.

"혼자서 괜찮겠어? 상대는 기사 공작이라고?"

"그래, 너희는 계속해서 남은 수험자들의 구출과 성 프리데스 위데 방어에 힘써 줘. 쉬크잘 가문의 《문》 쪽은 내가 대처하겠어."

말하는 동안에도 승강기의 제어판을 두들겨서, 말이 끝남과 함께 유리 마법진이 완만하게 하강을 개시했다. 헤어질 때, 상사가 품에서 꺼낸 무언가를 던져주었다.

"받아라! 라 모르 여공작이 보낸 전별이다!"

매끄러운 포물선을 그리고 쿠퍼의 손바닥에 들어온 것은 두꺼운 책 한 권이었다. 지식으로는 몇 번인가 접한 적이 있는, 비블리아 고트의 귀중한 유산 중 하나다.

"마법서 《마테를링크의 관측도》다. 바드 바젤의 외주 거주구

로 이어지는 문은 제18층……. 잘해라, 쿠퍼! 이 건은 틀림없이
━━.″

"나밖에 할 수 없는 일이다."

말한 직후, 터널 심부로 승강기가 빨려 들어갔다. 쿠퍼는 제어판을 더욱 조작해 하강속도를 한계까지 올렸다. 자꾸만 마음이 조급해지는 걸 느낀다.

백야 기병단은 아직 파악하지 못한 정보가 있다. ━━아니, 다른 누구도 아닌 자신이기 때문에 예감할 수 있다고 해야 할까. 이번, 여명 희병단의━━ 즉 그들의 클라이언트인 몰드류 경의 목적은 메리다 아가씨가 아니었다. 하지만 그들의 습격과 동시에 또 하나의 세력이 책략을 펴고 있었던 것은 확실하다.

그 녀석들은 승강기 위에서 《페로나의 눈속임 그림》 마법서를 사용해 뿔뿔이 흩어진 성 프리데스위데 수험자 중 딱 두 명의 타깃만 쉬크잘 가문의 《문》까지 유도한 게 틀림없다. 그 목적은 과연 그 소녀의 비밀인가, 목숨인가━━.

최대속도로 비블리아 고트까지 도착한 승강기가 거슬리는 금속음과 함께 정지한다. 냉큼 첫발을 내디딘 쿠퍼 앞에 바닥으로부터 무언가가 점점 번지기 시작했다.

『오호호호…… 질리지도 않고 또 왔구나……!』

걸레같이 볼품없어진, 몰락한 몰골의 《언데드 킹》이다. 진에게 끝장난 줄 알았건만, 간신히 영혼을 붙들어 맸었던 건지, 살짝 감도는 수준의 주력을 긁어모아 겨우겨우 사람다운 형태를 갖추려 하는 중이었다.

집게손가락만 남은 해골의 손바닥이 가랑눈을 닮은 냉기를 품었다.

『포기하지 않겠다……! 이렇게 된 이상 프란돌을 죽은 자의 나라로 바꿔 보이겠다. 그 옥좌에 앉는 건 맹주도 기사 공작 가문도 아닌, 이 크로달 님뿐이──』

말이 끝나기도 전에 폭발 같은 압력이 노인의 잠꼬대를 꺼 버렸다.

청년의 온몸에서 대지를 녹일 정도로 뜨거운 마나가 휘몰아친다. 시공을 동결시킨 정도로 차가운 아니마에 언데드 킹의 영혼이 부들부들 떤다.

청년의 머리카락이 하얗게 변색하더니 어깨까지 자랐다. 엄니 같이 송곳니가 자라, 주홍색 입술에 쑥 돋는다. 미친 듯이 날뛰는 살의를 품은 눈동자가 푸른 불길을 머금고 정면을 응시했다.

이제 와들와들 떠는 것밖에 할 수 없는 망령은, 턱뼈를 후들거리며 말했다.

『뭐, 뭐냐……?! 말도 안 돼……. 왜, 이런 장소에 야계(夜界)의 귀족이……!!』

"거슬린다."

쿠퍼가 한 발자국 내디딘 것만으로도 폭발적으로 부풀어 오른 압력이 크로달을 뭉개 버렸다. 집념의 언데드 킹은 혼백 한 조각에 이르기까지 깡그리 타고, 허공으로 흩어졌다.

다음 한 발자국을 내디디면서 하프 뱀파이어화 된 쿠퍼는 몸을 낮게 구부렸다. 모든 잠재능력을 해방해 최고속력으로 비블리아 고트를 주파할 심산이다.

　기사 공작 가문인지 뭔지 모르겠지만, 너무 나갔다. 그 소녀를 위협하는 것이 무엇을 의미하는지, 악몽과 함께 영혼에 새겨 주마.

　암. 만약 그 소녀가 목숨을 잃는 순간이 온다고 한다면――

　"그건 나만 할 수 있는 일이다!!"

　직후, 굉음과 함께 날아오른 악마의 그림자가 무한서고의 상공을 날았다.

샬롯 블랑망제

클래스:위저드

HP	4156		MP	803		
공격력	459(663)		방어력	426	민첩력	448
공격지원	0~33%		방어지원		-	
사념압력	48%					

주요 스킬 / 어빌리티

주술공격Lv7 / HP컨버트Lv7 / 매직 체이서Lv7 / 증폭로Lv7 / 역경Lv7 /
주항주Lv7 / 슈타프 슈타이너 / 피어풀 스웜 / 섀도티스트 게이트 / 수술사(修術士)·초급정마탄(超級淨魔彈)〈메테오라티오〉

[마 술 사 / 위 저 드]

높은 공격지원으로 아군을 지원하는 후위 클래스. 전용 스킬 《주술》은 대상의 파라미터를 떨어뜨리는 가공할 효력을 갖는다. 적의 전술을 근본적으로 뒤엎는 것이 가능하므로 전투의 상급자일수록 위저드의 중요성을 알고 있다.

적성[공격: D 방어: D 민첩: D 특수: 원거리공격B 공격지원: A   방어지원: —]

앞서 참고로 든 학생들의 스테이터스 표는 성 프리데스위데 3학년에서 가장 성적이 우수한 두 명의 것이다. 특히 셴파 쯔베토크 쪽에 주목하면 알 수 있듯이 수치만을 비교한다면 기병단의 중견으로 봐도 손색이 없다.

그러나 학생이기 때문에 전투경험의 미숙함을 고려하건대, 역시 최우선으로 경계해야 할 자는 《마녀》 샬롯 블랑망제일 것이다. 현역에서 물러나고, 그 스테이터스도 이제는 대폭 감쇠했음이 예상된다고는 하나, 지난날에는 그녀의 MP가 1000을 넘는다는 소문조차 돌았었다. 우리 중 누군가가 놈과 만나게 될지는 알 수 없지만, 눈앞의 적이 자신의 처형인이 될 수도 있다는 것을 명심해 두도록.

(범죄 유닛 《세 발톱의 악마》의 작전 계획서에서 발췌)

LESSON : Ⅶ ～허풍선이 인형의 재판～

친숙한 종이와 잉크 냄새가 메리다의 코를 쿡 찔렀다.

굳게 감고 있었던 눈꺼풀을 조심조심 들어 올린다. 눈부실 정도로 환한 빛이 눈을 찔러 상황을 파악하기조차 쉽지 않다. 주위는 잠잠하게 식어 아주 조용해져 있어서, 소리의 반향을 통해 상당히 넓으면서 폐쇄적인 공간이지 않을까 하고 느꼈다.

대체 자신에게 무슨 일이 일어난 걸까? 인정시험에 합격했다 싶었더니 갑자기 공작 가문 아가씨 두 명이 자신을 둘러싸고 다투었고, 도망치는 뮬을 쫓아가서 그녀를 붙잡자 본 적 없는 마법서의 효과가 자신들을 삼키고――.

감각적으로는, 아직은 그 연장이다. 실제로는 그로부터 10초도 지나지 않은 게 틀림없다. 꼼짝 안 하고 있었던 메리다는 무의식적으로 얼굴을 감싸고 있었던 양팔을 천천히 내렸다.

그리고 깜짝 놀란다. 반쯤 각오하고 있었는데도 말이다.

"어디지, 여기……?!"

그 장소는 이미 책장이 무한히 이어진 비블리아 고트가 아니었다. 애매한 안개가 자욱하게 꼈지만, 어느 궁궐의…… 미로 정원일까? 윗부분을 가지런히 자른 울타리가 사방을 에워싸고 있고, 작은 공놀이를 할 수 있을 만한 넓은 공간으로 길이 나 있다.

광장으로 가니 몇 가지 설비가 보였다. 울타리 위에는 관객석 같은 의자가 늘어서 있고, 가장 안쪽에는 한층 더 높은 받침대와 자리가 설치되어 있다. 좌우대칭으로 책상이 여러 개 늘어서 있는데, 그것들은 높은 위치에서부터 단계적으로 내려오는 듯한 느낌으로 배치돼 있었다.

요컨대, 광장 중앙에 있는 메리다는 가장 낮은 위치에 서 있고, 모든 의자로부터 내려다보이는 구도다. 자신 주변에는 빽빽한 울타리로 뒤덮인 허리까지 오는 높이의 난간……. 거기서 메리다는 자신의 모습을 내려다보고 더욱 놀라는 처지가 되었다.

"또 옷이 바뀌었네?!"

지금의 그녀는 성 프리데스위데의 배틀 드레스를 입고 있지 않았다. 프릴 장식이 귀여운, 산뜻한 에이프런 드레스를 입고 있다. 조그만 아이가 입을 것 같은 인상이 드는 것은, 머리에 장식된 커다란 리본과 기다란 스커트 아래에 입은 빈티지한 드로어즈 때문이리라.

유일하게 벨트에 매달린 칼이 허리에 남아 있었던 게 위안이라면 위안이다. 이런 현상을 두 번째로 겪는 메리다는 바로 그 가능성에 생각이 미쳤다.

"이것도 마법서의 효과겠구나……! 또《디바의 시집》을 읽었다는 얘기야?"

"반은 정답이야, 메리다."

좌측 책상에서 요염한 목소리가 대답해 주었다. 엷게 껴 있었던 안개가 아주 약간 갠다.

책상 위에 다리를 꼬고 걸터앉아 있는 흑발 소녀를 보고 메리다는 눈꼬리를 매섭게 추켜올렸다.

"뮬 양!"

"확실히 나는 마법서를 읽었지만, 이번 거는 《디바의 시집》과는 또 다른 책이야……. 그 이름은 《발터의 환상담》. 그 효과는 《이야기의 세계에 가두는》 것."

그녀 역시 옷차림이 바뀌어 있었다. 야성미가 느껴지는 모피 조끼에 핫팬츠. 게다가 고양이 같은 귀에 꼬리도 있다. 목 부분에 털이 달린 장갑을 끼운 손가락이 머리 위를 쓱 가리킨다. 덩달아 메리다도 시선을 들고, 놀라움보다도 등골이 오싹해졌다.

정원의 상공에 펼쳐진 것은 익숙한 검은 하늘이 아니었다. 대신 크림색의 《배경》이 보였다. 입체적인 단어와 문장이 구름처럼 떠올라 2차원 속에 갇힌 듯한 느낌을 준다.

뮬은 꺼리는 기색도 없이 깍지 낀 손 위로 빙그레 미소를 지어 보였다.

"이 마법서에 사로잡힌 자는 거기에 적힌 이야기의 배역이 되어 엔딩을 맞이하거나 빠져나가는 길을 찾을 때까지 바깥 세계로 돌아갈 수 없어……! 원래는 붙들어두는 용도나 시간 벌이, 혹은 친구와 함께 노는 데 쓰는 마법이긴 하지만 말이지."

"리타! 괜찮아……?!"

이어서 울린 목소리에 메리다의 얼굴이 반대 측으로 홱 기울어졌다.

우측 책상에서 안개가 엷어지더니 사랑스러운 은발의 사촌 자매의 모습이 드러났다. 그녀도 메리다, 뮬과 마찬가지로 이야기 속 배역의 모습으로 변신한 상태다. 풍성하게 부푼 숏팬츠에 화려한 색조의 조끼를 입었는데, 금색 회중시계와 토끼랑 닮은 귀가 트레이드마크인가 보다.

의자에 앉아 있었던 엘리제는 즉시 책상을 차고 메리다에게 달려가려고 했다. 하지만 그 코앞에 몇 겹의 《벽》이 금속음과 함께 솟았다. 얇음에도 불구하고 강철 같은 경도를 갖춘 그것은, 인간 이상으로 거대한 트럼프 카드였다.

뮬은 조커 그림 너머로 잔혹한 미소를 띠며 말했다.

"그럼 안 되지, 엘리제? 물론 이야기의 미래는 출연진의 의사와 행동력으로 바꿀 수 있어……. 그래도 최소한의 스토리 라인 정도는 존중해 줬으면 하는데? 이 무대의 주역은 아쉽지만 네가 아니거든. 기만으로 점철된 《재투성이 공주님》이니까."

흑요석 눈동자가 힐끔 이쪽을 보기에, 메리다는 과감하게 그녀에게 따지고 들었다.

"……나한테 불만이 있다면 들을게! 엘리를 여기서 내보내 줘!"

"걱정하지 않아도 괴롭히거나 그러지는 않을 건데? 왜냐하면 여기는 《처형장》이 아니라 《법정》…… 벌을 받아야 할 자에게 죄를 인정하게 하기 위한 곳이니까."

콩콩콩! 드높은 나무망치의 음색이 울려 퍼졌다.

"정숙! 정숙! 이제부터 재판을 개정하겠다!"

광장에 자욱이 꼈던 안개가 싹 갰다. 메리다의 정면에 우뚝 솟아 있었던 높은 받침대가 존재감을 불리고, 그 꼭대기에 걸터앉아 있었던 무언가가 떠오른다.

그것은 말하자면 《지푸라기 인형》이었다. 얼굴에 커다란 버튼과 털실로 코믹한 표정이 만들어져 있다. 그래도 복장만은 훌륭한 것을 입고 있는데, 호사스러운 심홍색 망토에 금실로 화려하게 꾸며진 더블릿을 입었으며, 심지어 머리에는 황금 왕관까지 쓰고 있다.

지푸라기 인형은 장갑으로 쥔 나무망치를 돌리며 가지고 놀다 다른 한쪽 팔을 펼쳤다.

"하트 왕의 법원에 오신 걸 환영합니다! 멀리서 왕림해 주셔서 지극히 감사를 드리는바……. 거기에 보이는 《유리 눈 인형》이, 그 메리다 엔젤인가?"

지푸라기 인형은 쾌활한 미성으로 소리를 질렀고, 뮬이 아름다운 미소로 화답했다.

"오라버니, 이쪽이 틀림없는 엔젤 본가의 아가씨예요. 얼굴을 보여드릴 수 없어서 아쉽네요……. 아주 귀여운 여자애거든요."

"참으로 안타깝군. 이 마법서를 선택한 것이 지금만큼은 후회돼."

서로 농을 떤 다음, 라 모르 가문의 영애는 메리다 쪽을 돌아보았다.

"메리다, 저 한층 더 높은 자리에 앉아 계시는 분이 이번 《흉계》의 주모자셔. 난 저분의 지시로 너희를 이곳까지 유도한 거야."

"……뮬 양, 저런 지푸라기 인형의 감언이설에 넘어갔다는 거야?"

뮬은 키득키득 웃음을 흘렸고, 지푸라기 인형도 낄낄하며 어깨를 들썩인다.

"오라버니가 그런 모습으로 보이는구나. ——아니야, 메리다. 그것도 마법서의 효과야. 《발터의 환상담》은 이야기에 사로잡힌 자들의 주관(主觀)을 어지럽히거든. 즉, 평범한 인간이 전혀 다른 무언가로 보인다는 뜻이야. 나랑 너희처럼 인연이 깊으면 효과가 없기도 하지만, 원래는 신분이나 입장을 잊고 이야기의 배역을 즐기기 위한 수단이 아니냐는 말을 듣고 있다구?"

다시 말해, 저 《주모자》라는 녀석은 자신의 정체를 꽁꽁 숨기고 싶다는 뜻이리라. 꽤 고식적인 수법에 메리다는 답답해하며 입을 다물었다.

"그러면 뮬 양, 내가 저 지푸라기 인형의 정체는 누구야? 라고 물어봐도——."

"가르쳐줄 수 없지. 미안해."

"그럼 목적은 뭐야! 설마 함께 연극이 하고 싶다는 건 아닐 거 아냐?"

자기도 모르게 거칠게 말하자, 지푸라기 인형보다도 높은 위치에서 소곤거리는 이야기소리가 내려왔다.

"……어머나, 보세요, 소문과 다르지 않은 왈가닥이네요."

높은 울타리 위다. 흡사 극장의 귀빈석 같은 그 장소에서는 드레스와 턱시도를 빼입고 요란한 가면을 쓴 마네킹들이 가십거리를 이야기하고 있었다.

"조금 전의 큰 소리 들으셨어요? 이야~ 도저히 고귀한 가문의 아가씨로는 보이지 않아요."

"뮬 양이나 살라샤 양이었다면 이성을 잃고 저런 모습을 보이진 않을 텐데요. 네에, 절대로요."

"그와는 반대로 엘리제 님의 당당한 품격은 참……!"

콩콩! 지푸라기 인형이 다시 한번 나무망치를 두드렸다.

"방청석 여러분은 정숙하시오! 피고인에게는 발언의 자유가 허용됩니다. 설령 그것이 빈말에 불과한 막말일지라도 발뺌할 기회만큼은 주어져야 합니다!"

"역시 우리 《오페라시옹》의 선도자!"

"지금은 하트의 킹이시죠!"

멋대로 흥분한 어른들의 목소리를 개의치 않고 메리다는 차가운 표정으로 잘라 말했다.

"당신이 어디의 누구인지 모르겠습니다만, 신원도 밝히지 못하는 왕한테 숙일 고개를 없어요. 전 인정시험 도중이므로 이만 실례하겠습니다."

"도망칠 수는 없다, 메리다 엔젤—— 아니, 엔젤 가문의 가짜 딸아!"

움찔, 메리다의 어깨가 반응했다. 지푸라기 인형의 말이 한층 더 크고 격해진다.

"네가 왜 이 《법정》에 끌려온 것인지, 이제 와서 짚이는 데가 없다고는 하지 않으렷다? 우리는 지금 거기에 있는 부조리로부터 시선을 돌리는 짓은 하지 않는다! 세상이 악을 못 본 체하려고 한다면 우리가 기꺼이 그 진흙탕을 뒤집어쓰겠다. ——서기관은 기록 준비를!"

지푸라기 인형이 불쾌해하며 팔을 들자, 뮬은 꼬고 앉은 다리 위에 마법서를 펼쳤다.

"《원스 어폰 어 타임》!" 주문으로 인해 저절로 페이지가 넘겨지기 시작했다. 이번엔 어떤 효과가 나타날까 하고 메리다가 응시하는데, 내용물은 공백 페이지뿐이었다.

그랬는데 이럴 수가. 그 페이지들에 종횡으로 칼 선이 그어지나 싶었더니 순식간에 일어서서 복잡한 입체 그림책이 되었다. 빙그르르 정원을 둘러싸는 울타리에 높이가 다른 책상. 각각의 배치에 더해서 종이로 재현된 캐릭터들……. 메리다는 바로 깨달았다.

"설마 그 마법서는, 지금 여기서 일어나는 일을 이야기로 만들고 있는 거야……?!"

"명답입니다, 피고인. 참고로—— 지금 대화도 정확하게 기록되고 있으니까, 좀 더 우아한 말씨를 쓰도록 주의하는 편이 좋을 거야?"

"……으."

보이지 않는 압박감이 메리다의 입술을 마르게 하였다.

어렴풋이 뮬과 지푸라기 인형의 의도를 깨달은 것이다. 저들은 요컨대 이 법정에서 엔젤 가문 핏줄의 정통성을 규탄하고, 메리다로부터 실언을 끄집어내어, 기사 공작 가문에 걸맞지 않은 행동거지를 증거로 손에 넣고 싶은 것이리라. 스캔들을 은근히 기대하고 있는 신문사에게라도 그것을 팔아넘기면 엔젤 가문의 오점은 엄청나게 각색된 상태로 프란돌 전역을 돌아다닐 게 틀림없다.

메리다가 입술을 꽉 깨물었을 때, 지푸라기 인형은 소리 높이 나무망치를 두드렸다.

"좋다! 그러면 바로 재판을 시작하겠다. 그녀가 받은 혐의는 하나! 피고 메리다 엔젤은 기사 공작 가문의 자격을 가지지 않았음에도 불구하고, 엔젤의 성을 댐! 13년 동안 프란돌 백성을 속여 온 혐의를 받고 있다!"

"……."

"이는 용서받지 못할 만행이다! 귀족의 책무는 마나를 가지지 않은 약한 자의 방패가 되고, 검이 되는 것! 그러나 엔젤 가문의 피를 물려받지 않은 피고는 당연히 마나를 다룰 수 없어 귀족으로서의 책무를 포기해 왔다! 이것을 용납해도 되겠는가!!"

"용납할 수 없습니다!"

"저 《무능영애》 년이, 잘도 우리를 속였겠다!"

방청석의 갤러리가 고함을 질렀다. 쇄도하는 야유를 확인한 지푸라기 인형은 짐짓 거드름을 피우며 나무망치를 두드렸다.

"그렇다! 하지만 다년간 쌓여 온 그녀의 죄도 이제야 소상하게 밝혀질 시간이 왔다. 그녀의 진짜 부친임을 자처하는 남자가 공식적으로 모습을 드러낸 것이다!!"

"그건 가짜야!"

언성을 높이며 의자에서 일어난 것은, 메리다가 볼 때 우측 자리에 앉는 엘리제였다.

"그런 사람이 리타의 아버지일 리가 없어. 선생님들도 이상하다고 했고. 그리고 만약 진짜로 리타랑 피가 이어졌다면, 내가 단박에 알 수 있었을 거라고!"

"변호인, 《알 수 있다》라는 건?"

지푸라기 인형은 눈썹 하나 움직이지 않고—— 정확히는 그런 분위기를 내며 퉁명스럽게 받아쳤다.

"우리한테도 확실하게 피고인 핏줄의 신뢰성을 증명해 줄 수 있을까? 그리고 네가 말하는 선생이란, 1대 후작을 가리키는 건가? 그녀가 그렇게 판단한 근거를 제시하고, 또 그것이 우리에게도 신용할 만한 것이라고 증명해 줄 수 있을까?"

"으으~……."

지푸라기 인형이 연달아 떠들어대자 엘리제는 분한 듯이 이를 악물었다.

신바람이 난 것처럼 지푸라기 인형은 노래하는 듯한 음성으로 말을 이었다.

"자, 이제 반론은 없는 모양이군! 아무렴, 저들은 피고인의 핏줄이 정통이라고 증명할 수 없어. 하지만 우리는 피고인의 핏줄이 부당하다는 증명을 할 수 있지!"

그렇게 말하고서 춤추는 듯한 동작으로 그가 꺼낸 것은 책 한 권이었다.

제목에 『메리다 엔젤』이라고 각인되어 있다. 서두를 대강 훑어보고서 소리 내어 읽는다.

"이름, 메리다 엔젤. 공격력 129, 방어력 111, 민첩력 141……. 그리고, 아아, 세상에! 클래스——《사무라이》!!"

메리다가 입술을 꽉 깨물고, 갤러리는 "오옷!" 하고 여봐란듯이 술렁거린다.

반응에 충분히 만족한 것처럼 지푸라기 인형은 덮은 책을 내세워 보였다.

"이것이 움직일 수 없는 증거입니다! 기사 공작 가문의 마나에는 흔들리지 않는 유전적 우성이 있다. 설령 평민의 피와 뒤섞여도 그것이 없어지는 일은 없다. 그런데! 왜 그녀의 클래스는 팔라딘이 아닌 것인가?!"

"핏줄이 가짜였기 때문이다!"

"예상대로 피고인은 우리를 속이고 있었다! 저년의 부친은 페르구스 공작이 아니야!"

질량을 동반한 듯한 갖가지 욕설이 쏟아지고, 그 전부가 자그마한 소녀를 몰아세운다.

한참 지나 술렁이는 소리가 아주 조금 가라앉았을 무렵, 메리다는 결심하고 입을 열었다.

"……내 아버지와 어머니 사이에, 그, 엔젤 가문의 수치가 될 소문이 있다는 사실은 알고 있어. 하지만 그건 정말 새빨간 거짓이야! 내 선생님이 가르쳐줬어, 기사 공작 가문 태생이라도 상급 클래스를 이어받지 못하는 일도 있다고. 세대를 거치면서 피의 순도가 엷어지면 능력이 약해지거나 마나 그 자체가 끊어지는 일도 있다고 했어!"

갤러리가 꿀꺽 하고 숨을 죽인다. 메리다는 지금이라는 듯이 단언했다.

"내 클래스가 사무라이라고 해서, 아버지의 딸이 아니라는 증거는 되지 않아!"

재판장석의 지푸라기 인형은 『메리다 엔젤』 책을 책상에 놓았다.

쾌활한 척하고 있었던 음성이 바뀐다. 좋게 말하면 진지하게, 나쁘게 말하면 불쾌하게.

"……그렇군, 확실히 그 말이 맞다. 이 책만으로도 민의를 선동하는 일은 충분히 가능하겠지만, 그래도 네 출신을 확정하는 절대 증거는 될 수 없어. 만약 현실에서 재판이 열린다면 처단당하는 건 틀림없이 우리 쪽이겠지."

"쉬크…… 아, 아니! 하트의 킹, 무슨 말씀을 하시는 겁니까?!"

갤러리 한 명이 황급히 몸을 내밀었으나 당사자인 왕은 그쪽을 쳐다보지도 않았다.

지푸라기 인형의 버튼이—— 즉, 왜곡된 주관 너머에 있는 인물이 눈에 힘을 주고 이쪽을 자세히 보고 있는 것 같다.

"하지만 내게는 아무리 해도 이해되지 않는 것이 있다. 왜 너는 《무능영애》였던 거지?"

"……!"

"그래, 그럼 네가 정말로 페르구스 공의 딸이며, 엔젤 가문의 피를 이어받긴 했지만 평민 계급인 모친이 낳은 탓에 팔라딘 클래스를 계승하지 못했다고 가정하자. ——하지만 그렇다고, 마나 그 자체를 가지지 않는다는 일이 있을 수 있는 건가? 그리고 왜, 열세 살이 된 지금에 와서 갑자기 마나에 각성했다는 말이냐?"

"그, 그건……."

메리다의 입술에 그날 밤의 기억이 열이 되어 되살아났다. 가정교사는 말했었다. 설령 마나를 각성시키기 위해서일지언정 사느냐 병이 드느냐, 성공률 70%의 위험한 치료를 공작 가문 아가씨에게 행했다는 게 알려지면 일반사회에서 있을 곳이 없어진다고……

결단은 자신이 내렸다. 하지만 그로써 리스크를 지는 것은 그 사람이다. 메리다는 제 핏줄의 정통성을 진심으로 믿고 있다. 그러나 비밀로 해 둬야 하는 일도 있는 것이다.

잠자코 있는 메리다의 모습에 갤러리들은 갑자기 기세를 되찾았다.

"저, 저것 봐, 대꾸를 못하잖아! 역시 떳떳하지 못한 사정이 있는 거야!"

"아, 아니야……"

"아니기는! 너도 다 알잖아, 《무능영애》라고 불렸었던 자신은 기사 공작 가문에 걸맞은 인간이 아니란 걸!"

여성의 큰 소리가 메리다의 반론을 잘라버렸고, 방청석은 바짝 들끓었다.

"옳소! 저년이 《무능영애》였다는 사실이 공작 가문의 핏줄이 아니라는 무엇보다 큰 증거요!"

"정말로 페르구스 공의 따님이시라면, 설령 팔라딘 클래스가 아니어도 거기에 상응하는 실력을 발휘했을 테니까 말이야."

"좋은 사실을 알았어! 그래, 저 계집애는 본인 스스로가 알리고 있었던 셈이야. 자기가 얼마나 무능한지를! 엔젤의 피를 잇지 않았다는 사실을!"

"리타 욕하지 마!!"

폭발한 사람은 엘리제였다. 책상에 박혀 있었던 거대 트럼프를 전력으로 걷어차서 한 장을 엄청난 속도로 날려버렸다.

어른들의 목소리가 끊어진 순간 저도 모르게 목이 쉴 정도로 소리친다.

"리타는 나보다 훨씬 강해! 내가 선발전에서 졌으니까!"

"……그, 그건 요행이었던 걸로 결론이 났는데요?"

말끝을 떨면서도 여성의 목소리가 바로 되받아쳤다.

"두 분의 스테이터스를 비교하면 일목요연하죠! 메리다 님은 가정교사가 가르친 비겁한 기책으로 허를 찌른 데에 지나지 않아요. 만약 그녀가 공작 가문에 걸맞은 실력을 갖췄다면 정정당당히 엘리제 님을 이겼을 텐데요?"

"……!"

패배는 패배, 자신의 안에도 분한 마음은 있는지, 엘리제는 순간 말문이 막혔다.

그거 보라는 듯이 갤러리의 누군가가 콧방귀를 뀌었다.

"결정됐군요. 정체가 드러났다고 봐야 합니까?"

"맞아요, 맞아. 저는 이전부터 생각했었어요. 듣자 하니 저 《무능영애》로 말할 것 같으면, 마나도 쓰지 못하는 주제에 수업에 나와서 매번 꼴사납게 얻어터졌다 하더라고요."

"완전 허수아비구만! 못난 평민의 딸이 허수아비! 하하, 딱이네, 딱이야!!"

"……으!"

메리다는 꽈아악, 하얘질 때까지 주먹을 움켜쥐었다. 어른들의 조소는 그치지 않는다.

"쟤 입학 때 자료 보셨어요? 전 무슨 장난인가 했죠. 암요, 분명 잘못 기재했겠지 싶었어요. 다섯 살배기가 입학하러 왔나 싶었다니까요!"

"기억하고 말고, 한 자릿수 파라미터는 일찍이 본 적이 없어. 충격이야! 아니, 촌극이었어!! 그 무렵, 파티에서 할 이야기가 없을 때 어찌나 도움을 받았던지!"

"무능한 데다가 자신의 처지도 몰라. 마치 그 무기 상인처럼. 뭘 보고 그랬는지 건방지게 기사 공작 가문한테 혼담을 다 꺼내고……."

"어머, 저는 본인들의 간곡한 희망이라고 들었는데요? 두 사람의 혼인에 즈음해서 페르구스 공이 얼마나 각 방면으로 동분서주했는지…… 그때 화제였어요. 그런데 걸레 같은 년이 그 헌신을 배신했지 뭐예요!"

"뿌리부터 천해서 그래! 역시 평민계급은 모조리 하층 거주구로 내쫓고, 프란돌은 우리 귀족만의 것으로 해야 하는 거 아니야? 내 탁월한 선견에 따르면──."

"…………워."

나직이 끼어든 목소리에 열띤 의논은 갑자기 가라앉았다.

좁은 감옥 같은 피고인석에 있는 메리다가 부들부들 온몸을 떨고 있다. 작지만 들을 수밖에 없는 감정적인 목소리였다. 모두 뭐지, 하고 눈살을 찌푸린 순간——.

"시끄러워어어————————————————!!"

초음파가 아닐까 싶을 정도로 큰 소리가 메아리쳐서, 과장이 아니라 실제로 울타리가 찌르르 떨렸다. 아이고 어른이고 할 것 없이 모두 견디지 못하고 흠칫 물러나고, 갤러리 한 명은 높은 그 위치에서 굴러떨어질 뻔하여 기겁했다.

폐 속의 공기를 전부 폭발시킨 메리다의 어깨가 크게 들썩였다.

하지만 거기서 끝이 아니었다.

"시끄러워! 시끄러워! 시끄러워! 남들보다 높은 곳에 있어야 입을 여는 주제에 아버지랑 어머니를 나쁘게 말하지 마!!"

"뭐뭐, 뭐라고, 무례한……."

"당신들이 어머니에 대해 뭘 알아?! 난 전부 기억해, 어머니가 살아 계셨을 때의 추억, 전부 내 보물이니까! 어머니는 나랑 아버지를 마냥 사랑해 주셨어! 내가 《내통한 자식》이라는 건 결단코 있을 수 없어!!"

"……!!"

방청석의 마네킹들이 압도된 것처럼 물러난다. 마치 감옥 안에서 날아오르는 아기 새처럼, 파란 스커트를 펄럭이며 메리다는 결연하게 한 발자국 내디뎠다.

"그걸 내가 증명할 거야! 더욱더 강해져서 성도 친위대에 들어가 전국의 사람들이 인정할 만한 《엔젤 가문의 아이》가 되어 보이겠어! 아버지와 어머니의 사랑을 증명해 보이겠어!! 내가 낙오자라도, 무능영애라도, 절대로 포기하지 않을 거야……! 당신들 따위한테 질까 보냐아————————!!"

방청석 후열에 있었던 마네킹들이 이번에는 의자에서 굴러떨어졌다.

주관의 벽 건너편에 있는 어른들은 모두 압도되어 입도 열지 못하고 있다.

허구의 정원에 메리다의 거친 숨소리만이 울려 퍼지는 가운데————.

재판장석에 앉은 지푸라기 인형이 장난스러운 동작을 관두고 조용히 금발 소녀를 내려다보았다.

"……그래. 네가 팔라딘을 소망하는 까닭은 죽은 어머니의 명예 때문이었던 셈이군."

훗, 청년이 비웃는 듯한 광경을 메리다는 떠올렸다.

"소문대로군, 메리다 엔젤. 그리고 생각했었던 것 이상으로 성가신 상대야."

"어……?"

"그렇다면 증명해 보이거라. 그 가시밭길을 나아가고자 한다면 우선 내가 준비한 장해물을 뛰어넘어 보이는 거다. 네가 정말로 기사 공작 가문과 나란히 설 수 있을지 어떨지를 말이야."

하트의 킹이 한쪽 손을 들고 손가락을 딱 울렸다.

그러자 크림색 상공에서 웬 사람이 내려왔다. 매처럼 급강하해 분진을 일으키면서 착지. 휘이잉! 하고 번진 바람이 안개를 내쫓는다.

복숭앗빛 머리카락을 나부끼는 그녀는 군복과 비슷한 재킷에 퀼로트 스커트를 입었다. 흰색을 베이스로 하여 검은색과 붉은색 포인트가 들어간 복장은 어딘지 모르게 트럼프 카드를 연상케 한다. 깊숙이 눌러쓴 군모가 눈가를 감춰 비취색 눈동자에 어두운 그림자를 드리우고 있다.

"살라샤 양……?"

"………….."

이렇게 정체가 보이는 것은 강한 인연이 맺어져 있다는 증거. 그러나 쉬크잘 가문의 영애는 메리다의 부름에 답하지 않고, 손에 든 창을 마구잡이로 휘둘렀다. 그럼에도 섬세한 궤적을 그린 창끝이 피고인석을 에워싸는 울타리를 멋지게 베어 날려버렸다.

높은 재판장석에 앉아 으스대는 지푸라기 인형은 다시금 과장된 동작으로 팔을 내려쳤다.

"가라, 내 충의의 기사 《잭》! 엔젤 가문에 만연하는 기만을 폭로하도록. 그 창끝을 가짜의 피로 더럽혀라!!"

마치 꼭두각시 인형처럼 살라샤가 매끄럽게 창을 돌리고서 낮은 자세를 잡는다. 반사적으로 그 넓은 리치에 위협을 느낀 메리다는 후방으로 잽싸게 물러섰다.

"자, 잠깐만! 그만둬, 살라샤 양!"

"가능하면 이렇게 되기 전에 막고 싶었는데——."

잠깐의 틈도 주지 않고 돌격할 타이밍을 가늠한 살라샤는 눈살을 찌푸리고 대답했다.

"이렇게 된 이상 어쩔 수 없어요. 최소한, 이 손으로 신속히 끝내드리겠습니다. 그것만이 저의—— 긍지!!"

살라샤의 발밑에서 흙덩이가 튀었고, 동시에 메리다는 칼집에 손을 뻗는다.

최속의 창과 순속의 칼이 격돌해 울린 날카로운 금속음이 개전의 신호가 되었다.

"리타!!"

곧장 변호인석을 박차고 나온 엘리제는 직후 등 뒤에서 내찌른 도신에 움직임을 봉쇄당했다. 목덜미에 바짝 붙어 엘리제를 견제하는 것은 흉악한 대검이었다.

"우후후, 엘리제의 상대는 바~로~ 나."

고양이 같은 날렵함으로 배후를 잡은 뮬이 유쾌한 미소를 짓는다. 대조적인 감정을 나타내듯, 어깨너머로 그녀를 응시한 엘리제는 얼어붙을 정도로 차가운 음색으로 말했다.

"방해하지 마."

벼락같은 속도로 뽑힌 장검이 대검을 예리하게 물리친다. 계속되는 두 번째, 세 번째 공격을 뮬은 교묘한 검술로 막아냈다.

공작 가문 네 아가씨의 온몸으로부터 동시에 빛깔이 다른 마나가 드높이 솟아오른다.

마치 불협화음의 봉화처럼——.

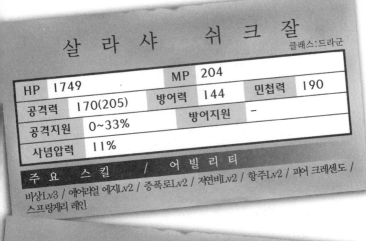

살 라 샤 쉬 크 잘

클래스:드라군

HP	1749		MP	204		
공격력	170(205)		방어력	144	민첩력	190
공격지원	0~33%				방어지원	—
사념압력	11%					

주요 스킬 / 어빌리티

비상Lv3 / 에어리얼 에지Lv2 / 증폭로Lv2 / 저연비Lv2 / 항주Lv2 / 파이어 크레센도 /
스프링게리 레인

뮬 라 모 른

클래스:디아볼로스

HP	1900		MP	179		
공격력	200		방어력	162	민첩력	151
공격지원	—				방어지원	—
사념압력	11%					

주요 스킬 / 어빌리티

재해LvX / 흡수공격Lv3 / 증폭로Lv2 / 저연비Lv2 / 항주Lv2 /
이블리스 팡 / 나씽 나이트

[용 기 사 / 드 라 군]

다른 클래스와는 일선을 긋는 《비상》 어빌리티를 지녀 가공할 만한 도약력과 체공능력을 발휘하
는 공격수 클래스. 관성을 모조리 공격력으로 바꾸는 창의 명수로, 적의 진형을 상공에서 무너뜨
리는 모습은 한마디로 압권이다. 방어성능이 약간 떨어지지만 3차원적인 기동을 자유자재로 하
는 드라군에게는 아무리 강력한 공격일지언정 닿지 않는다.
적성[공격: A 방어 : B 민첩 : S 특수 : 대지공격S 공격지원 : A 방어지원 : —]

[마 기 사 / 디 아 볼 로 스]

전 클래스 중 단연 최고의 공격성능을 자랑하는 최강이자 최흉의 섬멸전용 클래스. 그 진수는
고유 어빌리티 《재해》로, 적의 마나를 먹고 빼앗는 성능 때문에 정면전투에서는 비길 데 없는
강력함을 발휘한다. 또 적과 아군을 가리지 않고 모든 지원능력을 무효화시키는 특성을 가져 단
독으로 전장을 지배할 수 있을 만큼 풍부한 포텐셜을 지니고 있다.
적성[공격: S 방어: A 민첩: B 특수: — 공격지원: — 방어지원: —]

LESSON : Ⅷ ~춤춰라 바이올린~

쉬크잘 가문의 《드라군》이라면, 다루기 어려운 창이라는 무기를 손발보다도 능숙하게 다루는 뛰어난 솜씨의 무인이다. 원심력과 관성을 남김없이 창끝에 모은 그 일격은, 일점돌파의 파괴력이라는 의미에서는 모든 클래스 중 최고가 아니냐는 견해도 강하다.

거기에 특필할 만한 사항으로, 사무라이 클래스조차 능가할 정도로 뛰어난 민첩력 적성을 들 수 있겠다. 적에게 무기를 뽑을 틈조차 주지 않고 천지를 제압하는 그 모습은 《패자(覇者)》라고 부르기에 걸맞다──.

이전, 가정교사로부터 지도받은 드라군에 관한 지식을 메리다는 똑똑히 실감하는 중이었다. 눈앞에 어른거리는 창끝은 이쪽의 움직임을 위협하면서도 날카로운 동시에 자유자재로 페인트를 걸었고, 이어지는 준열한 파고들기. 찔리기 직전 칼을 번쩍 올리니 뺨 바로 앞에서 금속음과 불똥이 튀고 창이 위로 올라갔다.

기회라고 판단해 파고드니, 살라샤는 춤을 추듯이 온몸을 회전시켰다. 연동하는 창자루가 윙윙거리며 옆구리를 노렸고, 그것을 간신히 막아낸 메리다는 그러나 후방으로 튕겨져 나갔다.

"크윽……!"

낙법을 쳐서 상체를 반동으로 일으키고, 드라군의 움직임을 견제하듯이 칼끝을 내밀었다.

압도적으로 긴 무기를 유유히 집어 돌리는 살라샤가 눈썹 하나 움직이지 않고 말했다.

"좋은 반응이에요. 하지만 메리다 씨, 너무 저항하지 말아 주세요. 전 당신의 피를 보고 싶지 않아요……. 모의전투용이라고 해도 드라군의 일격을 받으면 그냥은 끝나지 않습니다."

"상냥하기도 하네. 그래도 사무라이 클래스를 너무 얕보지 않는 편이 좋을 거야."

메리다는 일도류로 손잡이를 다시 쥐고서 과감하게 땅을 걷어찼다. 양성학교 1학년으로서는 파격적인 속도. 그러나 창끝이 닿는 간격에 파고든 순간 살라샤가 중얼거렸다.

"쓸데없는 짓을."

두 사람의 팔이 희미해졌다. 너무 빨라서 보이지 않는 것이다. 살라샤는 양팔을 쫙 펴서 초고속으로 창을 움직여, 필살의 절단력을 지닌 창끝이 잔상과 함께 춤춘다. 메리다의 칼이 유성과도 같은 궤적을 그리고, 백화의 칼놀림이 그것을 모조리 격퇴한다. 지치지 않는 금속음이 허공을 가르고, 공간을 태울 정도로 불똥이 쉭쉭 흩날린다.

즉시 후방으로 재주를 넘으면서 메리다는 눈살을 확 찌푸렸다.

"간격이 넓어……!"

전투가 시작되고서 이쪽, 자신은 살라샤의 간격 안에서 공격을 견뎌내는 데 불과하다. 도저히 칼의 간격까지 거리를 좁힐 수가 없다.

그렇다면, 하고 메리다는 칼을 하단으로 내리고 다시 한번 돌격을 감행했다. 하지만 살라샤는 그것을 평가절하했다.

"몇 번을 반복해도 소용없어요!!"

적의 속도와 자신의 리치를 역산해 살라샤가 일말의 오차도 없는 타이밍에서 창끝을 쳐올린다. 그것을 메리다는 칼을 사용해 막지 않았다. 창의 간격이 닿을락 말락 한 바깥쪽에서 막무가내로 버틴 다음, 온몸의 탄력을 동원해 상반신을 젖힌다.

구두 밑에서 지면이 파이고, 코끝 불과 몇 센티 거리에서 창끝이 스쳤다. 더욱 놀랍게도 메리다는 그 억지로 만든 자세에서 몸을 앞쪽으로 기울게 하려고 상체에 센 반동을 주며 지체 없이 지면을 박찼다. 유연하게 울부짖는 두 다리와 흩날리는 금발에 살라샤의 눈이 휘둥그레진다.

"뭣……?!"

깜짝 놀라 몸이 굳을 틈도 없이 목덜미를 노리는 검섬을 창으로 요격. 그 반발을 이용해서 이번엔 살라샤가 잽싸게 물러섰다. 손가락이 찌르르 떨리는 가차 없는 공격력.

창을 빙그르르 돌리고 빈틈없이 견제하면서 살라샤는 뺨에 식은땀을 흘렸다.

"……믿을 수 없어요. 피한 것도 그렇지만, 그 자세에서 거리를 좁힐 줄이야."

"선생님이 매일 유연하게 만들어 주고 있거든."

아무것도 아니란 식으로 대답하면서 메리다는 오른손으로 칼
자루를 쥐고, 왼손을 칼자루 끝에 댔다.

"확실히 제대로 단련도 하지 않고 그런 턱없는 짓을 했으면 몸
이 망가졌을지도 몰라. 진짜, 선생님의 레슨은 군더더기가 없
다고 해야 할까, 여념이 없다고 해야 할까……."

"…………."

"아무튼 지금 걸로 네 간격은 파악했어. 더는 여유롭게 있을
수 없을 거야."

메리다는 천천히 거리를 좁혔다. 땅을 미끄러지는 듯한 유연
한 보법. 어쩐지 사신과 대치한 것 같은 기분이 든 살라샤는 입
술을 꽉 다물었다.

마치 창의 리치가 하나의 원으로 보이는 양, 메리다는 간격의
정확한 바깥쪽에 멈추어 섰다. 살라샤의 보폭을 일말의 오차도
없이 뒤쫓고, 자잘한 페인트에는 일절 응하지 않는다. 그런데
도 이쪽의 공격을 유도하는 절묘한 포지션을 계속 유지하고 있
다──.

"크윽……!"

살라샤는 이를 악물었다. 인정하지 않을 수 없는 강적이다. 하
지만 그것을 증명해 버릴 수는 없다. 혁신파《오페라시옹》의 목
적은 엔젤 가문을 깎아내리고, 메리다를 음모의 소용돌이 속에
서 끌어내려── 궁극적으로는 그녀의 안전을 지키는 것이니까.

움츠러질 것 같은 약한 마음을 필사적으로 잡아매고, 살라샤는 고함을 질렀다.

"이야아아!!"

벼락같은 파고들기, 빗발치는 연속 찌르기, 폭풍을 연상케 하는 포학함을 풍기며 살라샤가 춤췄다. 밀리 단위의 거리감 따위 지워버린 것 같은 난무 속에서, 그러나 메리다는 눈을 부릅뜨고 적의 일거수일투족을 관찰하고 있었다.

"——으윽."

동시에 메리다는 가늘고 날카롭게 숨을 내쉬며 앞으로 파고들었다. 머리뼈를 꼬챙이처럼 꿰어 버리는 일격을 최소한의 움직임만으로 회피. 얼굴 옆으로 부웅! 공기가 관통한다. 그대로 쓰러지면서 몸을 기울여 지면이 닿을락 말락 한 순간에 총알같이 질주.

지면에서 대나무 숲과 같이 쑥쑥 올라오는 수많은 칼 공격을 살라샤는 춤을 추는 듯한 회전운동으로 받아넘겼다. 발밑에서 효과적으로 움직이는 적을 순식간에 조준하고, 그러나 꿈틀하고 찌르기를 망설인다. 창끝을 지면에 박게 하는 것이야말로 상대의 노림수임을 깨달았기 때문이다.

그렇게 판단했을 때, 옆구리를 둔탁한 충격이 덮쳤다. 지면에서 뛰어오른 적의 족도(足刀)였다. 대처하기 어려운 칼에만 정신이 팔려서 반응이 늦었다. 드로어즈를 입은 메리다의 두 다리가 연이어 킥을 날리고, 살라샤의 시야에 롱스커트 자락이 나부낀다.

"격투……!"

"상대가 무기를 들고 있다고 해서 무기로 공격해 올 거라곤 단정하지 마."

최후의 뒤돌려차기가 장딴지를 노려서 살라샤는 순간적인 판단으로 지면을 박찼다. 파악! 흙덩이를 튀기면서 하늘 높이 날아오른다. 메리다는 헛방을 친 속도를 실어 발도 자세를 취했다. 힘껏 휘두른 발뒤꿈치로 지면을 파헤치면서 적의 잔상을 가볍게 베어 버린다.

휙, 칼끝을 번쩍 올리지만── 경계하고 있었던 머리 위에서의 강습은 없었다.

살라샤의 모습을 찾다 메리다는 깜짝 놀랐다.

20미터는 도약했던 어린 드라군은 아무리 지나도 하늘에서 떨어지지 않았다. 마치 파도를 타고 미끄러지듯이 활공하여 새처럼 동그란 궤도를 그리고 있었다.

아득한 높이에서 이쪽을 내려다보던 비취색 눈동자가 순간 날카로운 적의를 발했다.

시위를 벗어난 화살촉같이, 살라샤는 최고속도로 지면을 향해 돌진했다. 메리다는 본능적으로 위기를 느끼고 회전하면서 도약 회피. 그 잔상을 관통하듯이 천상에서 떨어진 일격이 대지를 뚫었다. 장렬한 격돌음과 함께 크고 작은 흙덩이가 사방으로 튀었다.

그 파장에 후방으로 밀려나면서도 메리다는 착지와 동시에 과감하게 파고들었다. 허점투성이로 쭉 펴진 적의 팔을 노리지만

―― 믿을 수 없는 광경이 펼쳐졌다. 대지를 뚫은 충격은 빨려 들어가듯이 창으로 되돌아갔다. 즉, 박혀 있었던 창과 함께 살라샤의 몸이 뛰어오른 것이다. 도저히 예상할 수 없었던 것이라, 메리다도 경악하지 않을 수 없었다.

칼은 아예 엉뚱한 공간을 갈랐고, 반면 경쾌한 도약을 반복한 살라샤는 다시 투웅, 하고 지면을 찼다. 고작 수십 센티의 점프에서 단숨에 힘을 불려 아득한 상공까지 날아오른다. 어안이 벙벙해진 메리다는 잠시 그것을 지켜보았다.

"저것이 드라군의《비상》어빌리티……!!"

저 황당한 공중기동, 스승에게 배우고, 메리다가 상식으로 알아온 인간의 거동을 완전히 무시하고 있다. 등이라기보다는《다리》에 날개가 돋은 것 같은 느낌이다. 어디까지나 에너지의 발생원은 그녀의 두 다리. 하지만 그 방향성을 섬세하게 컨트롤해서 압력을 폭발적으로 증가시키는 날개가 그녀에게는 갖춰져 있다.

맹금류처럼 사냥의 순간을 지켜보면서, 바람에 감싸여 살라샤가 중얼거린다.

"설마 전력으로 상대하게 될 줄이야……. 정말로 강하군요, 메리다 씨는."

하지만, 하고 살라샤는 장대한 창을 가냘픈 어깨에 올렸다.

복숭앗빛 마나가 솟구쳐 창끝에 연동되고 화살촉 몇 개가 휘감겨 붙었다.

"이 상태로 접어든 이상, 당신에게 승산은 없어!《스프링게리 레인》!!"

눈에 보이지 않는 활이 살라샤의 몸을 발사하고, 동시에 마나 화살이 연달아 사출된다. 상공에서 쏟아지는 복숭앗빛 소나기에, 메리다는 다짜고짜 지면을 박찼다.

직후, 대지를 유린한 드라군의 창 사이를 그녀는 오로지 한마음으로 달려 나갔다.

폭격의 음색이 울려 퍼질 무렵, 정원 대각에서는 흑백 두 가지 색의 뇌격이 충돌하고 있었다. 눈에 보이지도 않을 만큼 빠른 고속전투를 벌이는 저쪽의 페어와는 정반대로, 이쪽의 두 사람은 공격 하나하나가 묵직해, 검이 서로 겹치는 순간은 장엄한 그림이 되어 보는 이의 의식에 강렬한 인상을 남겼다.

뮬이 엘리제를 농락하듯 요정의 춤을 연상케 하는 발놀림으로 엘리제의 주위를 돈다. 반면 엘리제는 조금도 움직이지 않고 그 거동을 관찰하고 있나 싶었더니, 적이 등을 돌린 순간에 칼끝을 냅다 올렸다. 또 마치 그것을 예견하고 있었던 것처럼, 보지도 않고 번쩍인 뮬의 오른팔이 대검을 물리쳤다.

두 가지 색의 마나가 격돌하고, 뮬은 빙그르르 돌아 장검을 연주하고 다시 스텝을 밟는다. 무방비인 것 같은데 전혀 틈이 없다. 엘리제는 이쪽에서 과감하게 쳐들어갈 각오를 하고 양손으로 칼자루를 세게 고쳐 쥐었다. 순간 뮬의 구두 끝이 움직임을 멈춘다.

얼어붙은 것 같은 정적——.

직후, 검격의 난무가 두 사람의 중간에서 미쳐 날뛰었다. 위치는 변하지 않는다. 그저 있는 힘을 전부 쥐어짠 속도로 무기를 흔들 뿐. 두 사람의 팔이 잔상을 그리고, 그려진 검의 궤적이 허공에 여러 마디를 남긴다. 공격 하나하나가 아주 큰 파괴력을 동반했고, 튄 불똥은 두 기사의 어린 미모를 채색했다.

마지막 합이 키잉! 소리 높이 터지고, 팔라딘과 디아볼로스는 몇 미터씩 후방으로 밀려났다. 손가락 끝이 저린 것을 힘껏 참으면서 엘리제는 눈살을 확 찌푸렸다.

이쪽은 당연히 진심이고, 뮬도 대충하고 있지는 않을 것이다. 실력은 팽팽하다……. 하지만 그 이전에, 메리다나 학원 동급생들, 가정교사 로제티와 겨뤘을 때는 결코 느낀 적이 없는 이 위화감을——.

마음속을 꿰뚫어 본 것처럼, 여전히 틈을 읽을 수 없는 자세로 뮬이 미소 지었다.

"깨달았어? 엘리제. 그래, 우리는 아무리 겨뤄봤자 결판이 안 나. 마나를 회복하는 너와 마나를 흡수하는 나. 최고의 방어 성능을 갖춘 팔라딘과 최강의 공격성능을 자랑하는 디아볼로스……. 우리는 궁합이 너무 좋아."

"너무 나쁘다고 말해. ——그걸 알고 있다는 것은, 네 목적은."

시간 끌기……. 입에 담지 않은 그 말에 뮬은 얌전히 고개를 끄덕였다.

"이 무대의 주역은 어디까지나 저쪽의 두 사람이니까. ——저 봐, 엘리제. 사라가 드디어 공격 스킬과 《비상》 어빌리티까지 봉인을 푼 것 같아. 메리다는 이젠 어찌할 방법이 없겠네. 하지만 당연해, 팔라딘, 드라군, 디아볼로스……. 3대 기사가 뒤섞인 이 전장에 하급 클래스인 사무라이 따위가 나설 장면은 없으니까."

뮬은 키득, 입술을 일그러뜨리고 시선을 잠깐 돌렸다. 그녀가 힐끗 신경 쓴 곳, 검찰관의 자리에서는 《안데르스의 사본》이 효과를 계속 발휘하는 중이었다. 펼쳐진 책이 팔랑팔랑 저절로 넘어가 공백 페이지에 이야기가 계속 가필되고 있다.

"메리다의 패배가 전국에 알려지면 이제 그녀가 엔젤 가문의 핏줄이라고 믿는 사람은 없어지겠지. 팔라딘 클래스도 아니고, 동갑인 공작 가문 아가씨에게 압도적인 대패를 당하면 말이야……. 메리다가 궁지를 타파하기 위해서는 이기는 것 말고는 없어. 그런데── 아아, 이를 어쩐담!"

뮬은 요란하게 양팔을 펼쳤다. 허점투성이 같은데 역시 유효타의 이미지가 솟지 않는다. 엘리제는 얼음 같은 부동자세를 유지하면서 그녀의 말에 귀를 기울였다.

"메리다한테는 만에 하나의 승산도 없어! 왜인지 알아? 엘리제, 우리 상급 클래스의 강화 적성을 본 적 있지? 드라군 클래스의 적성은【공격력:A】【방어력:B】【민첩력:S】……. 요컨대 사라는 사무라이 클래스인 메리다의 어드밴티지를 전적으로 누르고 있어!!"

아무렇게나 내려친 대검의 두꺼운 칼끝이 엘리제의 눈앞에서 정지했다. 갈라진 바람에 은색 앞머리가 들썩인다. 도신을 사이에 두고 시선이 충돌하고, 불똥이 흩날렸다.

"너의 움직임은 내가 막겠어. 저쪽의 결투를 방해하게 두진 않을 거야. ──미안해, 엔젤 자매. 이 비블리아 고트에서 우리가 만났을 때부터……. 아니, 반년 전 루나 뤼미에르 선발전에서 메리다한테서 훈장을 받은 그 순간부터! 이날의 결말은 정해져 있었던 거야!!"

흑수정의 요정은 희색을 띠고 소리 높이 단언했다.

그녀의 머리카락은 빛을 거둬들여 어딘가 반투명하게도 보인다.

칠흑 속에 보이는, 때 묻지 않은 순백을 살짝 엿보기라도 한 걸까──.

엘리제는 장검 끝을 약간 내리고 중얼거렸다.

"……너에게선 거짓말쟁이의 냄새가 나."

"뭐어?"

"선발전 때, 리타가 나한테 자랑했어. 아주 예쁜 애랑 아는 사이가 됐다고. 같은 반 애들하고는 뭔가 분위기가 다른, 특별한 친구가 될 것 같다고."

뮬은 미소 지었고, 그러고 나서 눈살을 찌푸렸다. 내리깔린 기다란 속눈썹이 눈동자에 그림자를 비춘다.

"……그래. 하지만 이젠 싫어하겠네."

"난 그때부터 네가 마음에 들지 않았는데, 이렇게 직접 만나 보니 리타가 너한테 끌렸던 이유도 어쩐지 알 것 같아. 넌 우리한테 거짓말은 하고 있지 않아. 하지만 자신을 속이고 있어. ──

리타를 진짜로 좋아하는 거지? 그런데 왜 이런 짓을 한 거야? 저 《지푸라기 인형》한테 충성이라도 맹세했어?"

훗. 흑수정 소녀가 살짝 조소했다.

과연 누구를 향해서였을까.

"당연하잖아. ……난 친구를 아주 좋아하니까."

"……뭐, 말하고 싶지 않으면 됐어. 그런데 넌 한 가지 착각하는 게 있어."

이번엔 엘리제가 검을 들어 뮬의 눈앞에 칼끝을 들이댔다. 디아볼로스의 앳된 미모가 이해할 수 없다는 듯이 일그러진다.

"착각하고 있다고?"

"한 가지 물어볼게. 너하고 살라샤, 어느 쪽이 강하지?"

"으음, 글쎄……. 진심으로 붙은 적은 없지만 비슷하다고 봐."

"그렇다면 안심이야."

검을 휙 털고 엘리제는 하단 자세로 공격 준비를 했다. 검을 당기자 눈사태와도 같은 마나의 압박감이 뿜어져 나왔고, 뮬은 바로 대검을 돌리며 맞설 태세를 취했다.

"너하고 비슷한 수준이라면 리타는 지지 않아. 리타는 우리 중에서 제일 강하니까."

"엄청난 신뢰군. 이번엔 그 선생의 비책이 없는데?"

"작전은 없어도 리타 뒤엔 항상 그 선생님이 붙어 있어. 네가 리타를 생각해서 리타를 깎아내리겠다면, 난 리타 뒤에서 리타를 지탱할 거야. ——그게 나의 긍지야."

낮고 고요하게 빙설의 마나가 해방된다. 절대영도의 왕녀는 계속해서 말했다.

"시간 끌기로 끝날 거라 생각하지 마. 지금부터는 전력으로 간다."

대검의 끝이 천천히 들어 올려진다. 칠흑의 불길로 채색되면서, 요정은 웃었다.

"멋져……!"

직후 하얀 칼과 검은 칼이 정면으로 격돌, 찰나의 우렛소리가 하늘을 가로질렀다.

† † †

공작 가문 아가씨들의 격렬한 전투를, 세르주 쉬크잘 공작의 부름 아래 모인 십수 명의 혁신주의자들이 높은 곳에 앉아 구경하고 있다. 《발터의 환상담》 속에 제 발로 들어간 그들의 기분은, 이전에 뮬이 지적했던 대로 《쇼》의 감상, 딱 그것이었다. 왜곡된 주관이 한층 더 현실미를 상실시키는 세상에서, 그들은 가면 속에서 저마다 한마디씩 비평을 입에 담는다.

"우세하군요."

누군가가 득의양양하게 말하자 다른 모두가 거듭 고개를 끄덕인다. 눈 아래에서 열리고 있는 《공연》은 궁정이 보증하는 가극단의 무대보다도 훨씬 화려했다. 백은의 팔라딘과 칠흑의 디아볼로스가 벌이는 일진일퇴의 검무. 다른 한편에서는, 속수무책인 하급 클래스를 신이 내린 벼락같이 밀어붙이는 경쾌한 드라군…….

그들의 주관도 왜곡된 관계로, 어른들 눈에 엔젤 자매의 모습은 《유리 눈을 한 *비스크 돌》로 비쳤다. 외견이 똑같은 두 개 중에 은색 머리카락이 엘리제, 금실 머리카락을 휘날리는 다른 하나가 메리다겠다.

금발 인형이 꼴사납게 쓰러지고도 포기하지 않고 벌떡 일어나는 모습에 누군가가 콧방귀를 뀐다.

"정말 볼품없긴. 저런데 기사 공작 가문 아가씨라고 잘도 지껄였었지."

"보세요, 조금 전부터 검을 휘두르는 것조차 못하고 있어요. 차라리 검을 버리고 살라샤 양에게 용서를 구하면 될 것을……."

"자자, 여러분, 그렇게 말씀하시지 마세요. 상대는 아직 어린애입니다, 어린애! 오기가 있는 거겠죠."

"아무래도 우리가 양식을 갖춘 인간으로서 따뜻하게 지켜봐 주어야 하지 않겠습니까. 그 왜, 사냥은 사냥감이 도망치면 도망칠수록 흥이 오르는 법이잖아요?"

"크하하! 재미있는 소릴 다 하시네!"

가면을 쓴 신사숙녀들은 좋게 말하면 유쾌하게, 나쁘게 말하면 상스럽게 깔깔댔다.

그들의 비평회를 귀 끝으로 파악하며 재판장석에서 하트의 킹

---

*비스크 돌: 가마로 자기를 여러 번 구워 만든 인형.

을 연기하는 세르주 쉬크잘 공은 조금도 웃지 않고 전황을 응시하고 있었다.

"썩은 눈깔들한테는 저게 우세한 걸로 비치나 보군……?"

깍지 낀 손바닥 밑으로 중얼댄 목소리는 그 말고 누구에게도 닿지 않았다.

쉬크잘 가문의 젊은 당주이자 프란돌 굴지의 무인이기도 한 그는, 자신의 여동생과 무능영애의 결투를 냉정하게 분석하고 있었다. 확실히 갤러리의 눈에는 살라샤가 일방적인 공세를 취하고 있는 것처럼 보일 것이다. 하지만 그녀의 실력을 완전히 파악하고 있는 오빠 세르주는 안다. 힘겨워 얼굴을 찡그리고 있는 살라샤의 속내를.

──공격할 수 없다?!

동생과 완전히 똑같은 경악이 세르주의 뇌 내에 싱크로한다. 살라샤는 저래 봬도 틀림없이 가진 힘을 전부 내고 있다. 그런데도 적에게 유효타를 주지 못한다. 빗발 같은 찌르기를 최고속도로 가해도, 공격 스킬을 수차례 사용해도 메리다는 그 전부를 회피하는 것이다.

끝없는 스태미나……. 하지만 그 이상으로 경탄스러운 것은 저 멘탈이다. 보통은 이렇게까지 압도적으로 휘둘리면 의욕부터 꺾이기 마련. 그때 육체의 톱니바퀴가 틀어지고 치명적인 틈이 생기는 법이다.

그런데 메리다 엔젤에게는 그런 기미가 일절 없다. 뺨을 흙으로 더럽히면서도 상공의 적을 똑똑히 주시하고, 그 번뜩이는 안광은 반격의 이빨을 꽂을 순간을 이제나저제나 하며 지켜보는 느낌마저 든다. 사냥당하고 있는 쪽이 도대체 누구인가—— 이것이 살라샤를 초조하게 만드는 요인의 하나일 것이다.

쉬크잘 공은 턱에 손가락을 대고 금발 비스크 돌의 일거수일투족을 분석했다.

스테이터스는 확실히 드라군 클래스인 살라샤가 높을 것이다. 그러나 메리다의 강점은 그것만이 아니다. 상황 판단력, 사고 순발력, 응용력, 자신의 허점을 없애고 상대의 허점을 들추어내는 테크닉……. 그러한 《스테이터스에 나타나지 않는 힘》이 뛰어난 것이다.

흔한 학생과는 일선을 긋는다. 그렇지만 실전을 쌓은 기사와도 인상이 다르다.

말하자면—— 살인 청부업자의 전투방식에 가깝다.

쉬크잘 공은 의자 등받이에 체중을 맡기고 입술을 손가락 끝으로 어루만졌다.

성 프리데스위데 여학원의 교육방침에서는 있을 수 없는 일. 따로 있다.

——누구지? 저 소녀를 교육하고 있는 자는?

세르주의 가슴속에 처음으로 싹튼 그 의문을, 곧바로 창의 신음소리가 잘라 버렸다. 지상을 도망 다니고 있었던 메리다가 순간 걸려 넘어진 것처럼 보여서 살라샤가 승부를 건 것이다.

한층 더 격렬한 폭발음과 함께 살라샤가 상공에서 급강하, 수직으로 바람을 가로지르는 창끝이 메리다의 정수리를 정확히 겨냥했다. 격돌까지 겨우 콤마 몇 초까지 육박한 순간——.

쉬크잘 공은 의자를 걷어차고 자기도 모르게 일어나 있었다.

"안 돼, 살라샤!! 적은 너의 허점을——!"

† † †

오빠의 목소리를 어렴풋이 귀가 인식했다고 생각한 그 순간, 살라샤의 의식은 한층 더 경악스런 광경에 의해 날아가 버렸다. 창끝이 확실히 표적의 어깨를 꿰뚫는 걸로 보였던 그때, 메리다는 한쪽 다리를 축으로 삼아 몸의 반신을 돌려서 종이 한 장 차이로 직격을 피한 것이다. ——실로 절묘한 타이밍이었다.

크게 휘둥그레진 살라샤의 눈동자는 그래도 계속해서 메리다가 회피운동과 동시에 오른쪽 팔꿈치를 힘껏 뒤로 당기는 장면을 인지했다. 귓가 바로 앞에 있는 입술이 움직인다.

"겨우 잡았네."

퍼억!! 혼신의 팔꿈치 공격이 살라샤의 턱을 때렸다. 거의 카운터로 들어온 충격에 천하의 드라군도 창을 놓치고 잔디밭을 데굴데굴 구른다.

신음하고 있을 틈도 없이 메리다가 지금이라는 듯 거리를 확

좁혔다.

"이제 하늘로는——."

일어서려고 한 살라샤의 왼쪽 다리를 뛰어오자마자 연속으로 후려 차고서,

"못 도망가!!"

물 흐르는 듯한 모의도의 일섬이 오른쪽 다리를 강타한다. 발 밑에서 누가 건져 올려낸 것같이 허공을 날며 요란하게 회전한 살라샤는 털썩, 지면에 떨어졌다.

"크으……으윽……."

지면에 손을 짚은 살라샤는 이미 상체를 들어 올리는 게 고작 이었다. 《비상》어빌리티의 핵심인 다리를 당했다. 이 상태에 서 지상전으로 끌고 가도 승산은 희박하다——.

살라샤는 결국 거기서 사고의 종착점에 이르지 않을 수 없었다.

드라군 클래스인 자신이 지상전에서 우위에 서는 것은 불가능 하다.

비장의 수인《비상》어빌리티도 정면에서 격파당했다.

다시 말해 메리다 엔젤은 사무라이 클래스이지만, 어엿한 기 사 공작 가문의 강력한 마나를 물려받은 자신보다——.

이 이상 친구에게 고통을 주는 것은 본의가 아닌지, 메리다는 천천히 칼을 내렸다.

"……살라샤 양, 그리고 뮬 양도 들어줘. 내가 기사 공작 가문 태생인데도 팔라딘의 힘을 가지지 않았기 때문에, 많은 사람한 테 폐를 끼치기도 했고, 혼란을 주기도 했고, 불안하게 만들기

도 했어. 나도 다 알아. ──하지만 나는 사무라이 클래스라는 사실에 긍지를 가지고 있어! 《그 사람》과 똑같은 사무라이여서 나는 일어설 수 있었고, 그 사람의 뒤를 쫓아가야겠다는 생각에, 앞으로 나아갈 용기를 낼 수 있는 거야!"

"……."

살라샤는 메리다를 쳐다볼 뿐 대답은 할 수 없었다. 메리다가 자신의 가슴에 손바닥을 댄다.

"설령 누군가가 『클래스를 바꿔 주겠다』고 해도, 나는 거절할 거야. 나는 나대로, 지금 이 모습으로 사람들한테 인정받을 거니까. 《무능영애》 소리를 들어도, 핏줄을 의심받아도 상관없어……. 나는 엔젤 가문의 성기사야!!"

그 목소리는 거짓의 법정에 드높이 울려 퍼져, 허구의 안개를 선명하게 제거했다. 살라샤는 강한 빛을 본 것처럼 한쪽 눈을 감고, 엘리제는 엷은 미소를 지었으며, 뮬은 안타까워하며 입꼬리를 올린다.

그리고 방청석에서 할 말을 잃고 있었던 갤러리 중 누군가가 천천히 말했다.

"……저, 저기, 제가 조금 생각하는 바가 있습니다만."

그렇게 발언한 남자에게 방청석의 전원이 돌아보았다. 압박감에 목소리가 더욱 떨린다.

"저 무능영애가── 아니, 메리다 양이 정말로 페르구스 공의 친딸일 가능성은 없을까요……? 그녀의 말대로 마나의 각성이나 클래스가 다른 것은 단순한 불행에 지나지 않았다고 한다면? 그, 그 경우 저희는 지금 프란돌을 상대로 엄청난 반역행위를 행하고 있는 격이 되는 건 아닌지……?!"

몹시 조용해져 있었던 일동에게 그 목소리는 파도처럼 침투해──.

끝이 없는 공명현상을 일으키듯 공황을 불러일으켰다.

"그, 그래서 난 이전부터 생각했었어요! 좀 더 사실관계를 분명히 하고서 행동을 시작해야 하는 게 아닌가 하고!"

"네 이놈, 한 입으로 두말하는 그 혓바닥을 뽑아줄까!"

"으, 으음, 아무래도 패색이 농후하군요……."

"저, 저는 볼일이 갑자기 생각나서 슬슬 가야……."

한 명이 허둥지둥 자리를 뜨자, 남겨지면 안 된다는 듯이 나머지 전원이 의자를 걷어찼다. 높은 울타리 위를 우왕좌왕하다 곧 내려가는 계단이 없음을 깨닫는다.

"쉬크……가 아니라 하트의 킹! 우리는 이제 슬슬 실례하려고 하오!"

"실로 유쾌한 구경거리였어! 또…… 또 연락해 주시게! 꼭 부탁하네……."

"추, 출구 좀 가르쳐 주세요! 돌아갈 차를 부르지 않으면 만찬에 늦고 말아요!!"

마치 거위가 울부짖는 소리와 닮은 아우성을 머리 위로 들으면서, 세르주 쉬크잘 공은 눈썹 하나 까딱하지 않았다. 재판장석에서 툭, 툭 혼잣말을 중얼거린다.

"……안 돼. 글렀어, 이 자들은. 몰리기 시작하면 전혀 도움이 안 돼. 열세에 처하니 오히려 더욱 힘차게 빛나는 저 금색을 조금은 본받아 줬으면 좋겠군."

그래! 지금 막 생각난 것처럼 그는 한쪽 눈썹을 올렸다.

시선은 움직이지 않는다. 눈 아래에는 상처 입고 쓰러진 그의 여동생의 모습이 비친다.

"여기에서의 일은 《없었던 일》로 하자. 응, 그게 좋겠어. 역시 계획에는 모든 상황을 상정해 두어야 하는 법이지. 아아, 미리 손써 두길 다행이야——."

그의 손이 코옹, 나무망치를 내려쳤다.

——만일을 위해서, 가지고 있으렴.

살라샤의 귀에 어째선지 언젠가 들었던 오빠의 말이 되살아났다. 마침 이때 그것이 계기가 된 것처럼, 가슴주머니에서 무언가가 미끄러져 떨어졌다.

정교한 디자인이 입혀진 오래된 만년필. 오늘의 작전이 발안된 오페라시옹의 회합이 있었던 날, 오빠로부터 부적으로 받은 것이다. 귀중한 물건이라는 사실을 떠올리고 바로 뻗친 살라샤의 손끝으로부터 만년필은 쑥 도망가 버렸다.

회전하면서 추락해 펜 끝이 지면에 접촉한—— 그 순간.

끝없이 넘쳐 나오는 새카만 흙이 순식간에 정원을 가득 메웠다.

† † †

"──뭐야?!"

이 현상을 정원 안에서 제일 먼저 파악한 건 뮬라 모르렸다. 살라샤의 발밑에서 거대한 먹물색 용이 몇 마리나 뛰쳐나와 사방천지를 짓밟고 있다.

법정의 책상을 날려 버리고, 크림색 하늘을 새로 칠하고, 높은 울타리에 돌격하더니 엄청나게 큰 구멍을 내 버렸다. 녹색 돈대가 기우뚱하더니 숙녀의 날카로운 비명과 함께 지면에 격돌, 오페라시옹 사람들이 데구루루 떨어진다.

새카맣게 물든 하늘로부터는 때때로 번개가 번쩍였다. 크림색으로 쓰여 있었던 문장이 점점 침식되어 간다. 그것을 올려다보고서 뮬은 험악한 음색으로 중얼거렸다.

"이건 《얼터네이트 만년필》……! 왜 이런 걸 사라가……?!"

"그게 뭐야? 무슨 효과가 있는 건데?"

이미 결투하고 있을 판국이 아니다. 엘리제가 장검을 내리고 빠른 말로 묻는다.

"《마법서의 효과를 다시 쓴다》라는 남다른 위력의 엄청난 희소품이야! 어머니의 연구실에서도 아주 조금밖에 본 적이 없어. 대체 어떻게 이런──."

떨릴 것만 같은 말꼬리에 한층 더 커다란 굉음이 겹쳤다.

만년필의 효력을 알고 있는 뮬마저 이 모양이니, 태풍의 눈에 놓여 있는 살라샤는 극도의 혼란에 빠진 것은 당연하다. 만년필은 흙을 도려내는 것처럼 수직으로 박혀, 그 끄트머리에서 끝도 없는 검은 띠를 계속해서 토해내고 있다. 그것들은 채찍같이 휘어져 잔디밭을 가르고 정원을 파괴했다. 이야기 속 세계를 다시 쓰려는 것이다.

순간, 누군가가 정면에서 뛰어왔다. 금색 머리카락을 나부끼며 나타난 사람은 메리다. 서로 껴안은 자세로 데굴데굴 지면을 구른 직후, 한층 더 커다란 폭발과 함께 먹물색 덩어리가 상공으로 튀어 올랐다. 만년필이 박혀 있었던 장소에는 흉흉한 큰 구멍이 나 있다.

그 구멍 속은 흙이 아니었다. 수많은 층으로 포개진 종잇장이었다. 찢겨진 그 다발 속에서 우글거리며 혐오스러운 무언가가 기어 나오기 시작했다. 계속해서 흘러나와 귀에 거슬리는 종이 소리를 연주하는 그것들은 살라샤나 메리다도 본 기억이 있었다.

"책벌레……?!"

누레지고, 찢어진 페이지로 접힌 거대한 벌레들이 하늘을 향해 이빨을 내밀고 기괴한 울음소리를 냈다. 마치 타이밍을 가늠하고 있었던 것처럼 재판장석에서 목소리가 울렸다.

"아아, 맙소사! 《발터의 환상담》이 폭주를 시작했습니다! 방청석 여러분, 여기는 제가 시간을 벌겠습니다! 한시라도 빨리 도망치세요!!"

왕의 망토를 휘날린 지푸라기 인형—— 아니, 세르주 쉬크잘이 그렇게 경고했다. 호들갑을 떠는 연기가 과한 그 말투에, 오직 뮬 한 사람만이 배후관계에 도달했다.

"오라버니가 사주한 일이었구나……. 하여튼, 정말로 해 버리는 사람이라니까……!"

그녀의 혼잣말은 동시에 터진 비명에 감쪽같이 사라졌다. 혁신파 어른들이 패닉을 일으킨 것이다. 지면에서 솟아 나온 책벌레가 그들에게 덤벼들기 시작했다.

메리다가 즉시 일어서려고 하자 그 멱살을 살라샤가 반사적으로 쥐었다. 메리다를 이대로 가게 해도 괜찮을지 망설이는 것이다. 그러자 소녀의 붉은 눈동자가 살라샤를 일직선으로 꿰뚫었다.

"——정신 차려! 지금 해야 할 일이 뭐야?! 우리는 마나 능력자라고!"

"……!!"

살라샤가 눈을 부릅떴을 때, 두 사람의 옆에서 팔 네 개가 뻗쳐 왔다. 전투를 중단한 팔라딘과 디아볼로스가 각자의 친구를 일으켜 세운 것이다.

더러워진 살라샤의 병정 의상을 가볍게 털면서 뮬이 말했다.

"메리다의 말대로야. 장난은 여기까지, 관객들을 무사히 피난시키자. ——엘리제는 나랑 같이 탈출로 찾는 걸 도와줘. 메리다와 사라는 그동안 시간을 벌고 주고."

순순히 고개를 끄덕이고 막 뛰어나가려던 메리다가 직전에 집게손가락을 척 내밀었다.

"지시하지 마."

"어머, 《부탁》인데?"

평소의 초연한 태도로 뮬이 미소를 지었다. 왠지 모르게 석연치 않았지만 메리다를 비롯한 네 사람은 얼굴을 마주하고 고개를 끄덕인 다음, 두 명이 한 조가 되어 뛰기 시작했다.

메리다는 칼을 하단으로 두고, 나란히 달리는 드라군을 불렀다.

"살라샤 양, 다리는?! ——내가 걱정하는 것도 이상하지만!"

"문제없어요! 전투 한 번 정도라면⋯⋯!"

복숭앗빛 용기사가 부상을 느낄 수 없는 민첩함으로 땅을 달리고 바람처럼 날아가면서 창을 내찔렀다. 세련된 창끝이 직선상에 있던 책벌레 둘을 한 번에 꿰어 버렸다.

메리다도 질 수 없다며 칼을 휘두른다. 문제는 적의 많은 숫자. 바로 허리띠에서 칼집을 뽑아 좌우 이도류 스타일로 전환한다. 적 집단 속을 누비며 춤추듯이 온몸을 회전시키니, 나선상으로 튀어 날아가는 책벌레들이 경쾌한 선율을 연주했다.

그때, 목이 졸린 닭 같은 비명이 울려 퍼졌다.

"끼야아아아아아아아아아악!! 사람, 사람 살려어어어어어!!"

상복 같은 드레스를 입은 마네킹 인형이 주저앉아 비명을 지른다. 목소리로 듣건대 여성 같다. 그리고 그 여성에게 조금씩 다가가는 책벌레가 하나.

메리다는 즉각 뛰쳐나가 괘씸한 종잇조각을 뒤에서 쓸어버렸다. 잘게 썰린 종잇조각이 하늘로 훨훨 올라간다. 다음 표적을 찾기로 했을 때, 귀에 쉰 목소리가 들려왔다.

"메, 메리다 님……!"

상복을 입은 마네킹 인형이 주저앉은 채 이쪽을 올려다보고 있다. 그 실루엣이 구불구불 일그러지더니 익히 아는 노파의 모습으로 변신한다. 주관에 가려져 있었던 필터가 제거되고 드러난 마네킹의 정체에 메리다는 눈을 껌벅였다.

"오셀로 씨?"

"저, 저는……."

상대 또한 메리다의 본얼굴이 보일 것이다. 시선을 맞춘 채, 입술을 떤다.

"저는 엔젤 가문의 번영을 위해 팔라딘의 피가 끊어지면 안 되겠다 싶어서……."

메리다는 오셀로의 말을 다 듣지 않고, 마른 나뭇가지 같은 팔을 끌어올리고 등을 밀었다.

"빨리 도망치세요. 오셀로 씨가 저택에 돌아가지 않으면 엘리가 곤란해져요."

"……읏."

주름투성이 입술을 꽉 깨물고 미세스 오셀로는 울타리 뒤로 대피했다.

그 무렵 뮬과 엘리제 듀오는 《발터의 환상담》에 의해 형성된 정원의 끝에 도착했다. 이쪽도 올려다볼 정도로 높은 울타리 때문에 사방이 포위되어서 어디를 바라봐도 출구 같은 건 존재하지 않는다.

울타리에는 새빨간 장미꽃이 피어 있었다. 그 하나하나를 닥치는 대로 확인하면서 뮬이 파트너를 부른다.

"가짜를 찾아! 이 안에 하나, 하얀 장미에 빨간 페인트를 칠하기만 한 가짜가 섞여 있을 거야!"

"찾았다. 이거?"

허무하게까지 들린 목소리에 뒤돌아보자, 은발의 천사가 무표정하게 장미 하나에 손을 대고 있었다. 손가락 끝에는 붉은색이 들러붙었고, 꽃잎으로부터는 마르지 않은 물방울이 떨어지고 있다.

뮬은 경악한 건지 감탄한 건지 연극배우처럼 어깨를 으쓱하며 말했다.

"열람실에서도 생각했었는데—— 너희 자매는 진짜 뽑기 운이 좋구나."

어찌 되었든 간에 뮬은 바로 가짜 장미 앞에 서서 대검을 당겼다.

"동시에! ——《이블리스 팡》!!"

"《디바인 스트릭》!!"

팔라딘과 디아볼로스의 공격 스킬이 동시에 작렬, 성스러운 십자가의 파괴력이 울타리를 내려쳤다. 가짜 장미를 기점으로 하여 방사형으로 일어난 균열이 순식간에 폭발한다.

분진이 갰을 때, 크게 뚫린 구멍 건너편에는 사람이 없는 폐허가 보였다. 프란돌 바드 바젤 외주 거주구에 법원이 세워져 있던 자리다. 쉬크잘 가문이 관리하는 비블리아 고트로 가는 《문》이자, 마법서 《발터의 환상담》의 발동장소이기도 하다.

탈출로가 열린 것을 파악하고, 뮬이 여배우를 방불케 하는 목소리로 전파한다.

"갤러리 여러분, 돌아가는 길은 이쪽이에요! 티켓인 가면도 잊지 말고 챙기세요!"

뒤에서 와들와들 떨고 있었던 오페라시옹 사람들이 그 목소리를 듣자마자 구르듯이 쇄도했다. 새삼스레 가면으로 신분을 숨기면서 차례차례 구멍을 빠져나간다.

사람 숫자는 전부 해서 17명. 마지막 한 명이 문제없이 탈출한 것을 확인하고 뮬이 메리다와 살라샤에게 신호를 보내고자 돌아본 그때였다.

지면이 일직선으로 갈라지고, 그곳에서 급속히 생장한 《가시나무》가 탈출로를 뒤덮었다.

""어⋯⋯?!""

엘리제는 저도 모르게 뒷걸음질 쳤고, 그와는 다른 의미로도 경악한 자가 있었으니, 바로 뮬이다.

이 가시나무의 정체에 짚이는 데가 있었기 때문이다.《발터의 환상담》에 의해 재현되는 이야기 세계의 하나, 잠자는 공주의 요람을 백 년 동안 사수해 온 저주받은 감옥――.

다시 갇혔음을 깨닫는 것과 동시에 경쾌한 구두 소리가 울려 퍼졌다.

"하여튼, 우리 주인은 사람을 참 알차게 부려먹는다니까. 다중 출연 의뢰는 좀 참아 주시지."

연미복을 휘날리며 난데없이 재판장석에 내려선 것은 키가 크고 수척한 남자였다. 손에 든 지팡이로 어깨를 두드리고, 신원을 감추는 피에로 마스크를 앞으로 돌린 채 묻는다.

"……그럼, 주인. 이번 막은 《올 빌런즈》로 이행하는 걸로?"

"응. 나는 한발 먼저 무대를 내려갈게."

간결하게 대답하고 지푸라기 인형 왕이 자리를 뜬다. 망토를 휘날리고 떠나가는 지푸라기 인형 대신에 재판장석을 박차고 일어선 피에로 마스크가 정원에 사뿐히 내려섰다.

경계하는 공작 가문 네 아가씨 중에 금발의 메리다가 "아 앗?!" 하고 남자의 가면을 생각해냈다.

"다, 당신은…… 그때 집회에 나타났던……!"

"또 만났구나, 내 딸아! ……라고 말하고 싶은 장면이지만, 그 공연은 끝났어."

피에로 마스크는 지팡이를 들고, 마치 검처럼 칼끝을 겨누었다.

"지금 내 배역은 《메리다 엔젤의 가짜 부친》이 아니야. 《올 빌런즈》지. 자, 공주님들. 동화의 피날레로 갑시다!"

"역시, 가짜였구나!! 잘도 리타를 괴롭혔겠다!"

가장 먼저 땅을 박찬 것은 팔라딘 엘리제였다. 그러나 벼락같은 속도를 발휘하는 그녀에게 피에로 마스크의 지팡이가 정확하게 뛰어 오른다.

"《트라이던트》!!"

순식간에 눈을 의심할 만한 광경이 펼쳐졌다. 남자가 손에 들고 있었던 지팡이가 삽시간에 형상을 바꿨다 싶었더니, 삼지창이 된 그 끝에서 번갯불이 솟구친 것이다.

눈앞에서 날뛰는 진짜 전격에 엘리제의 온몸이 깜짝 놀라 경직됐다. 번갯불은 채찍처럼 그녀의 발밑을 도려냈고, 진행방향에서 파열한 충격파가 은발의 천사를 훅 날려버렸다.

"——아앗!!"

허공을 나는 소녀는 미모를 일그러뜨리며 낙법도 치지 못하고 잔디밭을 굴렀다. 메리다는 "엘리!!" 하고 비명을 지르며 뛰어갔고, 디아볼로스와 드라군은 즉각적으로 적의를 불태웠다.

"……그런 시나리오는 듣지 못했어. 엑스트라는 퇴장하시지!!"

퍼억! 두 군데에서 지면이 갈라지고 살라샤와 뮬의 모습이 흔적도 없이 사라졌다. 오랜 친구가 아니고는 할 수 없는 콤비네이션으로 양방향에서 적에게 다가가면서 뮬은 고속으로 생각했다.

——조금 전의 전격은 《인어공주》 이야기에 등장하는 《바다 마녀》의 것! 그렇다면…….

몸통을 더욱더 앞으로 기울여 지면을 스칠 듯이 질주한 뮬은 남자가 가까워지자마자 대검을 번쩍 휘둘렀다. 위쪽으로 매끄러운 궤적을 그리는 두꺼운 칼끝이 남자의 손목을 베어 창과 함께 상공으로 날려버렸다.

교묘한 발놀림으로 지면을 찌르고 두 번째 공격 준비에 나선 디아볼로스가 나긋나긋한 미소를 지었다.

"《바다 마녀》의 말로는 트라이던트로 인한 자멸! ——맞죠?"

"역시 빠삭하군, 라 모르 양. 그렇다면 《후크 선장》의 전말을 알고 있나?"

"——읏?!"

뮬이 깜짝 놀라 검을 멈춘 것도 당연하다. 절단된 남자의 왼쪽 손목에서 금속의 공격이 뻗어 왔기 때문이다. 순간적으로 막아 내고 보니, 그것은 은으로 만든 갈고리였다.

"말도 안 돼, 《후크 선장》이라니……?! 지금 당신의 배역은 《바다 마녀》 아니었나……!"

"미우, 가만히 있어!!"

피에로 마스크의 배후를 통과한 복숭앗빛 바람이 격렬하게 빗발치는 창 세례를 퍼부었다. 보기에도 끔찍한 벌집이 된 남자는, 그러나 직후에 걸쭉하게 붕괴되어 검은 액체가 되었다.

"너희 나이에 《그림자 남자》는 좀 마이너하려나?"

그렇게 발언한 피에로 마스크 남자는 어느새 소녀들 옆으로 순간이동 해 있었다.

게다가 온전한 육신으로 돌아와 머리 위에서 떨어져 내린 지팡이를 잡더니, 살라샤의 전신을 연달아 후려갈겼다. 부옇게 보일 정도로 엄청난 속도의 5연격 직후, 무방비 상태인 옆구리를 긴 다리로 걷어찼다. 흠씬 얻어맞은 어린 드라군은 잔디밭을 굴렀다.

"으윽, 크윽……!"

"아이고, 가슴 아파라. 주인한테 어떻게 둘러대야 좋을지."

"당신은, 도대체……?!"

입술을 파르르 떠는 흑수정 소녀를 피에로 마스크의 미소가 아주 높은 곳에서 내려다보았다.

"말했잖아? 지금 내 배역은 악당의 집대성《올 빌런즈》야! 완전한 순수악이라고도 하지! 즉 온갖 이야기에 등장하는 악역의 힘이 전부 이 몸에 응집했다는 말이야. 이것도 다 그 비보의 은혜 덕택이지."

"《얼터네이트 만년필》로 그런 일까지 가능하다니……."

"덧붙여 다음 배역은《만리(萬里)를 넘은 자》── 격투의 달인이다."

남자의 양팔이 사라졌다. 뮬의 두 어깨와 두 무릎에 4연타가 거의 동시에 박혔고, 뮬이 신음을 내며 다리를 구부리자 위로 쳐올리는 듯한 납덩이 주먹이 명치를 찌른다.

"커헉……!!"

손에서 대검이 미끄러져 떨어지고, 기울어진 소녀의 몸은 힘없이 잔디밭에 쓰러졌다.

"살라샤 양! 뮬 양!"

"움직이지 마, 메리다 엔젤!!"

발밑에 쓰러진 흑수정 소녀에게 피에로 마스크는 마구잡이로 지팡이를 들이댔다. 칼날은 없지만 그 끝에 목구멍이 짓눌리기라도 한다면 치명적일 것이다.

긴장으로 숨죽인 금발의 아가씨에게, 피에로의 웃는 얼굴이 조금도 움직이지 않고 이렇게 말했다.

"알고 있을지도 모르겠지만 표적은 너 하나다. 순순히 심판을 받는다면 말이지."

"……아, 알았어. 모두에겐 이 이상 손대지 마."

가면이 만족스럽게 위아래로 움직이고, 남자는 반대편 손을 든 다음 손가락으로 딱 소리를 냈다.

메리다 옆쪽 지면이 융기했다. 마치 채소처럼 지면에서 무언가가 나기 시작했다. 무언가 했더니 《물레》였다. 따뜻한 난로와 있어야 어울릴 것 같은 그 목제 기구는, 그러나 이 자리에 있기에는 이상한 물건이다.

실을 잣는 바늘이 마치 시선을 유도하는 것같이 메리다 쪽으로 내밀어졌다.

"그 바늘에 손가락을 찌르게. ──아, 겁내지 않아도 돼. 정말 약간이면 충분하니까."

"……그, 그렇게 하면 모두를 놓아줄 거야?"

"물론. 너를 포함해 이후 일절 손대지 않겠다고 약속하지."

다소 명료하지 않은 남자의 음색은 물론이거니와 웃는 얼굴로 고정된 피에로 마스크로부터 아무런 진의도 짐작할 수 없다. 그래도 메리다는 조심조심 손가락을 내밀었다.

집게손가락을 바늘에 대고서 눈을 딱 감고 살짝 힘을 넣었다. 날카로운 통증이 신경을 자극하고, 바늘에서 뗀 손가락 끝으로부터 선혈의 물방울이 떨어졌다. 이 정도 상처로 나는 벌을 받은 걸까?

"자, 찔렀어! 이제 돌아…………."

말을 끝마치기도 전에 기우뚱하고 시야가 흔들렸다.

머릿속에 솜이 쫙 깔리고 사고가 마음대로 안 되기 시작한다. 손발이 급격히 무거워지고 버틸 재간도 없이 지면에 무릎을 꿇었다. 목에서도 힘이 빠져 꽃의 열매처럼 머리가 뚝 하고 쓰러졌다.

그대로 눈을 감아버리자, 더 이상 메리다가 일어나는 일은 없었다.

"리타!!" "메리다 씨!" "메리다!!"

친구 세 명이 비명을 지르고, 피에로 마스크는 연극처럼 하늘을 우러러보았다.

"내 주인은 자비롭게도 네 목숨을 빼앗지는 않을 모양이다! 다만 살려둘 수도 없구나. 너는 영원히 행복한 꿈속에서 계속 살게 해 주마."

마비되는 다리를 질타하여 엘리제는 일어섰다. 빙설의 깊숙한 곳에서 새빨간 적의가 불타오른다.

"리타한테 무슨 짓을 한 거야……! 리타를 원래대로 돌려놔!!"

"유감스럽지만 나는 아무것도 할 수 없다. 어느 세상이건 악역은 저주와 비극을 뿌릴 뿐이니까."

입술을 꽉 깨물며 엘리제는 땅을 박찼다. 하단으로 당긴 장검을 더할 나위 없는 타이밍에 위로 휘두른다. 마스크에 다가오는 은색 섬광을 지팡이가 간단히 막아냈다.

"슬슬 막을 내릴 시간이다. 이 이상 내 손을 성가시게 하지 말아 다오."

남자는 《올 빌런즈》의 힘을 발휘조차 하지 않았다. 어린 팔라딘의 혼신의 참격을 모조리 물리친 다음, 바늘이 실을 통과하는 것처럼 지팡이를 들이댔다. 가냘픈 어깨를 가격당하고, 엘리제는 외마디 비명과 함께 후방에 쓰러진다.

"조금 위협하는 정도는 용서해 주시고."

누구를 향한 말인지도 모르게 사죄하고 상공을 우러러본 피에로 마스크는 천천히 《짖었다》.

포효라고밖에 표현할 방법이 없다. 어떻게 들어도 인간의 것이 아닌 성대로 지른 벼락같은 짐승의 우렁찬 외침이 공간을 찌르르 뒤흔들었다.

그러자 맙소사. 그 엄청나게 큰 소리는 파문이 되어 퍼지듯이, 주위의 광경을 눈 깜짝할 사이에 새로 칠해 버리고 말았다. 녹색의 미궁정원에서 풀 한 포기 없는 불모의 황야로.

그 지평에서 흙먼지를 일으키며 무언가가 우르르 오고 있다. 바로 육식동물 무리다. 수십 마리는 족히 되는 그것들이 이빨을 드러내고서 자그마한 소녀 한 명을 노리고 쇄도한다.

"히익……!!"

엘리제는 즉시 장검을 부여잡았지만 다리에 힘이 들어가지 않는다. 거듭되는 대미지와 공포가 그녀의 몸을 꽁꽁 동여매고 있다. 피에로 마스크는 배우처럼 양팔을 벌리며 말했다.

"원통하겠구나. 너희는 마나 능력자로서도, 이야기의 배역으로서도 나한테는 못 미쳐. 공주님에 악역……. 이 무대에는 유감스럽게도 마지막 캐스트가 없어!"

질주하는 짐승의 선두가 피에 굶주린 포효를 질렀다. 흙먼지가 한층 더 격렬해진다.

"비극의 결말에는 반드시 필요한 것이 있지. ——소녀의 절망에 가득 찬 비명이야!! 자, 엘리제 엔젤. 그 천사 같은 목청으로 이 무대에 막을 내려주시게!"

짐승들이 힘차게 땅을 박찼다. 발톱과 이빨을 번득이며 소녀에게로 일제히 달려든다.

눈을 부릅뜨는 엘리제와 숨죽인 친구 두 명. 피에로 마스크의 입가가 한층 더 추악하게 올라간 듯한 착각이 든—— 직후.

공간을 일직선으로 횡단하는 한 줄기의 푸른 불길이 있었다.

가시나무에 덮여 있었던 바깥 세계로 가는 구멍에서 귀청을 찢는 듯한 참격음과 함께 무언가가 뛰어들어 온 것이다. 탈출로를 두 배의 넓이로 뚫어 버리면서 등장한 그것을 피에로 마스크가 용수철처럼 뒤돌아본다. 그 시야를 검은 옷의 잔상만이 어렴풋이 가로질렀다.

"《환도구수(幻刀九首)——.》"

선두에 있는 짐승의 머리가 썩둑 베여 날아간다. 수십 마리나 되는 짐승의 돌진 한복판에 끼어든 그는, 혼자 시간의 흐름이 다른 것처럼 움직였다. 가까운 표적을 닥치는 대로 난도질하나 싶었더니 폭발적으로 내뿜은 푸른 불길을 도신과 함께 칼집에 수속시키고.

"《공아(空牙)》!"

발도와 함께 비상한 충격파가 짐승 떼를 수직으로 유린한다.

"《나생섬(羅生閃)》!!"

연속적인 칼질과 함께 폭풍이 휘몰아치고, 그제야 겨우 시간을 따라잡은 것같이 수십 마리의 짐승 떼는 한 마리도 남지 않고 반대쪽으로 튕겨 나갔다. 단말마조차 없이 눈보라 같은 피만이 흩날린다.

"아닛…………."

말도 없이 그 광경을 쳐다보는 공작 가문 아가씨 중, 마지막으로 조심스럽게 얼굴을 든 엘리제만이 낯익은 장신의 뒷모습에 얼굴이 환해졌다.

"쿠퍼 선생님!!"

보니까 그도 소녀들과 마찬가지로 옷차림이 바뀌어 있었다. 롱 코트에 롱 부츠, 맵시 있는 드레스 셔츠에 실크 햇을 썼다. 유일하게 허리의 칼집과 칠흑의 칼만 평소대로다. 길게 째진 눈동자를 통해 빈틈없이 상황을 확인하는 청년의 등에 엘리제는 매달렸다.

쿠퍼는 은발의 천사의 귀중한 눈물에 예삿일이 아님을 깨닫고, 한층 더 굳게 마음을 다졌다.

"늦었습니다, 엘리제 님. 대체 이 상황은……."

소녀의 어깨에 손을 올리면서 주위를 둘러보았다. 애처로운 몰골로 땅에 엎드려 있는 쉬크잘 가문과 라 모르 가문의 영애. 눈물을 흘리는 엘리제 옆에는 꼼짝도 하지 않는 금발의 천사.

그리고 십수 미터를 두고 서 있는 피에로 마스크——.

쿠퍼는 무릎을 꿇고 주인의 뺨에 손가락을 움직여 맥박과 호흡을 확인한다. 핑크색 뺨과 평온한 숨결에 엷은 안도를 품으면서 그녀를 엘리제의 팔에 맡기고 일어섰다.

"아가씨들, 뒤는 제게 맡기십시오."

자리에 있는 전원에게 그렇게 고하면서 쿠퍼는 허리의 칼자루에 손을 대고 발을 옆으로 미끄러뜨렸다. 공작 가문 아가씨들을 끌어들이는 것은 저쪽도 바라는 바가 아닌지, 피에로 마스크는 유연하게 기다란 다리를 내디디며 이쪽과 반대 위치를 지키며 황야를 이동한다.

두 사람이 서서히 높여 가는 마나의 압력이 금이 간 대지에 더 깊은 균열을 만들었다.

"오지 않는 줄 알았어, 메리다 엔젤의 가정교사. 저번엔 익살스러운 연기를 하지 않을 수 없었지만, 이번에야말로 그때의 빚을 돌려받고야 말겠다."

"관심 없다. 냉큼 꺼져라."

두 군데에서 지면이 갈라졌다. 그때부터의 광경은 공작 가문 아가씨 세 명의 동체시력으로도 완전히는 파악할 수 없었다.

두 사람이 서 있었던 위치의 모든 중간지점에서 금속음이 울려 퍼진다. 검은 칼과 지팡이가 뒤얽혀 불똥이 몇 센티 튈 새도 없이 다음 공격이 맞부딪친다. 타격음과 섬광이 시야를 메우고, 그 너머에서 부옇게 보이는 팔을 휘두르는 피에로 마스크가 쾌재를 불렀다.

"훌륭해!! 이 나의 전력을 따라올 수 있을 줄이야!"

쩌엉, 지팡이 중간쯤에 균열이 일었다. 그것이 두 동강으로 쪼개짐과 동시에, 마스크가 양단되기 직전에 남자는 재빨리 백스텝을 밟았다. 대충 칼을 휘두른 쿠퍼는 실크 햇 아래로 차가운 시선을 돌려준다.

"지금 이게 전력이냐?"

"……흥!"

피에로 마스크는 연기가 아닌 콧방귀를 뀐 다음, 천천히 한쪽 팔을 높이 들었다.

"그렇다면 이런 건 어떨까.《올 빌런즈》쇼를 진득이 맛보게 나!!"

따악! 손가락을 울리자, 또다시 주변의 풍경이 일변했다. 쿠퍼의 시야를 태운 것은 요란하게 채색된 불꽃, 미끈하게 젖은 벽, 거인이 놀려고 설계했나 싶은 거대한 오락장—— 그리고 그것들과 연동된 꺼림칙한 갖가지 고문기구였다.

마치 도박사 같은 분위기를 내며 피에로 마스크는 주위에 있는 레버를 당겼다.

"게임 스타트!"

쿠퍼의 구두 밑에서 컨베이어 벨트가 초고속으로 회전했다. 버틸 틈도 없이 공중으로 튕겨 나간 쿠퍼는 롱 코트를 휘날리면서 아래로 추락한다. 그 오락장은 원형 벽으로 둘러싸여 있고, 중앙의 거대한 룰렛 외에는 깊은 해자로 되어 있다.

해자 밑에는 수천 규모의《죽음의 군대》가 산 제물을 기다리는 중이었다.

똑바로 보는 것조차 꺼려지는 시체인형들. 남녀노소의 각 부위를 실로 꿰매고 자아도 공포도 가지지 않은 군대로 만들어낸

것이다. 무기는 없으나 숫자가 많다. 공중에서 칼을 거둔 쿠퍼
는 시체의 파도로 추락하자마자 숨 돌릴 틈도 없이 소용돌이 속
으로 끌려 들어갔다.

"쿠퍼 선생님!"

같은 세계에 끌려 들어와 있었던 소녀들 중 흑수정의 요정이
벼랑 아래를 향해 소리 지른다.

"그 군대는 《황야의 마녀》라는 악당의 능력이고, 공략방법은
____."

말을 다하기도 전에 수십 규모의 시체인형이 바깥쪽으로 썰려
나갔다. 그 중앙에서 칼을 힘껏 휘두르고 있었던 쿠퍼가 이마에
서 피를 흘리면서도 시원하게 밝힌다.

"죄송합니다만, 뮬 양. 저는 어렸을 때부터 동화에는 익숙지
않아서……."

그냥 베어 버리겠습니다, 라고 소리 없이 덧붙인 청년은 물보
다 매끄럽게 검은 칼을 휘둘렀다.

동시에 마나로 형성된 무수한 작은 칼날이 검선을 뒤쫓듯 허
공을 춤춘다. 꽃이 흩날리는 광경 같기도 하고, 유리 파편이 어
지러이 날아다니는 것 같기도 하다. 셀 수 없을 정도의 살의를
걸치고, 그는 외쳤다.

"《천도술(千刀術)》…… 절화현란(絶華絢爛)》!!"

잇따르는 돌격에서 이어지는 검섬은 그야말로 폭풍 그 자체였
다. 수평으로 쓸어버리는 공격에 이어 한 박자 늦게 세밀한 칼
날의 폭풍이 휘몰아친다. 자잘한 푸른 불길이 시체인형 무리를

유린했고, 휘말린 적은 온몸이 산산조각으로 잘게 썰리면서 저 멀리 날아갔다. 광범위하고도 밀도 높은 파괴력이다.

"호오……."

피에로 마스크는 딜러 위치에서 룰렛판으로 뛰어내렸다. 이 미 끼어들 여지도 없는 공작 가문의 세 명은 내버려 두고, 아래쪽의 지칠 줄 모르는 사투를 바라본다.

시체인형들은 주인이 명하는 대로 사방팔방에서 쉴 새 없이 표적에게 달려들었다. 실크 햇을 쓴 청년은 뻥 뚫린 에어포켓 같은 그 중심에서 잠깐의 틈도 없이 칼을 놀렸다. 그의 주위를 채색하는 푸른 불길의 파도가 질량을 동반해 공간을 삭제한다. 실로 공방일체.

"그렇군, 체외에 대량으로 방출한 마나를 조그만 칼날에 심어 자신의 칼과 연동시킨 추격기능을 부여한 건가. 저기에 휩쓸리면 잠시도 버티지 못하겠군."

하지만, 하고 피에로 마스크가 중얼거리는 것과 동시에, 시체인형의 거센 파도를 되받아친 쿠퍼가 잠깐의 틈을 노리고 바닥을 찼다. 놀라운 기동력으로 조그마한 발판을 더듬어 가며 벼랑 위를 향한다.

그것을 시체인형들은 무시무시한 집념으로 추적했다. 닿을 리가 없는 높이에 있는 상대를 전력질주로 뒤쫓다 정면에서 다가온 아군과 부딪친다. 그것을 뒤따라온 인형이 찌부러뜨린다. 썩은 고기들은 부딪치고 부딪히며 한 덩어리가 되고, 더 늦게 온 인형이 그것을 발판 삼아 뛰어 올라간다. 흡사 붕괴했던 시간을 되돌리는 것처럼, 시체의 탑이 순식간에 상공으로 쌓여 올라간다.

쿠퍼가 다음 발판을 정하지 못해 망설이는 사이에 수백 개째의 시체인형이 겨우 그 뒤에 다다랐다. 그의 등을 덮쳤다가 팔꿈치 공격에 맞아 나가떨어지는 것과 함께 두 번째 놈이 달려들고, 앞차기에 걷어차이는 동안에 세 놈째, 네 놈째가 따라붙는다.

"확실히 잘 설계된 어썰트 스킬이다. 하지만 거기에는 두 가지, 중대한 결점이 있다."

피에로 마스크는 맹금류같이 《그 순간》을 애타게 기다리고 있었다.

따라붙은 시체인형조차 발판으로 삼고 쿠퍼는 더 높은 상공으로 날아올랐다. 발로 차고, 칼로 베고, 리드미컬하게 흩날리는 적의 피. 인형은 안면을 짓밟힌 직후에 그 다리를 붙잡았고, 청년의 자세가 덜컥 무너지자 다음 인형이 달려들었다. 피부에 파고드는 것도 개의치 않고 검은 칼에 매달려 순간적으로 저항이 둔해진 쿠퍼를 두 놈, 세 놈이 등 뒤에서 붙잡아 꼼짝도 못하게 만든다.

순간, 피에로 마스크가 땅을 박차고 쏜살같이 돌진했다.

"결점 그 하나! 소비MP가 많다는 것!!"

탄환 같은 주먹이 무방비한 청년의 가슴팍을 때렸다. 굉음과 함께 뼛속까지 충격이. 으드득, 굳어지는 미모의 입가에 피에로 마스크는 가면 속으로 추악한 미소를 지었다.

"그 정도의 마나를 방출하면 좋든 싫든 소모도 심해지겠지!

그리고 결점 그 둘!"

잇따르는 두 번째, 세 번째 공격이 잔상을 남기면서 청년의 몸통으로 빨려 들어간다. 단속적인 타격음이 울린다.

"바로 《양날의 검》이라는 사실이다!! 확실히 공격성능은 비약적으로 뛰어오르겠지. 하지만 동시에 몸을 지킬 마나도 계속해서 엷어진다! 자, 어떠냐. 먹히지! 잘 먹히지?!"

만족할 줄 모르는 연타가 쿠퍼의 몸통에 팍팍 박혔다. 《만리를 넘은 자》의 철권이 고압력의 마나를 두르고 끊임없이 작렬한다. 순간적으로 비산하는 둔탁한 충격.

마지막 한 방이 가슴 중앙을 깊이 찔러, 확실한 타격감과 함께 청년의 입술에서 피가 솟구쳤다.

"아하하하하하하!! 내장을 못쓰게 됐구만!!"

동시에 피에로 마스크의 오른쪽 팔에서도 격통이 일었다.

쭉 뻗었었던 팔의 두 군데가 기묘하게 뒤틀려 있다. 청년이 왼손과 무기를 놓은 오른손으로 신속의 수도를 때려 박은 것이다. 신경을 덮어 버리는 고통에 말문을 막힌다.

"주저 않고 무기를⋯⋯⋯⋯!"

신음하고 있을 틈도 없이 목구멍에 《뱀》 두 마리가 육박했다. 바로 청년이 매끄럽게 뻗은 양팔이다. 교차된 손끝에 세워진 손톱이 흡사 송곳니처럼 으르렁거리고──.

촤아악!! 피부가 찢어지기 직전, 피에로 마스크는 간신히 상체를 뒤로 젖혔다. 본능적으로 시체인형의 어깨를 걷어찬 그는 곧장 룰렛판으로 피했다.

"망설임 없이 죽이러 왔구나……!!"

눈앞을 스쳐 간 《죽음》을 자각하고 남자의 등골에 오싹, 얼음처럼 찬 기운이 일었다.

피에로 마스크 안의 눈이 휘둥그레졌다. 그새 신속의 적이 쫓아왔기 때문이다. 시체인형 무리를 뒤에 달고, 심지어 이번에도 검은 칼을 놓고 왔다.

"무기도 없는 네놈이 무엇을――!"

말이 끝나기도 전에 청년의 그림자가 옆을 달려 나갔다. 아무것도 쥐지 않은 오른팔을 칼처럼 부려 힘껏 휘두른 자세 그대로, 피에 젖은 입술로 중얼거린다.

"사무라이 클래스를 얕보지 마라."

직후, 청년의 발자국을 뒤쫓는 것처럼 불 같은 쓰나미가 쇄도해 왔다. 크고 작은 몇백 몇천의 작은 칼날이 굵은 수류가 되어 피에로 마스크의 연미복을 정면에서 단숨에 삼켰다.

"히이익…… 끄아아아아아아아아아아악――――――?!"

시간으로 보면 콤마 몇 초. 하지만 그 사이에 아주 작은 칼날 무리가 피에로 마스크의 온몸을 유린했다. 하나하나가 필살의 파괴력을 품은 그것들이 정수리부터 발끝까지 남김없이 적을 난도질해, 보기에도 끔찍해진 연미복이 잘게 썰려 허공을 헤엄친다.

칼날의 유성군이 적을 종단하고 허공을 환히 밝히면서 쿠퍼의 손으로 모였다.

피에로 마스크는 온몸을 갈기갈기 찢겨 톱니바퀴가 어긋난 꼭

두각시처럼 다리를 떨고 있었다. 경련하는 턱이 천장을 향했다 싶었더니──갑자기 폭발.

그 결말에는 쿠퍼도 깜짝 놀라 돌아보지 않을 수 없었다. 발밑에 날아온 적의 한쪽 팔은 절단면에서 무언가를 흘리고 있었다. ──새카만 벌레의 사체를.

"몸을 바꿔치기 했나……?"

"아니요. 틀림없이 당신의 승리예요."

그렇게 확인해준 것은 위태로운 발걸음으로 다가온 흑수정 소녀였다. 피에로 마스크의 팔에서 나온 벌레의 사체는 검은 흙이 되어 지면에 스며든다.

"그 남자는 이 이야기 세계에서 악역으로서의 죽음을 맞이해 책 바깥으로 쫓겨났을 거예요. 상당한 중상을 입었을 거라는 건 틀림없어요."

그 발언을 뒷받침하는 것처럼 또다시 주위의 광경에 변화가 생겼다. 피로 물든 오락장은 역겨운 시체인형과 함께 안개 저편으로 사라지고, 쿠퍼가 몇 차례 눈을 깜박이자 그곳은 이미 장미 울타리에 둘러싸인 아무도 없는 법원이었다.

"하트의 킹의 정원에 돌아온 것…… 같군요…………."

무릎을 털썩 꿇은 흑수정의 요정을 쿠퍼는 재빨리, 그리고 섬세하게 부축했다.

"괜찮습니까? 라 모르 양."

물은 청년의 가슴에 기대면서 그녀답지 않은 태도로 얼굴을 붉히며 대꾸했다.

"이 내가 남의 배려를 받다니⋯⋯."

바로 이때, 정적이 가득한 정원에 비통한 외침이 울려 퍼졌다. "리타!" 그 외침에 퍼뜩 얼굴을 들고 쿠퍼와 뮬은 서둘러 목소리의 주인이 있는 곳으로 향했다.

어느새 이 세계에 남겨진 사람은 쿠퍼와 공작 가문 네 아가씨뿐인 모양이다. 실크 햇의 청년과 고양이 장식을 한 소녀가, 트럼프 병정과 하얀 토끼 소녀 쪽으로 급히 뛰어간다. 그녀들의 팔 안에서는 파란 에이프런 드레스를 입은 여자가 곤히 잠들어 있었다.

뛰어오자마자 무릎을 꿇고, 쿠퍼는 사랑스러운 주인의 잠든 얼굴을 들여다보았다.

"이건⋯⋯? 메리다 아가씨는 대체 어떻게 되신 겁니까?"

반대편에 주저앉은 뮬에게 전원의 시선이 집중된다. 그녀는 노래하듯이 대답했다.

"그 악역에게 저주를 당하고 만 거예요. 자신의 의사로 걸려야 하는 강력한 저주를 말이죠. 그 효과는 영원히 계속된다고 하는 깊고 깊은 잠⋯⋯."

"세상에⋯⋯. 어떻게 저주를 풀 방법은 없는 겁니까?"

"그렇게 허둥대지 않아도, 이야기에는 반드시 해피엔드가 준비되어 있는 법이에요. 잠자는 공주를 깨우는 방법은 단 하나. 오래전부터 내려오는 마법──《진실한 사랑의 키스》"

전원의 목이 꿀꺽 소리를 냈다. 뮬은 원래의 페이스를 되찾은 양, 나긋나긋한 미소를 짓는다.

"그녀를 진심으로 사랑하는 자의 입맞춤으로 영원한 저주에서 풀려나는 거지요."

잘 알겠다며 여러 번 고개를 끄덕인 엘리제는 천천히 주머니에서 꺼낸 손수건으로 자기 입술을 닦았다. 가련한 핑크색 입술을 혀로 적시면서 얼굴을 붉힌다.

"드디어 내 처음을 바칠 때가 왔어. 리타, 받아줘……!"

벌써 "쮸우~……." 하고 입술을 내미는 그녀의 얼굴을 뮬이 당연하다는 표정으로 막았다. 실망한 얼음의 시선이 자신을 응시하자 뮬은 싱긋 웃으며 대답했다.

"어머, 안 돼. 동서고금, 이런 건 왕자님 역할로 정해져 있으니까."

"저, 저 말입니까……?"

평소답지 않게 가볍게 당황하는 쿠퍼를 흑수정 소녀가 시험하듯이 곁눈질한다.

"어머, 당신 이상으로 이 아이를 생각하는 남자분이 어디 있다고 그러죠?"

"하지만 말입니다……."

구원을 바라는 시선으로 주위를 둘러보다 복숭앗빛 소녀와 눈이 맞았다. 살라샤는 양 손바닥으로 눈을 가리고, 그러나 또렷하게 난 틈을 통해 결정적 씬을 뚫어져라 보고 있다.

"저, 전, 저기…… 공작 가문 사람들한테는 말하지 않을 테니까……!"

"…………."

이쯤 되면 사면초가가 아니라 오히려 등을 떠밀려 스포트라이트 중앙에 서게 된 심경이다. 엘리제마저 "어쩔 수 없지. 간접키스로 참겠어."라며 의미 모를 혼잣말을 중얼거리면서 잠자는 공주를 넘겨준다.

팔 안에 무방비로 잠자는 메리다를 떠맡고, 3면으로부터 뜨거운 기대의 눈길을 받는다.

이래서 여자라는 생물은 둘 이상 모이면—— 이런 체념 섞인 생각과 함께 쿠퍼는 각오를 다지고 눈을 감았다.

다른 사람에게는 보이지 않는 것 하나가 그나마 위안이라고 자신을 설득하며——.

쿠퍼는 깨지기 쉬운 물건처럼 조심스럽게 메리다를 안아 일으키고, 천천히 얼굴을 가져갔다.

"제 입술이 영원의 얼음을 녹이기를……."

속삭인 목소리가 소녀의 입술을 간지럽혔고, 이윽고 청년의 그것과 하나로 포개져——.

꺄아아악. 천진난만한 소녀들의 환호성이 축복의 종처럼 울려 퍼졌다.

† † †

이제 아무도 찾는 자가 없어진 폐허에 비단을 찢는 듯한 목소리만이 메아리치고 있다.

고뇌와 원망으로 가득 찬 남자의 절규다. 목소리는 기다란 복

도에 늘어선 문 가운데 하나에서 나고 있었다. 부서진 책상과 자료가 흩어진 조정실에서 연미복을 입은 남자가 바닥을 뒹굴고 있다.

"젠장! 젠장!! 아파, 아파, 아프다고!!"

견딜 수 없다는 듯이 머리카락을 벅벅 긁고 후두부를 바닥에 부딪친다. 그 반동으로 앞으로 엎어졌을 때, 그 안면으로부터 쩌억, 두 동강으로 갈라진 피에로 마스크가 떨어져 내렸다.

그 안에서 기름으로 장발을 정돈한 젊은 남자의 추악한 본얼굴이 드러난다.

성 프리데스위데 여학원에서 페르구스 엔젤의 종기사 임무를 수행 중일 때, 그 남자는 이렇게 불렸었다. ——성도 친위대 소속 정예, 비쥬라고.

지금의 그는 보잘것없는 몰골로, 바닥에서 손발을 붕붕 휘두르며 고급 연미복을 먼지투성이로 만드는 중이다.

"파, 팔이 부러졌어……! 온몸에서 피가 흘러어어……!!"

"걱정 마, 몸은 멀쩡하니까."

그렇게 타이르듯이 말을 건넨 것은 낡은 의자에 걸터앉은 잘생긴 남자였다. 봄바람 같은 분위기와 질 좋은 재킷을 걸친 그는, 다름 아닌 바로 세르주 쉬크잘이다.

"죽을 뻔했었는데 당연히 아플 테지. 그래도 《발터의 환상담》에서 생긴 일이라 다행이라고 생각해야 하지 않겠어? 전부 픽션입니다, 이 한마디로 정리되니."

달래는 듯한 목소리가 당사자인 비쥬의 귀에는 들어오지 않았다. 메뚜기처럼 바닥을 여기저기 뛰어다니면서 어떻게든 치사에 이르는 격통을 얼버무리고자 목구멍을 찢을 듯이 악을 쓴다.

"나는 성도 친위대야! 올 빌런즈의 힘까지도 지니고 있었고! 하급 기병단의 열등 기사 따위한테 패배할 리가 없어!! 그 자식, 대체 어디의 누구야!!"

"《백야의 사신》이 아닐까."

"그…… 그 전설의 어둠의 기병단 말이야……?!"

목소리가 뒤집히고, 충혈된 안구가 빙그르르 위를 향한다. 그 시선이 싫은지 쉬크잘 공은 의자에서 일어났다. 순간, 오뚝이처럼 벌떡 일어난 비쥬가 주인을 뒤따라가 묻는다.

"백야 기병단의 암살자가 왜 무능영애의 가정교사를……?!"

"흐음…… 여러 가지로 아주 흥미롭네. 무능영애의 예상 밖의 실력에 결의. 그 가정교사의 수완과 숨겨진 배경……. 이번 작전, 실패하긴 했어도 그럭저럭 수확이 있었던 것 같은데. 다음 한 수를 두기 전에 조사해야 할 일이 늘어난 것 같지만……."

혼잣말처럼 중얼거리는 주인의 눈앞을, 콧김을 내뿜으며 비쥬가 막아섰다.

"공작, 다음 임무도 반드시 이 비쥬에게 맡겨주시오! 그 열등한 기사를 꺾기 위해서라면――예에, 필요하다면 성도 친위대를 제대해서라도! 혁신파에 신명을 바칠 생각이오!!"

쉬크잘 공은 거기서 겨우 알아차린 것처럼 기름으로 반지르르한 부하의 얼굴을 올려다보았다.

"이야, 정말인가? 실은 지금 당장 무슨 일이 있어도 필요한 역할이 있어.”

무엇이든지!

——라고 비쥬는 기분 좋게 대답하는 것도 할 수 없었다. 그
전에 폐 속의 공기가 전부 빠지고 기도를 역류한 무언가가 쿨
럭, 입술로부터 뿜어져 나왔기 때문이다.

“엥……?”

어딘가 얼빠진 목소리가 피투성이의 입가에서 흘러나왔다.
텅 빈 눈으로 공작의 웃는 얼굴을 쳐다보고 있었던 비쥬는 비틀
거리며 자기 몸에 시선을 내렸고, 그리고 보았다.

자신의 배에 냉혹할 만큼 아름다운 창자루가 박혀 있는 것을.

“어……? 어?”

반복하는 그의 입술에서 쿨럭, 검붉은 덩어리가 흘러나온다.
쉬크잘 공은 한 손으로 내밀었던 창을 대충 뽑은 다음, 지체 없
이 부하의 다리 쪽을 베었다.

앞으로 엎어진 비쥬의 등 왼쪽을 겨냥해—— 내리찍는다.

둔탁한 소리가 복도에 메아리치고, 칠이 벗겨진 벽에 피가 몇
방울 튀었다.

자신의 몸에서 흘러나온 액체로 바닥을 물들이면서, 비쥬가
띄엄띄엄 신음한다.

“……주, 주인님……? 아, 아파………… 어째…… 날,
커…… 커헉!”

"그래, 비쥬. 너만큼 경건한 친구는 없어. 이게 마지막이라 생각하니 쓸쓸하네."

젊은이의 몸을 바닥에 꿰뚫어 고정시킨 채, 미모의 공작이 그의 등을 천천히 덮는다.

그리고 찔끔찔끔 떨리는 귓가에 입술을 대고 달콤한 목소리로 속삭였다.

"하지만 말이야, 아까도 말했듯이 이번 혁신파의 작전은 실패야. 그 때문에 리스크를 누군가가 짊어져야 해. 그런데 내게는 아직 해야 할 일이 있어. ——따라서 비쥬, 자네가 대신 그 잘못을 떠맡아 줬으면 해. 자네가 독단으로 메리다 엔젤의 부친을 자칭해 세간을 아주 떠들썩하게 만들어 버렸다. 그런 걸로 해줄 수 있을까?"

"……다………… 왜…… 아…… 으…… 도, 친위대……
나……………………."

"아아, 그래 주겠다고! 자네는 참 착해, 비쥬."

창을 꽉 쥐고 있었던 고귀한 손이 직후 날카롭게 회전했고——.

폐허의 복도에 메아리치고 있었던 미약한 신음소리는 싹 사라졌다.

HOMEROOM LATER

"『성왕구에 격진이 일다!! 엘리트 병사의 광기 어린 극장형 범죄, 그 진실이란?!』"

꾀죄죄한 군복 차림의 중년 남자가 필요 이상으로 억양을 붙이고 헤드라인을 소리 내어 읽었다.

소파에 털썩 걸터앉은 그의 손에는 오늘 아침 신문이 크게 펼쳐져 있다.

"『금년도를 마무리하면서 우리는 먼저 이 뉴스를 프란돌 국민에게 전하지 않으면 안 될 것이다. 지난 2월, 카디널스 학교구를 수면 아래에서 흔들었던 《부친의 투서》 사건의 속보이기도 하다. 누군가가 엔젤 기사 공작 가문의 여식, 메리다 엔젤 양의 진짜 아버지를 자칭하고 각 신문사에 투고까지 하며 갖가지 억측을 유발한 사건이었지만…… 드디어 기사 공작 가문에서 직접 진상을 해명하는 단계에 이르렀다!』"

양팔을 확 벌리고서 남자는 마치 기사를 쓴 당사자인 양 목소리에 감정을 넣었다.

"『사건 해결의 중심인물은 우리의 《영웅》 세르주 쉬크잘 기사 공작!! 타의 모범이 되는 정의감으로 독자적인 조사를 진행하고 있었던 공작은 어제, 마침내 그 진상에 다다랐다고 한다. 역전의 용사조차 애를 먹이고, 매우 슬프게 만든 것은, 범행을 행한 것으로 여겨지는 비쥬 니즈 용의자가 성도 친위대에 소속된 기사라는 직함 때문이리라. 엘리트 행로를 매진하고 있었던 젊은 기사가 왜 이번과 같은 끔찍한 행위를 하게 되었을까? 쉬크잘 공은 특별히 우리의 취재에 응해 주었다. '젊어서 프란돌의 상층 꼭대기까지 올랐기 때문에 이 나라의 바람직한 상태가 무엇인가에 대해 의문시하던 점이 있었던 걸지도 모른다. 하지만 만약 그랬다면 우선 그 응어리 맺힌 감정을 말로 해서, 직접, 내게 털어놓아 주었으면 좋았을 텐데.' 라고 쉬크잘 공은 말했다. 니즈 용의자는 현재 행방을 감추고 있어 한시라도 빠른 발견이 요망되고 있다. 재기 넘치는 젊은 기사가 프란돌의 심부에서 무엇을 엿보았는지, 조만간 알 수 있을 것이다.』"

부스럭대는 종이 소리와 함께 남자는 기사 하단에 얼굴을 가까이 댔다.

"『또한 이번 사건에 관련해 성도 친위대의 선정기준에 의문을 갖는 목소리도 높아지고 있다. 그 1대 후작(캐리어 마키스)이 입대하자마자 성도 친위대의 임무를 장기휴지 했다는 사실도 우리의 기억에 생생하다. 애당초 프란돌에서 가장 안전하다는 소리를 듣는 성왕구에 최고 전력을 집중시키는 이유가 무엇인가? 이전부터 계속 소문이 돈 기병단 재편의 기운이 무르익고 있는 걸지도 모른다. 군단장 페르구스 엔젤 공작의 수완에 기대의 목소리가 높아진다.』……."

장황하게 소리 내어 읽은 신문을 테이블에 내던지고 남자는 소파에 기댔다.

　"아이고오…… 오늘은 전 구역이 온통 이 뉴스뿐이구만."

　"무리도 아니지. 성도 친위대원의 범죄는 전대미문이니까 말이야."

　대답한 것은 대면한 소파에 걸터앉아 있었던 두 사람 중 한 명이다. 모자이크 무늬의 테이블에 파란 장미가 한 송이 꽂혀 있고, 방의 사방을 심홍색 벨벳이 빈틈없이 둘러싸고 있다.

　이들이 소속된 백야 기병단 본부에서, 쿠퍼는 말을 계속한다.

　"너무 딱딱 맞아 떨어져. 기사를 쓴 신문사가 뇌물을 받은 느낌도 들고 말이지. 마치 처음부터 이렇게 되리라는 사태조차 상정하고 계략을 짠 것 같은……."

　"그렇게까지 용의주도한 놈일까? ──넌 어떻게 생각해?"

　『수상해』

　상사가 의중을 떠본 건 쿠퍼의 왼쪽 옆에 앉아 있는 다른 한 명이었다. 검은 군복으로 몸을 온통 가린 그녀는 한 문장만 쓴 검은 메모를 연달아 들어 올렸다.

　『왜 사건과 직접적인 관련이 없는 쉬크잘 공이 조사를?』『정의감?』『어이없어』

　"그러게……. 하지만 세르주 쉬크잘 공작은 어쨌든 평민 계급에서 아주 인기가 있어.『여러분을 위해서 몸이 가루가 되도록 싸우겠습니다.』가 버젓이 통하는 게 무서운 부분이라고."

　어딘지 모르게 부러워하는 듯한 목소리를 내는 상사를 개의치 않고 쿠퍼는 못마땅한 얼굴로 팔짱을 꼈다.

"……그의 증언을 믿는다면 《가면의 부친》을 연기한 것도, 혁신파 등을 선동해 엔젤 가문에 흠집을 내려 한 것도 비쥬 니즈라는 얘기가 돼. 하지만 그 범행에 즈음해서 놈은 공작을 속여 쉬크잘 가문의 《문》을 무단으로 이용한 것 같다만……."

"그 부분에 대해서는 신문도 있는 그대로 언급되지 않았고 말이지."

"하다못해 비쥬 니즈 본인에게서 증언을 얻을 수 있으면 좋겠는데……. 우리가 온갖 수단을 다 동원했는데 전혀 행방을 포착하지 못한다는 것도 이상한 이야기야. 만약 죽었다고 해도 머리카락 한 올, 손톱 조각까지 찾아내는 게 우리인데, 핏자국도 없다는 건……."

『덧붙여 다른 한쪽의 《문》에 관해서 몰드류 경은 뭐라고?』

작은 체구의 마디아가 말로—— 즉 메모로 끼어들자 상사는 다시 한번 신문지를 들어 올린다.

"이쪽도 회견의 기사에서 발췌하건대……. 『범죄 길드에게 《문》을 악용당하다니. 극히 유감이다. 경비체제를 재검토해 재발 방지에 힘쓸 생각이다.』……라고 그러네."

『수상해』

"후려갈기고 싶어."

마디아와 쿠퍼가 동시에 발언해서 상사도 되새기듯이 고개를 끄덕인다.

"아무래도 이번 일은 『실수였습니다』로 안 끝날 테니까 말이지. 몰드류 상공회의 《문》은 당분간 라 모르 공작 가문에 관리를 위탁하기로 됐어. 이걸로 당분간 비블리아 고트의 망령들도 조용히 독서할수 있겠지. 잘됐네, 잘됐어."

"그럼 좋겠지만……. 나는 앞으로 어떡해야?"

아무런 감정도 없는 모습으로 쿠퍼가 묻고서 길게 째진 눈동자를 상사에게 향한다.

시선을 깨달은 건지 아닌 건지 중년의 남자는 후우, 담배 연기를 내뱉어 보였다.

"──현상유지다. 메리다 엔젤 양에게 정말로 팔라딘의 소질이 잠들어 있다면 네가 시간을 들여 그것을 싹 틔우도록 해봐. 단, 긴장은 늦추지 마라. 아직 암살 의뢰는 살아 있으니까. 그 무능영애를 어엿한 엔젤 가문의 성기사로 길러 낼 때까지──."

임무를 계속하라, 암살교사!!

"명심하지."

최후의 선고까지 다 듣고 쿠퍼는 벌떡 소파에서 일어났다. 그리고 마치 그 분위기를 틈타는 것처럼 『그럼 나도 슬슬』하고 마디아도 몸을 돌린다.

총총히 퇴실하려고 하는 검은 뒷모습을 상사는 보지도 않고 불러 세웠다.

"거기 서, 이 멍청아. 무엇 때문에 널 여기로 호출한 것 같냐."

"으으……."

생각지도 못했다는 모습으로 후드 안에서 소녀의 육성이 새어나온다. 어째선지 쿠퍼는 소매를 붙잡혀서 직접 관계는 없을 텐데 상사에의 벽이 되고 말았다.

장신의 청년을 방패로 삼으면서 마디아는 질색을 하며 얼굴을 내밀고 말했다.

"하, 학생들한테 정체를 보인 일에 관해서, 보고는 했을 텐데. 그건 어쩔 수 없었어. 결단코 성 프리데스위데에는 가까이 안 갈 테니……."

"아니, 반대다. 이번 페널티를 겸해서 너한테는 새로운 임무를 준비해 뒀어."

얼굴은 든 소녀의 시선과 내려다본 쿠퍼의 시선이 의아하게 뒤얽힌다.

다박수염을 썩썩 쓰다듬고 상사는 몹시 유쾌해 하며 입꼬리를 구부렸다.

"마침 딱 맞는 일이 날아들어 왔지. 지금까지 와는 상당히 사정이 다르겠지만, 뭐, 걱정하지 마! 이 임무는 틀림없이…………."

† † †

"그런 연유로 내년도부터 우리 학교 강사님이 되실 라클라 마디아 선생님입니다."

본부에서 있었던 회합으로부터 며칠 후. 카디널스 학교구 성 프리데스위데 여학원 대성당에는 300명의 여학생들 앞에 서 있는 갈색 피부 소녀의 모습이 있었다.

키는 1학년보다도 작다. 가벼운 이너웨어 차림에 강사용 로브를 입고 있으나 소매도 자락도 많이 남기 때문에 오히려 더 어린 애로 보인다. 긴장한 탓인지 눈물을 글썽이기 직전인 데다 파르르 떨고 있는 것이 더 큰 동정심을 부른다.

요양 중인 블랑망제 학원장 대신 단상에 서 있는 중년의 강사가, 찬물을 끼얹은 듯한 여학생들의 침묵을 자기 나름대로 해석해 미소를 띠며 계속해서 열띠게 이야기했다.

"라클라 선생님은 보다시피 여러분보다 연하이긴 합니다만, 결코 존경하는 마음을 잊지 마세요. 그녀는 월반으로 유년학교 · 양성학교를 졸업하고 고작 아홉 살의 나이로 기병단에 입단한 천재 기사입니다. 쉬이 믿을 수 없을지도 모르겠습니다만 ——."

"검은 기사님!!"

참지 못하고 크리스타 회장이 대열에서 뛰쳐나갔고, 이어서 눈사태같이 태반의 여학생들이 환호성을 지르면서 마디아에게 쇄도했다. 마치 인형 하나를 두고 쟁탈하는 아이들처럼 소녀 강사를 이리저리 치이게 하며 저마다 말을 건다.

"새 강사 선생님이었군요?! 그래서 그때 프리데스위데에! 저희의 위기를 헤아리고 바람처럼 달려와 주다니, 강사의 귀감이세요!"

"라클라 선생님의 격렬한 전투 방식, 아직도 눈에 강렬하게 새겨져 있어요! 그 못된 악녀의 머리를 찢고 던지고, 던지고 찢고……!"

"선생님의 클래스는 대체 뭔가요? 같은 반 애들과 몇 번 의견을 교환해도 답을 못 내겠어요! 선생님의 수업은 며칠부터예요? 전공은 무엇을?"

"……으, 으으~."

눈동자가 빙글빙글 돌 만큼 커다란 혼란의 소용돌이 속에 서 있는 것 같은 마디아는, 이윽고 뇌가 처리 불능을 일으킨 것처럼 "으갸악——!" 하고 양팔을 번쩍 들어 보였다.

"에, 에잇, 떼 지어 오지 마라, 애송이들! 머리 쓰다듬지 마, 옷도 당기지 마! 야, 손잡지 마! 난 너희들과 친해질 생각 따윈 눈곱만큼도 없으니까 말이야!"

로브의 소매를 헝클어뜨리면서 포위망을 탈출한 다음, 이 대성당에서 유달리 눈에 띄는 어두운색 군복에 매달린다. 이제는 완전히 익숙한 동작으로 그의 등 뒤로 돌아가는 라클라 선생과, 당연하다는 듯이 벽이 되어버린 쿠퍼의 얼굴을 여학생들은 번갈아 보았다.

"어머? 두 분 아는 사이세요?"

"네, 기병단 쪽으로 약간의 연이 있어서."

태연하게 대답한 다음, 쿠퍼는 장신을 활용해 마디아의 겨드랑이를 안고 높이 들어 올렸다.

"이분과 친하게 지내는 요령을 알려드리자면, 아무튼 《푸시푸시》해주세요. 입으로는 이러쿵저러쿵해도 속으론 아주 싫은 것 같지도 않으니, 어렵게 생각하지 말고 귀여워해 드리세요.

자, 패스!"

"이 귀축 놈이————————!!"

쿠퍼의 손에서 휙 던져진 갈색 피부의 소녀는 여학생 물결에 추락해, 마치 조수에 끌려 들어가듯 파도 속으로 사라졌다. 이따금 진심으로 구조를 바라는 목소리가 들린 기분이 들었지만, 귀의 착각이라고 결론을 내리는 것이 신사의 매너이리라.

"저, 저 악당이 성 프리데스위데의 위기를 구했나 싶었더니, 신임 교사라고……?! 나, 난 이제 머리가 못 따라가겠어……."

그런 가운데 1학년 집단에서 혼자 머리를 싸쥐고 있는 밤색 드릴 트윈 테일의 모습이 보였다. 들리지 않는 목소리를 툴툴 중얼거리는 그녀에게 쿠퍼는 무심히 말을 걸었다.

"무슨 일이십니까, 네르바 님? 학원생활은 이제부터가 진짜 시작인데요?"

"이 이상 제 눈부신 학원생활에 무슨 일이 일어난다는 거죠!!"

절규하는 그녀는 말을 걸어 봐야 역효과가 날 것 같아서 내버려 두기로 했다.

신임 강사를 환영하는 거센 파도를 멀리서 바라보는 한 그룹 속에는 아리따운 엔젤 자매와 매혹적인 1대 후작(캐리어 마키스)의 모습도 있었다. 성 프리데스위데에서 손꼽히는 미소녀들은 같은 방향을 바라보고서 똑같은 동작으로 고개를 갸웃거리다 "으음?" 하며 가슴속의 위화감을 굴린다.

"어딘가에서 만났던 것 같은……?"

"얼굴도 목소리도 기억에는 없는데……."

"어라~? 어디였었더라~?"

그 의문은 풀리지 않는 편이 본인들을 위해서도 좋으므로 쿠퍼는 굳게 입을 다물었다.

이것이 이번에 마디아에게 주어진 페널티였다. 블랑망제 학원장의 부상과 관련해, 엔젤 자매의 입학으로 급격히 범죄지수가 증가한 성 프리데스위데 여학원의 추가 전력, 이라는 것이 공식적인 명목이다.

그리고 물론 쿠퍼에게는 알려주지 않았지만, 그녀가 맡은 임무의 이면에는 그와 메리다의 감시라는 항목도 포함되어 있을 것이다. 윌리엄 진의 증언을 얻었다곤 해도 의심이 완전히 불식된 건 아니라는 말인가——.

쿠퍼는 금발 주인 옆에서 떨어져 홀로 사색에 잠겼다. 그러자 여학생 집단 가장 후방에서 소란에 끼지 않고 문에 기대고 있는 3학년의 모습이 눈에 들어왔다.

우울하게 내리깔린 그녀의 속눈썹을 알아채고 쿠퍼는 조용히 말을 걸었다.

"왜 그러십니까? 센파 님. 요즘 조금 기운이 없으신 것 같은데……."

덜컥 정신을 차린 것처럼 그녀는 쿠퍼의 얼굴을 쳐다보고 억지로 미소를 띤다.

"쿠퍼 선생님. 네, 저, 요즘…… 가끔씩 너무나 허무해질 때가 있어요. 곧 학원도 졸업이구나 하고요. 아니, 이제 졸업할 때가 됐는데도, 전——."

생각이 말로 전달되지 않는 듯 셴파는 애처로운 몸짓을 섞었다.

"전 제가 한심해요! 그런 사건에 휘말리고, 모두를 지키지도 못하고, 학원장님이 그런 큰 상처까지 입게 하고……! 이제 곧 졸업인데, 전 대체 이 3년간 뭘 배웠는지도 모르겠어요! 자꾸 그런 생각이 들어서, 요즘……!"

"심정은 이해합니다. 저도 매일 후회의 연속이니까요.『후회 없는 시간을 보냈다』고 만족하는 편이 드물어요."

즉답한 쿠퍼를 셴파는 멍하니 쳐다봤다.

"선생님 같은 분도요……?"

"당연하죠. ──우리는 불완전한 생물입니다. 후회로부터 학습하고, 그것을 축적하여 삶을 형성하는 것이지요. 아무리 바라도 과거의 실패를 번복할 수는 없습니다. 그렇다면, 두 번 다시 같은 실수를 되풀이하지 않도록 한 발 한 발 앞으로 나아갈 수밖에 없는 겁니다."

쿠퍼는 모두에게 '언니' 소리를 들으며 흠모받는 소녀의 가는 어깨에 손을 올렸다.

"하지만 말입니다, 셴파 님. 향상심이 있는 한 사람은 싱싱한 생물입니다. 셴파 님이 성장을 포기하지 않는 한 너무 늦었다는 건 결코 있을 수 없습니다."

"……!"

"셴파 님의 미래는 이제부터 시작이에요. 졸업, 축하합니다."

셴파의 눈동자가 크게 휘둥그레지고, 이어서 눈물과 함께 부예겼다. 훌쩍, 작게 코를 훌쩍인 그녀가 조금 전보다 몇 배는 더 매력적인 미소를 지으며 말했다.

"……고마워요, 선생님."

쿠퍼가 미소로 화답하자, 그녀는 갑자기 당황한 것처럼 주위를 둘러보았다. 후배들에게 우는 얼굴을 보이지 않았나 신경 쓰고서 다시 한번 부끄러운 듯이 웃음을 짓는다.

그런데 바로 그때였다.

"크, 큰일 났어요!!"

문이 성대하게 열어젖혀지고 풍채 좋은 시스터가 대성당에 뛰어 들어왔다. 학생들과 강사진의 주목을 일제히 모은 그녀에게, 가장 가까이에 있었던 쿠퍼가 대표로 물었다.

"무슨 일이십니까?"

"아, 쿠퍼 선생! 역시 당신이 대응해주는 게 좋겠어요! 상대방도 그걸 원하고요! 메리다 엔젤도 이쪽으로, 손님이에요!!"

"……저절로 예상되기 시작했는데, 손님이라는 게 누구인가요?"

만일을 위해 확인한 쿠퍼에게 시스터는 정말로 성당 전체의 스테인드글라스를 깰 듯한 큰 소리로 대답했다.

"메리다 엔젤의 아버님인…… 페르구스 엔젤 공작님입니다!!"

† † †

어느 날의 재현 같은 응접실. 그러나 이전과는 인물의 배치가 다소 다르다.

일단 삼엄한 분위기 가운데 소파에 걸터앉는 은발의 남성 뒤에는 성도 친위대 기사가 한 명밖에 대기하지 않았다. 《가면의 부친》 소동을 일으킨 용의자로 여겨지는 비쥬 니즈는 사건으로부터 며칠이 지난 지금도 여전히 행방불명이다.

그리고 페르구스 공의 정면에는 쿠퍼가 자리했고, 그 오른쪽 옆에 금발의 자그마한 주인님이 움츠리고 있다. 그녀는 손에 든 두꺼운 책을 조심조심 책상에 내밀어 보였다.

"아, 아버지, 봐 주세요……. 미궁 사서관 자격증이에요."

"…………."

직접은 받지 않고 눈앞에 놓인 『메리다 엔젤』이란 제목이 붙은 책을 못마땅한 얼굴로 잠시 내려다보는 페르구스 공. 그는 힘줄이 불거진 손으로 천천히 그것을 집어 들었다.

메리다는 꿀꺽 침을 삼켰고, 쿠퍼는 진지한 표정으로 그의 거동을 지켜본다.

긴박한 공기 속, 공작이 책의 첫 번째 페이지를 폈다.

가운데로 눈썹이 쑥 모인다. 그 아래의 강한 안광을 발하는 시선이 페이지 위부터 아래까지를 꼼꼼히 음미한다. 그의 눈동자에는 틀림없이 비치고 있을 것이다.

【클래스:사무라이】라고 똑똑히 적힌 메리다의 스테이터스 표가.

"…………."

암석 같은 표정으로부터 그의 감정의 변화를 읽는 것은 어렵다. 그러나 메리다나 쿠퍼가 어떠한 변명을 시도하기에 앞서 공작이 입에 담은 것은 다음과 같은 말이었다.

"사서관 자격, 5̇등̇급……."

끔뻑끔뻑 눈을 깜박이는 메리다를 앞에 두고 공작은 책을 탁덮었다.

"자네, 메리다는 《6등급》 시험을 치른다고 하지 않았던가?"

페르구스 공의 엄격한 눈길이 가정교사의 눈동자를 응시한다. 쿠퍼가 대답할 만한 말을 혓바닥 위에서 굴리는 사이 메리다가 소파에서 몸을 내밀었다.

"이번엔 이래저래 사고가 있었어요! 선생님이 잘못한 게 아니에요!"

"인정시험에 임하도록 권한 건 저자라고 들었다. 애초에 저자가 널 부추기지 않았다면, 요전 사건에 휘말리는 일은 없었어. 아니냐?"

"부——부추기다니, 말도 안 돼요! 선생님은 저를 생각해서 그러신 거예요!!"

"아가씨."

점점 더 흥분하는 금발의 주인을 쿠퍼는 조용히 말렸다.

굳이 페르구스 공의 말꼬리를 잡는 듯한 짓은 하지 않는다. 냉정하게 생겼으면서 감정적인 면은 부친도 똑같기 때문이다. 고로 쿠퍼는 딱 한마디만 물었다.

"공작 각하, 어찌해야 절 인정해 주시겠습니까?"

"내가 오늘 이곳을 찾은 목적은 하나. ——저번에 하던 이야기를 마저 하러 왔다."

심플하게 대답하고 공작은 관록 있는 동작으로 팔짱을 꼈다.

"역시 자네 말대로 메리다는 확실히 실력을 기르고 있는 것 같아. 하지만 나는 아직 자네가 신뢰할 만한 인물일지 어떨지에 대한 대답을 얻지 못했어. 그것을 오늘, 보여줬으면 하네."

"말씀인즉슨?"

"시합을 하게. 그날 하지 못했던 《3대1》 시합 말이야. 만약 자네가 승리한다면 바라는 대로 메리다의 자퇴 건은 파기하고, 이 아이의 교육은 자네에게 일임하겠다."

어렴풋이만 사정을 들은 아가씨가 깜짝 놀라 가정교사의 얼굴을 보았다. 하지만 쿠퍼는 이전과는 다른 의미로, 이전과 똑같은 의문을 입에 담아 보였다.

"세 명······?"

말할 필요도 없이 페르구스 공 뒤에는 글레나라는 여성 기사밖에 없다. 로제티를 합쳐도 두 명이다. 설마 환영을 상대하라는 소리인 걸까.

그러자 공작은 천천히 일어나 망토를 바닥에 떨어뜨리는 것으로 대답을 대신했다.

"——세 명째는 나다. 기병단 군단장인 내가 직접 자네의 힘을 봐 주지."

"아, 아버지?!"

결국 메리다는 목소리가 뒤집혔지만, 쿠퍼는 눈썹 하나 까딱이지 않고 강렬한 압박감을 발하는 엔젤 가문 당주의 눈길을 받아들여 보였다.

"바라는 바입니다."

"좋다. ——미세스, 제멋대로라서 미안하지만……."

"연무장 말씀이시면, 벌써 하나 확보해 놓았습니다!"

벽 쪽의 시스터에게 화제가 가자, 그녀는 인덕이 느껴지는 배를 흔들면서 바로 고개를 끄덕였다.

그만 말문이 막힌 공작을 다소 불안해하며 마주 보고, 체념한 것 같은 미소와 함께 말한다.

"여러분의 모습을 보고, 네, 분명 이렇게 될 거라 생각했어요!! 오호호!"

정확하게 분위기를 읽은 시스터의 조치로 신속히 무대는 갖추어지고, 칼을 찬 네 명의 기사가 전장으로 발을 들여놓았다. 투기장 같은 오소독스한 모래밭이다.

바깥 둘레의 관전석에는 이야기를 들은 성 프리데스위데 학생들과 강사진, 거의 전원이 몰려들었다. 이론이나 실기보다도 제일선의 기사들이 벌이는 진검승부 쪽이 훨씬 학생들의 경험치가 되리라는 판단에서다.

관전석 맨 앞줄에는 사건의 발단인 메리다 본인의 모습도 있었다. 기도하듯이 손바닥을 깍지 끼고서 가정교사의 뒷모습을 쳐다보고 있다.

솔직히 메리다는 저 백전연마의 완전하고 완벽한 가정교사가 패배하는 모습이란 상상조차 할 수 없다. 그러나 상식적으로 생각하면 전력 차이가 압도적이다. 상대는 세 명. 기병단의 강자들을 규합하는 군단장에, 최고봉의 실력을 갖춘 성도 친위대 그리고 팔라딘 엘리제 엔젤의 가정교사인 신진기예의 1대 후작——.

바로 이때. 300명 이상이 숨죽이고 지켜보는 앞에서 시합 개시보다도 먼저 적진으로 나아가기 시작한 한 명이 있었다. 그녀는 선배 기사의 "뭐 하는 거냐, 돌아와!"라는 말에도 귀 기울이지 않고, 군단장의 완강한 눈길에도 멈추지 않고 군복 청년의 옆에까지 다가간다.

거기서 차크람을 꺼내고 몸을 반대 방향으로 돌렸다.

로제티는 쿠퍼와 나란히 서서 페르구스 공과 글레나 두 사람에게 무기를 겨누었다.

"로제티 씨……?"

옆에서 들리는 의아해하는 듯한, 놀라는 듯한 목소리에는 대답하지 않고 대면한 상대에게 소리를 질렀다.

"저기, 으음, 선배! 페르구스 님! 저는 역시 이쪽에 붙겠습니다!"

"잠꼬대하지 마! 공작 각하의 온정을 잊어버린 거냐!"

"그러니까 그거—— 사양하겠습니다!!"

로제티의 큰소리가 연무장 구석구석에까지 울려 퍼졌다.

대화를 듣고 있는 300명 속에는 그 은색 머리카락을 가진 공작 가문 아가씨의 모습도 있으리라. 로제티는 늠름하게 차크람을 들이댄 채 꾸밈없는 음색으로 계속 말했다.

"가정교사 기한, 단축해 주지 않아도 괜찮습니다! 제가 3년 후의 졸업까지 똑바로 그 아이를 이끌어 보일 테니까요!"

"…………"

바위 같은 표정으로 로제티의 말을 듣고 있었던 페르구스 공은 더 앞으로 몸을 내밀려는 옆의 글레나를 제지했다. 이미 말은 필요 없다는 듯 허리에서 장엄한 장검을 뽑는다.

그에 호응하듯 쿠퍼가 예리하게 그리고 매끄럽게 칼을 뽑아 보이고, 로제티와 완벽히 연동한 몸짓으로 허리를 낮춘다. 입술을 꽉 깨문 글레나가 마지막으로 검을 뽑았다.

"여러분, 준비는 모두 되셨죠?"

심판 역할을 맡은 강사가 양 사이드로 갈라진 네 사람에게 눈짓한다. 그들은 말이 아니라 대전 상대를 똑똑히 응시하는 안광으로 대답의 뜻을 보였다. 강사는 고개를 한 번 힘주어 끄덕였다.

"그럼 시합……. ————시작!!"

세 명이 동시에 땅을 박찼다. 쿠퍼, 로제티, 글레나가 거의 동등한 속도로 필드 중앙을 향했고, 한 박자 늦게 페르구스가 혼자 여유 있게 발을 내디딘다.

우선은 전초전인 걸까. 쿠퍼가 달려오자마자 세게 내찌른 찌르기를 글레나는 칼끝을 맞추어 매끄럽게 튕겨 올렸다. 신들린 타이밍. 지체 없이 로제티가 차크람으로 공격하긴 했지만, 성도 친위대의 정예 기사는 손목 스냅만으로 검을 돌려 추격을 쉽게 받아넘겼다. 움직임에 전혀 낭비가 없다.

순간적인 두 개의 금속음과 함께 세 사람이 잔상을 남기며 서로를 스쳤다.

지면을 도려내는 듯한 발놀림으로 각자 동시에 칼날을 되받아친다. 무기를 배면으로 맞부딪치게 해 칼몸끼리 미끄러져서는 냅다 튕긴다. 마찰로 격렬한 불똥이 사방으로 튄다.

글레나는 기꺼이 적진 한가운데에 끼어들었다. 마치 그것만이 연계를 끊는 최선의 방법이라는 듯 적과 아군이 거의 밀착상태의 난전으로 이행하게끔 유도한다. 오른손을 칼자루에, 왼손을 도신에 대고 앞뒤로 들이닥치는 칼과 차크람을 모조리 받아치고, 집요하게 무릎 아래를 정확히 겨냥하는 쿠퍼의 로우 킥을 무쇠와 같은 발차기로 봉쇄한다.

생각대로 손을 내지 못하는 로제티를 선배 기사가 등을 돌린 채 질타했다.

"다소 슬럼프는 벗어난 것 같은데, 그게 다인가, 로제티? 기껏 이 친구가 틈을 만들어도 네가 파고들지 못해선 의미가 없어. 제 코가 석 자인 네가 누구를 이끈다는 둥, 참으로 건방진 소리 했구나!"

"아닙니다, 저는——!"

"시간 됐다."

강철 같은 음색에 로제티는 깜짝 놀라 눈을 부릅뜨고 잽싸게 뒤로 홱 물러섰다. 직후에 땅을 뚫은 장검이 세련된 마나를 내뿜으며 요란하게 흙먼지를 일으켰다.

가볍게 일격을 내려친 페르구스 공이 장검을 되돌리면서 선언했다.

"내가 올 때까지 글레나를 제압하지 못한 시점에서 자네들의 패배다."

고오오!! 일찍이 체감한 적 없는 압력의 마나가 분출, 필드의 모래를 원형으로 퍼뜨린다. 16세 소녀는 뺨이 굳어지면서도 바로 자세를 취했다.

페르구스 공이 발하는 압박감은 이동요새 그 자체였다. 천천히 내디디는 한 발 한 발이 쿠웅, 쿠웅, 무겁게 모래밭을 진동시킨다. 팔 하나로 휘두른 장검이 무시무시할 정도의 참격음을 동반하고 하늘을 절단한다. 견디지 못한 로제티가 요란할 정도로 굴러 그 검섬을 빠져 나갔다.

그래도 움직임은 둔하다고 판단한 로제티는 벌떡 일어나자마자 차크람을 수평으로 휘둘렀다. 살인검이라는 것을 조금도 고려하지 않은 듯한 검의 속도와 마나 압력. 그것은 장검을 힘껏 휘두른 자세의 페르구스 공에게 매끄럽게 빨려 들어가—— 째애앵!! 날카로운 금속음이 났다.

"……말도 안 돼?!"

로제티가 저도 모르게 소리를 낼 만큼 놀란 것은 단순히 막혔기 때문이 아니다.

원형 칼날을 막은 것이 장검이 아니라 적당히 든 왼팔이었기 때문이다.

상의의 소매가 찢겨졌을 뿐, 그 속에 보이는 울퉁불퉁한 팔뚝에는 생채기 하나 없다. 갑옷보다도 튼튼한 팔라딘의 마나를 걸친 엔젤 가문 현 당주가 말했다.

"내가 군단장을 이어받은 이래 이 피부에 상처를 입힌 자는 셀 수 있을 정도밖에 없다."

"크윽……!"

"과감하게 파고드는 건 좋다. 하나, 자네는 아직 조금 연구가 부족한 것 같아."

페르구스 공은 팔을 쑥 밀었을 뿐이지만, 로제티는 변변히 저항도 못하고 나가떨어졌다. 재빨리 대응할 수 있는 발놀림으로 로제티가 사방을 돌고, 그것을 페르구스 공은 여유 있는 발걸음과 검선으로 몰아간다. 코끼리에게 맞서는 다람쥐 같은 일방적인 구도——.

"승부는 났네요. 태평하게 있어도 괜찮아요?"

글레나는 쿠퍼를 붙잡아 두면서 감정이 안 보이는 단조로운 어조로 말했다. 느긋하게 파고든 직후에 세 줄기의 검격. 한 발, 두 발을 물리치고 세 번째에서 서로의 도신이 맞부딪치는 격렬한 승부로 이행한다.

거꾸로 쥔 검은 칼로 버티는 청년에게 안경을 쓴 여성 기사는 이마를 쑥 가까이 댔다.

"지금 당장 있는 마나를 전부 해방해서 체면 따윈 개의치 말고 나를 쓰러뜨려야 하는 거 아닌가요? 로제티가 쓰러지면 그나마 만에 하나 있는 당신의 승산도 없어져요. 그 정도의 상황판단 능력도 없는 거예요? 혹은 이미 이게 당신의 전력인가요?"

"제가 페르구스 공에게 인정받는 건 물론 중요합니다만——."

과부족이 없는 완벽히 팽팽한 상태를 유지하면서 쿠퍼는 중얼

중얼 대답했다.

"그것만으로는 로제티 씨가 당신에게 인정받을 수 없잖아요?"

"……당신과 로제티는, 무슨……?"

"실례."

글레나가 말을 마치기도 전에 느닷없이 쿠퍼가 파고들었다. 발밑에서 지면이 쿵! 떨리고, 오른쪽 팔뚝에 모인 압력이 도신을 통해 작렬. 금속음과 함께 글레나를 멀리 날려버렸다.

"로제!"

자기를 부르는 소리보다 먼저 몸을 굽히고 있었던 로제티는 발밑에서 퍼 올린 모래를 군단장의 안면에 내던졌다. 예상대로 관객이 "앗!" 하고 숨을 죽였을 때는, 그녀가 페르구스 공의 겨드랑이를 빠져나가는 중이었다. 잔상과 함께 확 하고 허공에 흩어지는 심홍색 불길.

──승부수를 던졌군!!

글레나의 발이 지면에 닿았을 때, 앞뒤에서 쿠퍼와 로제티가 협공 형태로 달려오기 시작했다. 빠르지만 이 간격이라면 대응할 수 없는 건 아니다──.

그렇게 판단했을 때, 쿠퍼가 거꾸로 쥔 상태의 검은 칼을 창처럼 집어 던졌다. 깜짝 놀라 눈을 부릅뜰 틈도 없이 반대쪽의 로제티도 양손의 차크람을 발사한다. 앞뒤의 거리에서 동시에 날아온 공격선 세 개가 글레나를 향해 덤벼들었다.

"──크윽!!"

안경 쓴 여성 기사는 눈을 부릅떠 초절적인 밸런스 감각으로 상반신을 틀었다. 첫 번째 공격인 차크람을 검으로 튕기고, 어깻죽지를 노리는 두 번째 공격을 따돌린다. 배후에서 급습한 검은 칼이 옆구리를 스쳐 몇 방울의 피와 함께 빠져나간—— 직후.

그 칼자루를 로제티의 손이 완벽한 타이밍으로 붙잡았다.

"——뭐야?!"

"하아아!!"

지체 없이 받아친 검은 칼의 칼등이 무방비인 옆구리를 강타했다. 고통에 얼굴을 일그러뜨린 글레나는, 보았다. 피했다고 생각한 두 번째 차크람은 청년 기사의 손에 들어가 있고, 그러나 즉시 번쩍인 그의 족도가 자신의 등을 2연타로 걷어찬다.

"으으으윽……!!"

앞으로 밀려난 글레나는 검은 칼을 당기는 소녀 기사가 내려치기 딱 좋은 과녁에 지나지 않았다.

"미안해요, 선배!"

벤다기보다 급소를 찌르는 것 같은 일격. 검은 칼의 배 부분이 글레나의 명치를 정통으로 때리고, 거의 동시에 심홍색 마나가 폭발. 여성 기사의 몸은 엄청난 기세로 후방에 날아갔다.

"…………!!"

비명도 없이 허공을 한창 날아가는 중에 글레나는 의식을 잃는다. 털썩, 지면에 추락하고 뒤늦게 상공에서 내려온 안경이 모래밭에 박힌다. 연무장의 등불이 렌즈에 번쩍 반사됐다.

학생들이 말도 잊고 열심히 보는 가운데, 일어난 쿠퍼가 가볍게 원형 칼날을 되던졌다.

"훌륭합니다."

"다, 당신 덕분이지."

어딘가 쑥스러운 듯이 말하면서 로제티가 주뼛주뼛 검은 칼을 되돌려준다. 둘이서 얼굴을 마주 보고 대담하게 서로 미소를 지은 직후——관객석에서 날카로운 비명이. "선생님!"

두 사람은 반사적으로 무기를 쳐들었다. 각각의 도신에 정확히 겨냥한 듯한 검섬이 충돌한다. 뇌격 같은 굉음과 압력에 의해 둘은 한꺼번에 후방으로 날아갔다.

10미터는 허공으로 밀려나고 어떻게든 자세를 갖추며 착지.

험악한 눈길을 올려보니 아주 큰 마나를 걸친 팔라딘의 위용이 있었다.

"글레나를 쓰러뜨렸나. 입으로 떠드는 만큼의 실력은 있는 것 같군."

뭐 좋다, 라고 선고한 페르구스 공은 한쪽 손에 들고 있었던 장검을 양손으로 고쳐 쥐었다. 정안(正眼) 자세를 취하고, 허리를 낮춘다. 번갯불같이 솟구치는, 누를 수 없을 정도로 엄청난 마나——.

자기도 모르게 꿀꺽 침을 삼키는 로제티를 보고, 쿠퍼는 가볍게 손을 들고 말했다.

"도와줘서 고맙습니다, 로제티 씨. 여기서부터는 저 혼자서."

"에? 하지만……!"

"당신이 힘을 빌려주지 않았다면 이 기회는 없었어요. 감사드리겠습니다."

벽 쪽에까지 가 있었던 쿠퍼가 검은 칼을 들고 홀로 발을 내디딘다. 이쪽의 의도를 헤아렸는지, 페르구스 공도 약간 위치를 조정해 전장의 중앙을 비웠다.

글레나의 안부를 확인하고 있었던 심판 역할의 강사에게 강철 같은 목소리로 소리친다.

"시합을 다시 시작해도 괜찮겠소?"

강사는 고개를 끄덕이고 호령용 나팔을 꺼냈다. 긴박한 전장을 관객석의 여학생들은 마른침을 삼키며 지켜보고 있었다. 기도하듯이 움켜잡은 메리다의 손이 결국 새하얘졌다.

"학원장님."

그때 관전석의 누군가가 알아차리고, 메리다를 포함한 주위의 학생들이 잽싸게 후방을 올려다보았다. 시스터에게 수발을 받으며, 훈장이라 할 수 있는 붕대를 두른 블랑망제 학원장이 연무장에 모습을 나타낸 것이다. 보이는 범위에 있는 전원을 내려다보고 조용히 입을 연다.

"학생은 전부 모여 있죠? 저들의 일거수일투족을 눈에 새겨 두세요."

학원장이 마주 보는 두 명의 전사에게 얼굴을 돌리자, 누가 시키기라도 한 것처럼 학생들의 시선도 되돌아간다.

마녀는 흡사 인생에서 손꼽히는 순간을 직접 보는 양, 엄숙히 입을 열었다.

"지금부터 펼쳐지는 건 틀림없이 프란돌 정상 결전의 하나일 겁니다."

짐승같이 몸을 구부리고 칼자루를 쥐는 쿠퍼. 왕자다운 위용으로 칼끝을 올리는 페르구스 공.

심판 역할의 강사가 애태우듯이 나팔을 들고——

드높은 음색을 발단으로 폭발적인 불길이 연무장을 가득 메웠다.

† † †

"오빠, 또 저택을 비우시는 거예요……?"

프란돌 성왕구의 본가에서 훌쩍 외출하려고 하는 오빠를 살라샤 쉬크잘이 불러 세웠다. 오빠 세르주는 외출용 코트를 걸치고 수수한 오페라 모자를 써서 타고난 화려함을 누르고 있다. 드레스 코드로 보아 사교 목적은 아닌 것 같은데……. 현관 앞에서 뒤돌아본 그는 난처해 하며 어깨를 으쓱했다.

"용서해 줘, 살라샤. 기사 공작 가문의 당주쯤 되면 일이 산더미라서 말이야, 일이 꼬리에 꼬리를 물어서 쉴 수가 없네. 지금부터 또 회의야."

모자의 챙을 내려 눈가를 감추면서 계속 말한다.

"예전엔 여간해선 집에 돌아오지 않는 아버지를 원망스럽게 생각했었는데, 지금 보니 이것 참, 완전히 시달렸던 거였어. 나도 빨리 이 입장에 익숙해져야지."

"……아버지와 어머니는 아직 임무에서 돌아올 수 없는 거야?"

계단을 내려온 동생의 어깨에 세르주는 말없이 살짝 손바닥을 놓았다.

그리고 고개를 숙이는 일이 잦은 살라샤의 이마에 손가락을 대서 자연스럽게 위를 보게 했다.

"……걱정 마. 살라샤와 쉬크잘 가문은 내가 지킬 테니까. 안심해."

"네……."

"이전에 다친 데는 괜찮니? 비쥬 니즈한테 호되게 당했다고 들었어."

섬세한 손가락 끝이 목덜미의 맨살을 기며 간지러워하는 동생의 뺨을 애지중지 쓰다듬는다.

"네, 네, 이젠……. 그런데, 오빠, 그 《얼터네이트 만년필》은……."

"비쥬 니즈의 계략이야. 충성심이 지나쳤다고 봐야겠지. 혁신파 인간들한테, 특히 내 동생들에게는 손대지 말라고 충분히 타일렀는데도……. 공명심이 앞서서 온전한 판단력을 잃어버렸던 모양이다."

얼굴을 가까이 대고 여동생의 뺨에 입맞춤을 한다. 살라샤의 뺨이 조금 홍조 됐다.

"내 살라샤를 괴롭힌 죄는 무거워. 단단히 《벌》을 내려 뒀지."

"…………."

살라샤가 뭐라 대답해야 좋을지 곤란해 하는 동안에 세르주는 당당하게 몸을 돌렸다. 오빠는 항상 이런 식으로 여동생이 우물쭈물 망설이는 사이에 계속 앞으로 가 버린다.

　이때도 그가 마지막으로 곁들인 말을 살라샤의 이해가 따라잡는 일은 없었다.

　"신년부터는 더욱 바빠져. 그 전에 느긋하게 식사 한번 하자. 미리 축하하는 거야!"

　"오빠……?"

　"기대된다, 살라샤. 프란돌이 달빛으로 물들 거야."

　꼼짝도 안 하는 여동생의 시신을 내버려 두고 세르주는 경쾌한 발걸음으로 현관을 나갔다.

　닫힌 문의 건너편에서 구두 소리가 메아리쳤고, 머지않아 그것도 어둠의 저편으로 사라졌다.

† † †

　카디널스 학교구, 유리 뚜껑으로 덮인 플랫폼에서——.

　그날 방과 후, 메리다와 쿠퍼는 페르구스 공작 일행을 배웅하기 위해서 학교구 유일의 역에 와 있었다. 다망한 공작 각하가 몇 시간이나 승차를 미룬 것은, 어디까지나 학원 연무장에서의 격전 끝에 의식을 잃고 만 종기사를 염려했기 때문임이 틀림없다.

　"한심할 따름입니다……!! 호위해야 할 분을 두고 정신을 잃어버리다니!"

학원 의무실에서부터 계속 이런다. 정각대로 열차가 와도 단발머리 안경 여성 기사는 여전히 자신의 추태를 한탄하고 있다. 쿠퍼가 신중한 음색으로 그녀에게 말을 건다.

　"글레나 씨, 아직 정신이 든 지 얼마 안 됐다는데, 몸 상태는 괜찮은 겁니까?"

　"무, 문제없습니다. 이 이상 공작님께 거치적거릴 수는 없으므로……!"

　더욱더 부끄러운 듯이 얼굴을 붉힌 다음, 그녀는 진지하게 꾸벅, 머리를 숙였다.

　"저번엔 주제넘은 소릴 한 것 같습니다, 그 정도로 실력에 자신이 있는 분인 줄 미처 모르고……. 당신의 역량도 그렇습니다만, 무엇보다 로제티의 성장에 엄청나게 놀랐습니다."

　"로제티 씨의?"

　살짝 고개를 끄덕이고서 글레나는 자신의 등을, 군복에 숨겨진 그 속의 피부를 보여주었다.

　"그 아이가 성도 친위대를 일시 휴직하는 계기가 된《아군 오인 사격의 피해자》가 바로 접니다."

　"이런……."

　"그래서 다시 어깨를 나란히 하는 것과 당신의 옆에서 싸우겠다고 말한 것이, 솔직히 말하면 조금 무서웠지만 말입니다. —— 그래도 놀랐습니다. 스테이터스의 성장이 아니라, 그 아이의 시야가 변한 사실에. 어쩐지 여기에 남고 싶다고 말했던 마음이 이해되는 것 같은 기분이 듭니다."

글레나는 등줄기를 꼿꼿이 고치고 성도 친위대의 교과서 같은 자세로 경례했다.

"로제티를 잘 부탁드리겠습니다. 그런데, 도저히 믿기 어렵습니다만…… 그 후 페르구스 공마저 당신이 일기토로 완승을 거뒀다는 게 사실입니까?"

"아뇨, 그건——."

즉시 부정하다 말고 쿠퍼는 대답을 망설인다.

물론 페르구스 공도 일부러 대충하지는 않았고, 쿠퍼 역시 축일 생각으로 싸웠던 것은 아니다. 그러나 결과적으로 이쪽에 손을 들어준 것은, 전적으로 그렇게 꾸며졌기 때문이다. 공작에게는 어딘가, 쿠퍼에게 대의명분을 주려고 하는 면이 있었다.

그런 미묘한 사정을 어떻게 전해야 할까 망설이는 동안 당사자인 공작의 목소리가 울렸다.

"글레나! 쓸데없는 말은 거기까지 하고 짐을 날라라."

"네, 네엡!"

채찍 같은 소리에 어깨가 움찔 튀어 오르고 여성 기사는 몸을 홱 돌렸다. 그때, 한숨을 쉬는 부친의 커다란 등에, 어린 딸이 달려왔다.

"저기, 아버지, 이거…… 비블리아 고트에서 발견한 거예요."

그렇게 말하고 머뭇거리며 내민 것은 인정시험 때 열람실에서 우연히 손에 넣은 한 통의 편지지였다. 눈살을 찌푸리며 받은 페르구스 공이 내용물을 보고 깜짝 놀라 눈을 부릅뜬다.

"이 필적…… 기억이 있는 서면이다. 이건 메리노아의……?!"

"10년도 더 된 편지 같아요. ……어머니가, 아버지 앞으로 쓴."

"오래전에 잃어버린 줄 알았는데……."

드물게 아연실색한 공작의 눈동자가 메리다를 보았다.

부친은 무엇을 생각했는지, 딸의 올곧은 눈동자로부터 시선을 돌리고 모호하게 중얼거렸다.

"……그러고 보니, 미궁 사서관 합격증에 있었던 네 클래스 말인데."

"네?"

"증조할머니 대에 사무라이 클래스 친척이 있었던 것 같은…… 기억이 있을지도 모르겠다."

들릴까 말까 하는 말을 흘리고, 헛기침과 함께 편지를 내민다.

"……이건 네가 가지고 있거라."

감정을 헤아리기 어려운 목소리로 마지막 말을 남긴 페르구스 공은 발길을 되돌려 열차에 올라탔다. 그 뒷모습을 조용히 바라보고 있었던 메리다는 문득 깨달았다.

아버지와 교대하듯이 승강구에서 나온 흑수정의 요정의 모습을.

"뮬 양?!"

자기도 모르게 달려가자, 그녀는 이전과 같은 어딘가 꿈결을 연상케 하는 신비한 미소를 띠며 메리다를 맞이했다. 메리다의 입술에서 잇달아 질문이 흘러나온다.

"어, 어째서 카디널스 학교구에? 그때 바로 돌아가 버리는 바람에, 난 이것저것 너희한테 묻고 싶은 것도 많았는데……."

"메리다는 여전하구나. 빙글빙글빙글빙글 눈동자 색이 변하는 게 참 귀엽다니까."

자기를 놀린다고 생각해 메리다가 뺨을 부풀리고 잠자코 있는다. 뮬은 기가 죽기는커녕 더욱더 우습다는 듯이 미소 지었고, 그런 모습에 메리다는 여전히 이전처럼 넋을 잃고 보고 만다.

"페르구스 아저씨의 마중을 온 거야. 이번 여명 희병단의 습격사건을 계기로 3대 기사 공작 가문의 당주가 얼굴을 맞대고 《문》의 관리체제를 재검토하겠대."

"아……."

좋든 싫든 요전의 《법정》에서의 사건이 떠올라서 메리다는 입을 다물었다.

그 속내를 유리인 양 꿰뚫어 보고 뮬은 노래하듯이 말했다.

"가르쳐 줬잖아? 그건 다 생각이 있어서 한 짓이라고. 메리다의 입장이 불안정한 상태면 쓸데없이 억측을 부를 뿐이야. 우선 정확히 진상을 확인하는 일이 결과적으로는 엔젤 가문의 위신을 지키는 일로 이어지는 거야."

메리다는 당장 대답하지 못한다. 뮬은 어딘가 쓸쓸하게 웃었다.

"……믿지 못하겠다는 얼굴이네?"

똑바로 흑요석의 눈동자를 마주 쳐다보면서 메리다가 되새기듯이 말했다.

"믿고 싶어."

"…………."

이번엔 뮬이 잠자코 있을 차례였다. 뮬은 천천히 시선을 피해 포셰트를 뒤졌다.

"화해의 첫걸음으로 선물을 가져왔어. 받아줄 수 있겠니?"

그렇게 말하고 그녀가 건네온 것은 아직도 기억에 생생한 마법서였다. 어떤 효과를 발휘하는 것인지는 분명치 않으나 메리다는 무심코 "으윽." 하고 물러나 버렸다.

"우후후, 그렇게 경계하지 마. 이제 이 마법서에는 공백 페이지가 남아 있지 않으니까."

"그러면 의미 없는 거 아냐?"

"봐봐, 메리다. 이 마법서는 멋진 추억을 재현하기 위한 거야."

뮬은 옆에서 뺨을 찰싹 붙여 오더니, 책의 가운데쯤을 펼쳤다.

그 안쪽에서 튀어나오기 시작한 것은, 한마디로 말해 정교한 입체 그림이었다. 페이지를 넘기지 않아도 저절로 움직여 현장감이 가득한 이야기보따리를 풀어 준다.

울타리에 둘러싸인 법정의 종이 세공물을 보고 메리다는 바로 이 책의 기억을 떠올렸다.

"이거 혹시, 그때 재판을 기록한다고 말했던……?!"

"《안데르스의 사본》이야. 안심해, 내가 몰래 회수하고 아무한테도 보여주지 않았으니까. 이거, 줄게. 너, 잠들어 버린 다음 어떻게 됐는지 모르잖아?"

"그, 그야 다들 가르쳐 주지 않으니까 그렇지!"

"실은 나도 입막음 당했지만……. 후후, 입 밖으로 낸 거는 아니니까 괜찮겠지."

장난스럽게 미소 짓고서 뮬은 책의 페이지를 가리켰다.

뮬의 말대로 종이 세공물은 메리다가 잠의 저주를 받은 직후, 깰 때까지의 일을 재현하고 있었다. 기분 나쁜 피에로 마스크에 의해 세 명의 공주가 쓰러지고, 까딱하면 큰일 나겠다 싶은 장면에서 실크 햇 왕자님이 급히 달려온다. 그는 악당과 1대1의 사투를 벌인 다음, 마지막에는 멋지게 피에로 마스크를 타도해 공주님들을 궁지에서 구해낸다.

"아, 선생님이다."

종이 인형의 특징을 보고 메리다는 바로 눈치챘다. 쿠퍼는 흑수정의 인형과 함께 승리의 여운에 취한 다음, 다른 공주님들 곁으로 달려왔다. 마냥 자고 있는 메리다의 인형을 안아 일으켜 이제 어떻게 되는 걸까 하고 관객의 붉은 눈동자를 끌어당긴다.

그리고 메리다가 응시하는 가운데 쿠퍼의 인형은 천천히 얼굴을 가져가더니──.

"어어? 어, 어어…………! 어어어어어어어어어~~~~~~?!"

결정적 씬이 메리다의 커다란 눈동자에 비추어졌고, 그 색과 똑같이 뺨이 붉어졌다.

뮬은 키득키득, 같은 장면을 만끽하고서 새빨갛게 경직된 친구의 귓가를 향해 마치 입맞춤을 하듯이 입술을 바싹 내밀었다.

"그 선생님한테도 입장이라는 게 있으니까, 아무한테도 보여주지 않는 편이 좋겠지. 몰래 방에 있는 책상 깊숙한 곳에 넣고…… 메리다만의 보물로 간직하도록 해."

"허, 허억……. 아와와, 아으으……."

메리다는 무의식적으로 페이지를 넘겨 몇 번이나 그 장면을 재생했다. 꿈을 꾸는 듯한 광경이 실제로 전개되고 있음을 겨우 받아들이고, 얼굴은 더욱더 들끓는다.

이미 사고능력이 쇼트 나기 시작한 친구에게 뮬은 마지막 말을 남겼다.

"역시 메리다는 참 귀여워. 또 보자?"

휙, 제멋대로 몸을 돌리고서 흑수정 소녀는 트랩을 뛰어오른다. 마치 그것을 가늠하고 있었던 것처럼 승강구가 닫히고 열차가 커다란 경적을 울린다.

덜컹덜컹……. 느릿하게 발차하는 철의 예술품을, 오버 히트한 메리다는 바라볼 여유도 없다. 그때 종자답게 거리를 두고 있었던 쿠퍼가 주인의 뒤에서 별생각 없이 손 쪽을 들여다보았다.

"아가씨, 그게 뮬 님이 준 선물인 건가요?"

"꺄아아아아아아악?!"

메리다는 정말 인생에서 가장 빨랐다고 해도 과언이 아닐 정도의 기민함으로 책을 덮었다. 입술을 포개고 있었던 주종의 인형이 페이지에 뭉개져 꼬옥, 하고 서로를 더 세게 껴안았다.

메리다는 마법서를 등으로 가리고 단호한 의지를 담아 가정교사를 쳐다봤다.

"서, 선생님한테는, 절대, 저~~~얼대로 비밀이에요!!"

"아, 그렇습니까……."

어째선지 꾸지람을 듣는 것 같은 분위기에 쿠퍼는 얼버무려

넘기려는 것처럼 손가락을 세웠다.

"맞다, 아가씨. 늦었습니다만, 인정시험 합격 축하드립니다. 상을 바라셨는데, 어떻게 할까요? 무엇이든지 말씀하십시오."

"~~~으으으!!"

메리다의 금발이 퍼엉! 튀어 올랐다. 어딘가에서 본 듯한 반응이지만, 글쎄, 생각나지 않는다. 메리다는 옹고집이 된 것처럼 등을 돌리고 책을 꼬옥 껴안았다.

"이, 이미 충분해요! 가슴이 꽉 찼어요!"

아직 아무것도 한 기억은 없지만 아무튼 메리다는 그렇게 주장한다.

낡아 빠진 두꺼운 책으로 입가를 가리고서 눈을 치뜨고 이쪽을 쳐다본다.

"내년에 또…… 제가 조금 더 레이디에 다가가면, 다시 한번 부탁할게요."

"그렇군요…… 내년에 보죠."

또 내년이 있다. 앞으로 당분간 그녀의 성장을 지켜볼 수 있다. 비록 일시적인 평온에 지나지 않는다고 해도 쿠퍼는 가슴에 어찌할 도리가 없는 행복이 가득 차오르는 것을 느낀다.

이 달콤한 열의 정체가 무엇인지…… 지금은 아직 알 길이 없지만.

지켜보기로 결정했다. 이 무능영애의 장래와 함께——.

열차가 시야 저쪽으로 사라지는 것을 보고 쿠퍼는 옆에 손을 내밀었다.

"돌아가실까요, 아가씨? 방과 후 레슨이 기다리고 있습니다."

책을 한쪽 팔에 품은 메리다는 최고의 미소와 함께 손을 꼬옥 쥐었다.

"네, 선생님. 오늘도 호되게 부탁하겠습니다!"

소녀는 순수하게 웃고, 청년은 진지하게 미소 짓는다.

플랫폼을 빠져나가는 바람이 새로운 한 해의 시작을 고한다.

싹이 돋아나는 계절이 불꽃의 향기와 함께 찾아오려 하고 있었다.

메 리 다   엔 젤

클래스 : 사무라이

HP	1263		MP	126		
공격력	129(108)	방어력	111	민첩력	141	
공격지원	0~20%		방어지원	-		
사념압력	21%					

주 요 스 킬 / 어 빌 리 티

은밀Lv2 / 심안Lv2 / 저연비Lv2 / 역경Lv1 / 항주Lv2 /
환도이감(幻刀二鑑)·남아(嵐牙) / 발도주기(拔刀紬伎)·연성(連星)

종합평가…… 【1—S】

여기에 써서 남기는 것은 바로 임무 대상의 학원 1학년 종료 시의 스테이터스 평가다.
학년에서 최상위에 속하는 스테이터스 수치에 더해 1학기, 학기 말 공개시합의 눈부신
데뷔전. 2학기, 루나 뤼미에르 선발전 후보생으로서의 분전. 그리고 3학기, 첫 인정
시험임에도 5등급 미궁 사서 자격을 획득하는 바와 같은 많은 성과를 가미해 그녀에게
는 1학년 기준으로 최고의 성적에 해당하는 【S】랭크를 내리게 되었다.

그렇다고 해도 나와 그녀의 목표에 있어서 여기는 아직 통과점에 지나지 않는다.
이제부터 2학년으로 진급하는 그녀의 앞길에는 더더욱 상상도 할 수 없는 곤란이
나타날 것이고, 동시에 그 소녀는 더욱 눈부신 비약을 보여주고 그것을 뛰어넘을 것이
다. 교육 담당으로서, 그리고 암살자로서 황금새의 여행을 영원히 지킬 수 있기를
간절히 바란다.

(어느 암살교사의 수기에서 발췌)

후기

여러분 안녕하세요. 아마기 케이입니다.

제3권을 봐 주셔서 고맙습니다. 평소보다 조금 긴 페이지 수를 함께해 주셔서 감사합니다. 수고하셨습니다. 그리고 조금만 더 작가의 수다에 귀를 기울여 주신다면 감사하겠습니다. ……관심 없다고? 에이, 그렇게 말하지 마시고.

금년 (2016년) 1월에 데뷔작인 제1권 『암살교사와 무능영애』를 공개하고서 빠르게도 벌써 반년이 지났습니다. 작중의 말은 아닙니다만, 정말로 눈 깜짝할 사이로, 동시에 눈이 돌 정도로 충실한 나날이었습니다.

제1권에서 '무능영애' 라고 무시당했던 소녀는 제2권을 지나 크게 약진했고, 그리고 이 제3권에서는 1학년 편의 마무리가 그려졌습니다.

지금까지의 복선과 등장인물을 총동원한 일대 승부, 다들 어떠셨는지요. 약간의 시간이라도 이야기의 세계를 상상해 주셨다면 더없이 기쁘겠습니다.

그리고 그리고, 한층 더 기쁘게도 어새신즈 프라이드라는 작품은 더욱더 확산하는 중입니다. 특히 드래곤 매거진 9월호에는 쿠퍼와 히로인들의 때깔 나는 일상을 쓴 단편이 게재되어 있으므로 관심을 가지고 계신다면 꼭 한 번 읽어 주십시오. 본 작품이 1권, 2권 순조롭게 중판을 낼 수 있는 것도 전적으로 그들의 활약을 지켜봐 주시는 여러분의 응원 덕분입니다.

앞으로도 현 상태에 만족하는 일 없이 더욱 독자님이 즐기실 수 있는 작품 만들기에 힘써나가겠습니다. 아무쪼록 오랫동안 지원해 주시기를 진심으로 부탁드립니다.

내친김에 간단히 다음 권 예고를 하자면, 여기까지 숨 돌릴 틈도 없이 계속 달려온 쿠퍼와 친구들의 조그마한 휴식, 달달한 러브 코미디 이야기가 될 예정입니다. 그렇다고 해도 언제나 파란의 싹이 돋는 그들의 휴일인 만큼 순순히 전개되지는 않겠죠……?! 허허, 대체 무슨 일이 그려지게 될지는 가을경 발매인 제4권을 기다려 주십시오.

마지막으로 감사 인사를 하겠습니다. 이번에도 미려하고도 생명력 넘치는 일러스트로 이야기를 꾸며 주신 니노모토니노 님. 간행에 즈음하여 힘써주신 판타지아 문고 편집부. 애송이 작가를 각 방면에서 도와주시는 출판 관계자 여러분.

그리고 물론 지금 이 페이지를 펼친 《귀하》에게 최고의 감사를.

그럼 꼭 다시 만납시다.

아마기 케이

어새신즈 프라이드 3

2017년 09월 25일 제1판 인쇄
2017년 10월 01일 제1판 발행

지음 아마기 케이 | **일러스트** 니노모토니노 | **옮김** 오토로

펴낸이 임광순 | **제작 디자인팀장** 오태철
편집부 황건수 · 신채윤 · 이병건 · 이홍재
디자인팀 박진아 · 정연지 · 박창조 · 한혜빈
국제팀 노석진 · 엄태진

펴낸곳 영상출판미디어(주)
등록번호 제 2002-000003호
주소 21311 인천광역시 부평구 평천로 132 (청천동)
전화 032-505-2973(代) | **FAX** 032-505-2982

ISBN 979-11-319-6575-7
ISBN 979-11-319-6068-4 (세트)

ASSASINS PRIDE Volume 3 ANSATSU KYOUSHI TO UNMEI HOUTEI
ⓒKei Amagi, Ninomotonino 2016
First published in Japan in 2016 by KADOKAWA CORPORATION, Tokyo.
Korean translation rights arranged with KADOKAWA CORPORATION, Tokyo.

노블엔진(NOVEL ENGINE)은 영상출판미디어(주)의 라이트노벨 및 관련서적 브랜드입니다.